Maik Bischoff

Menschenfischer

Dieser Roman ist frei erfunden. Alle Ähnlichkeiten zu tatsächlich existierenden Personen, Religionsgemeinschaften oder politischen Parteien sind absolut zufällig. Aber das weiß man ja.

1

Dichter Nebel lag über diesem nasskalten Morgen an der Zitadelle Spandau und die einzigen Geräusche, die gelegentlich den leicht hin und her wabernden Schleier durchdrangen, waren müde Krähenrufe und das regelmäßige Plätschern in Wasser tauchender Ruder. Langsam näherte sich ein Boot. Es umrundete den Festungsbau auf der Westseite und steuerte genau gegenüber dem Ravelin, einem vorgelagerten Wallschild des Festungsbaues, das Ufer unterhalb der Kurtine zwischen Bastion Kronprinz und Bastion König an. Im Boot befand sich eine dunkle Gestalt, ein Mann, vermutlich mittleren Alters und von sichtbar kräftiger Statur. Er war in einen dunklen Regenmantel gehüllt und hatte eine Kapuze weit über den Kopf gezogen. So würde ihn selbst dann niemand erkennen, wenn sich plötzlich der Nebel lichtete. Aber das war noch lange nicht abzusehen.

Als das Boot das Ufer erreichte, schaute er sich verstohlen um, stieg aus und zog das Boot ein Stück an Land, um trockenen Fußes das große Paket zu entladen. Das Paket war sehr schwer, sodass er beinahe das Gleichgewicht verlor und ins Wasser fiel, erst in letzter Sekunde konnte er sich fangen und das Paket am Ufer ablegen. Das Paket hatte die Form eines Menschen. Und nichts anderes war es, was sich darin befand. Ein Mensch.

Das Wetter kam ihm bei seinem Vorhaben durchaus zupass, denn heute würde er sein Meisterstück vollbringen und es allen zeigen, die vom rechten Weg abgekommen waren. Sehen sollen sie, was ihnen blüht, wenn sie sich weiter so frevelhaft verhalten. Und bei solchem Wetter verirrte sich um diese frühe Morgenstunde nur sehr selten jemand auf den Weg, der die Zitadelle und den sie umgebenden Wassergraben umrundete. Hin und wieder mal ein Hundebesitzer auf Gassirunde, aber der würde ihm vermutlich gar keine Beachtung schenken, würde denken, dass da ein Arbeiter aus der Zitadelle beschäftigt ist. Er würde die Hände tief in den Taschen vergraben und mit eingezogenem Kopf weiter seines Weges gehen.

Zwei Stunden zuvor, im Schutz der absoluten Dunkelheit, die die Zitadelle in der Nacht umgibt, war er schon einmal hier. Dabei hatte er alles perfekt vorbereitet, sodass es jetzt schnell gehen würde.

Er wickelte das Paket aus und legte dessen Inhalt auf die Wiese. Anschließend verrichtete er mit zügigen, aber keinesfalls hektischen Bewegungen sein Werk. Er hatte im Kopf jede Bewegung, jedes Detail schon hunderte Male durchgespielt. Deshalb ging ihm sein Werk auch sehr leicht von der Hand. Zwischendurch galt sein Blick immer wieder dem Inhalt des Paketes, das mit seinen toten Augen in den Himmel starrte. Was ihn ein wenig ärgerte, denn eigentlich sollte dieser Frevler bis zum letzten Atemzug leiden. Diesen Teil seines Planes musste er aber kurzfristig ändern und den finalen Stich schon früher ansetzen. Aber das ließ sich nun nicht mehr ändern und wichtig war am Ende das Resultat, die Botschaft an die anderen Frevler.

Als alle Vorbereitungen für das Finale erledigt waren, packte er das leblose Bündel Mensch und tat das, was er tun musste. Zum Abschluss nahm er sein Messer aus der Tasche, um damit ganz langsam und genussvoll sein Zeichen zu hinterlassen.

Sie würden es schon verstehen.

Samstag, 8.30 Uhr, Wohnung KHK Peter Mansfeld

Das Wochenende begann für Hauptkommissar Peter Mansfeld ruhig. Ruhiger, als er es von den letzten Wochenenden gewohnt war und so erschien es ihm beinahe unwirklich, dass er tatsächlich ausschlafen konnte.

Mansfeld war 42 Jahre alt und bezeichnete sich als frisch geschieden, obwohl seine Ex-Frau schon vor drei Jahren das Weite gesucht und die Scheidung eingereicht hatte. Der Grund dafür war sein Job. Wie so oft in seinem Gewerbe, wo die Arbeit keine Rücksicht auf familiäre Befindlichkeiten nimmt und immer dann Anwesenheit verlangte, wenn auch die Familie ihr Recht für sich einforderte.

Bei den ihm unterstellten Ermittlern achtete er stets penibel darauf, dass sie hinreichend Erholungszeiten hatten und sich auch um ihre Familien kümmern konnten. Bei sich selbst hingegen legte er ganz andere Maßstäbe an und die vertrugen sich nicht mit den Vorstellungen, die seine Ex vom Leben hatte. Damals, als sie ihn verließ, war er so beschäftigt, dass selbst dieser Umstand komplett an ihm vorbeiging. Irgendwann war sie eben weg und da der Job keine Zeit dafür ließ, sich lange Gedanken über ihre Gründe zu machen, betrachtete er das einfach als Ende eines Lebensabschnittes. Und Anfang eines neuen, allein, ohne Ehefrau. Und an diese Freiheit hatte er sich inzwischen gewöhnt, es kam ihm beinahe so vor, als wäre er nie verheiratet gewesen.

Zum Glück hatte sie ihm die Wohnung gelassen, die er, auch wenn sie eigentlich viel zu groß für eine Person war, wirklich liebte. Im Laufe der Zeit hatte er alle Spuren beseitigt, die ihn an seine Ex erinnerten. Nun war es sein kleines Reich und er hatte sich geschworen, niemals mehr eine Frau hier Einzug halten zu lassen.

An diesem Samstagmorgen saß Mansfeld gerade frisch geduscht beim Frühstück, als sein Telefon klingelte. Nur widerwillig nahm er das Gespräch an, denn das Frühstück war ihm heilig. Bei jeder Mahlzeit durfte man ihn stören, nicht jedoch beim Frühstück. Das wussten seine Kollegen auch und dennoch zeigte die Anruferkennung seine Dienststelle. Es war also eine wichtige Sache, sonst würde sich niemand wagen, ihn um diese Uhrzeit und obendrein an einem Wochenende zu stören.

»Mansfeld, wer hat sein Leben satt?«, meldete er sich mit knurrendem Ton.

»Chef, du musst sofort zur Zitadelle Spandau kommen.«

Die Stimme gehörte Oberkommissar Ralf Jensen. Und wenn der sich traute, am Wochenende zur Frühstückszeit anzurufen, dann war sprichwörtlich die Kacke am Dampfen.

Mansfeld rollte mit den Augen und antwortete genervt: »Was ist denn da so Wichtiges los?«

»Eine Leiche. Und sagen wir mal so, es ist wohl nicht sonderlich appetitlich. Der Alte hat gleich sechs Mann dorthin befohlen und du sollst den ganzen Zirkus leiten. Die Spurensicherung ist schon fast vor Ort, die Leichenschnippler haben sich ebenfalls auf den Weg gemacht und man sagt, dass sogar die Staatsanwaltschaft jemanden schickt. Du solltest dich also beeilen.«

Da hatte er recht, denn wenn sogar die Staatsanwaltschaft einen Vertreter schickt, dann handelt es sich für gewöhnlich um einen offensichtlichen Mordfall. Und er sollte als leitender Ermittler der Mordkommission besser noch vor dem Paragrafenreiter am Ort sein und sich ein Bild machen. Sonst meinte der nachher noch, alles besser zu wissen. Das, so hatte Mansfeld oft erlebt, tat er aber vermutlich sowieso.

»Hat das was mit dem Prenzlbergmörder zu tun?«, wollte Mansfeld noch wissen.

Der sogenannte Prenzlbergmörder hielt derzeit die Ermittler in der Berliner Innenstadt auf Trab. Ein klassischer Serienkiller, der in aller Öffentlichkeit mordete und trotzdem nicht gefasst werden konnte. Die Sonderkommission, die in diesem Fall ermittelte, war derzeit ein schwarzes Loch in Sachen Personal, denn sie saugte förmlich jeden in sich auf, der noch irgendwie dienstfähig war.

»Nein, das ist wohl was ganz anderes. Also komm erstmal hin.«

»Okay, ich kann in zehn Minuten da sein. Ich bin schon auf dem Weg.«

»Sehr gut.«, antwortete Jensen. »Ich warte dann am Tor zur Zitadelle auf dich.«

Er legte auf.

Oberkommissar Jensen war das, was man landläufig als Mansfelds rechte Hand bezeichnen würde. Ein junger Ermittler, gerade mal dreißig Jahre alt, aus dem einmal, da war sich Mansfeld sicher, etwas werden würde. Er war sehr pfiffig, stellte stets die richtigen Fragen und hatte neben einer guten Kombinationsgabe auch ein Auge für Details. Eine Gabe, die gerade bei der ersten Einschätzung eines Tatortes von nahezu unschätzbarem Wert war. Darüber hinaus verstanden sich beide schon von Anfang an und hatten sehr schnell ein freundschaftliches Verhältnis entwickelt. Das lag vielleicht auch ein Stück weit daran, dass Jensen ihn an sich selbst erinnerte. Das oftmals forsche Auftreten, der unbeirrbare Drang sich selbst zu beweisen und die an Aufopferung grenzende Hingabe zum Job.

Mansfeld war froh, ihn an seiner Seite zu wissen und dachte hin und wieder mit etwas Wehmut daran, dass diese Zeit nicht mehr lange währen würde. Schon bald würde Jensen selbst in verantwortlicher Position sein, soviel stand definitiv fest. Jensen hatte das Zeug zum Aufstieg in den höheren Dienst und nicht nur das, auch den dafür nötigen Ehrgeiz brachte er mit.

Mansfeld wischte die Gedanken zu Jensen beiseite, stopfte sich den Rest seines Toasts in den Mund, kippte einen Schluck Kaffee hinterher und sprang vom Frühstückstisch auf. Er hasste solche Aktionen, nun würde er wenigstens drei Tage lang Magenbeschwerden haben. Aber der Job hatte da kein Mitleid und hielt sich vor allem nicht an Mansfelds Frühstückszeiten.

Er zog sich einen warmen Mantel an, denn die Zitadelle Spandau war nicht gerade dafür bekannt, sonderlich gut geheizt zu sein. Direkt am Wasser gelegen, war es dort immer sehr zugig und kalt. Und eine Erkältung war so ziemlich das Letzte, was er jetzt gebrauchen konnte. Eilig verließ er seine Wohnung und machte sich auf den Weg zur Zitadelle.

Unterwegs fiel ihm auf, dass sich Jensen überhaupt nicht mit Details aufgehalten hatte. Mansfeld wusste also absolut nicht, was ihn erwartete. Abgesehen von einer Leiche, das hatte Jensen ja als erstes erwähnt, und der Tatsache, dass es wohl ein wenig unappetitlich sein sollte. Da war es vielleicht auch von Vorteil, nicht allzu viel gegessen zu haben. Die größten Sorgen bereitete ihm aber der Ort, denn die Zitadelle Spandau war ein symbolträchtiges, vor allem aber sehr großes Gebäude. Das würde die Spurensuche nicht unbedingt vereinfachen. Dazu kommen Scharen von Touristen. Die konnte man zwar heute ganz einfach fernhalten, aber die reine Möglichkeit, dass eine vermeintliche Spur von einem der vielen Zitadellenbesucher stammen und damit die Ermittlungen in eine falsche Richtung lenken könnten, bereitete ihm echte Sorgen.

Aber gut, darüber sollten sich andere ihren gut bezahlten Kopf zerbrechen. Für ihn stand eine ganz andere Frage im Vordergrund. Wie schaffte es jemand, in die Zitadelle zu gelangen? Immerhin war es ein Festungsbau und die waren naturgemäß so gebaut, dass eben nicht jeder hereinkam. Oder hinaus, das kam in diesem Fall ganz auf die jeweilige

Sichtweise und vor allem auch den Status des Betrachtenden an.

Sehr viel weiter kam er mit seinen Überlegungen aber nicht, denn der Verkehr meinte es gut mit ihm und er kam sogar noch schneller an der Zitadelle an, als zunächst gedacht. Der Platz vor der Brücke, dem einzigen Zugang zur Zitadelle, war mit Einsatzfahrzeugen voll gestellt. Er fand zum Glück noch eine kleine Lücke für seinen Wagen und machte sich dann zu Fuß zur Brücke auf, an der bereits Jensen wartete.

Noch immer lag dichter Nebel über der Zitadelle und Mansfeld verlangsamte seine Schritte. Er wollte den Anblick auf sich wirken lassen, sah man die Zitadelle doch nur sehr selten in solch gespenstischer Atmosphäre. Wie ein dickes graues Band wickelte sich der Nebel um das alte Gemäuer, man sah lediglich das prächtige Wappen der Brandenburg-Preußischen Herrscher über dem Torhaus und den gewaltigen Juliusturm, der erhaben über der Bastion König thronte.

Mansfeld versuchte das Gefühl einzuordnen, dass dieser Anblick in ihm hervorrief. Eine Mischung aus Ehrfurcht und Angst war es, die einen dicken Kloß in seinem Hals entstehen ließ. Er schluckte diesen Kloß herunter, schüttelte sich kurz und ging dann auf Jensen zu.

Samstag, 9.00 Uhr, Zitadelle Spandau

»Hi Ralf.«, begrüßte er Jensen noch einmal persönlich, als er die Brücke betrat. Sein engster Mitarbeiter war dabei nicht der Einzige, den er mit Vornamen anredete. Schon vor einigen Jahren hatte er in seinem Team dafür gesorgt, dass sich alle duzten und mit Vornamen ansprachen. Das Duzen machte dabei den Umgang persönlicher, ja beinahe familiär und die Verwendung von Vornamen wirkte dabei angenehmer als das bis dahin und auch heute noch in vielen Kommissariaten übliche Ansprechen mit dem Familiennamen. Das hatte in Mansfelds Augen etwas Abfälliges und das wollte er in seinem Team unbedingt vermeiden. Anfänglich stieß er damit nur bei einem seiner Mitarbeiter auf Widerstand. Aber auch der verschwand recht schnell und heute wurde das gar nicht mehr thematisiert. Es fühlte sich an, als wäre es nie anders gewesen.

»Weißt du inzwischen schon mehr?«

»Nicht wirklich, die meisten, denen ich begegnet bin, sagten nur, dass es wohl ziemlich übel aussehen soll. Und jeder, der schon in der Nähe der Leiche war, sah extrem blass aus. Machen wir uns also auf das Schlimmste gefasst.«

»Genau so etwas hat mir heute noch gefehlt. Gerade als ich wach wurde, war das quasi mein erster Gedanke. Eine schöne Metzelei zum Samstag und der Tag ist gerettet.«, brummte Mansfeld sarkastisch, vergrub die Hände tief in den Manteltaschen und ging ohne weitere Worte auf das Torhaus der Zitadelle zu.

Jensen folgte ihm pflichtbewusst. »Was wir aber schon wissen, es ist wohl eine männliche Leiche. Irgendwas zwischen vierzig und sechzig Jahre alt, so die erste Schätzung.«, erklärte er.

»Sind denn die Leichenfledderer etwa schon bei ihm?«, hakte Mansfeld nach.

»Die sind kurz vor dir gekommen. Dr. Martin hat heute Dienst. Aber er hat wohl auch nur einen kurzen Blick drauf geworfen, die Spurensicherung lässt noch niemanden durch.«

»Dr. Martin also, na wenigstens ein Lichtblick.«

Dr. Matthias Martin war ein ziemlich entspannter Rechtsmediziner, der auch am Tatort durchaus mal zu einer schnellen Einschätzung bereit war. Das übliche Klischee, von wegen man könne erst nach dreiwöchiger Obduktion eine erste und auch nur sehr vage Einschätzung geben, wie man es von schlechten Kriminalfilmen kannte, galt bei ihm nicht. Auch optisch machte er nicht den Eindruck eines approbierten Mediziners, mit seinen mehr als schulterlangen Haaren und stets verschlissen wirkender, sehr lässiger Kleidung ging er bei den meisten, zumindest auf den ersten Blick, als studentische Hilfskraft im Bürobotendienst durch. Aber spätestens, wenn er zu reden begann, kam der eloquente und von Wissensdurst getriebene Mensch zum Vorschein, der er in Wirklichkeit war.

Als die beiden das Torhaus auf der anderen Seite wieder verließen und somit auf dem Innenhof der Zitadelle ankamen, blickte Mansfeld den alles überragenden Juliusturm hinauf. Er sah eine nicht enden wollende Wendeltreppe vor seinem inneren Auge. »Das Ganze hat sich doch hoffentlich nicht dort oben abgespielt, oder?«

»Nein, nein.«, beruhigte ihn Jensen. »Wir müssen noch ein Stück, der Tatort ist außerhalb der Zitadelle direkt an der Kurtine.«

»Außerhalb? An der Kur-was?« Mansfeld schaute Jensen fragend an.

»Kurtine. Aber mach dir nichts draus, ich habe vorhin genauso viele Fragezeichen über dem Kopf gehabt. Dann habe ich mir sagen lassen, dass man die Wand zwischen den beiden Eckbastionen so nennt. Da ist außen zwischen besagter Kurtine und dem Wassergraben, direkt unterhalb des Turmes noch ein winziges Stück Wiese. Und genau das hat sich der Täter für sein Schlachtfest ausgesucht.«

»Und wie kommen wir dorthin, wenn es auf der Außenseite ist? Eine gemütliche Tour mit dem Ruderboot?«

»Man kommt durch einen Versorgungsgang hinaus. Das ist zwar eine ziemlich enge Angelegenheit, aber es geht wohl. Ich weiß das allerdings auch nur vom Hörensagen.«

Zwischenzeitlich waren die beiden an besagtem Durchgang angelangt und man hörte das hektische Klicken einer Kamera. Der Tatortfotograf war also schon fleißig bei der Arbeit. Plötzlich tauchte Klaus Wohlfahrt, der Leiter des Spurensicherungsteams vor den beiden auf.

»Ahh, Peter. Das ging ja mal flott.«, begrüßte er Mansfeld mit einem freundlichen Lächeln im Gesicht.

»Ja, trotz Wochenende und nächtlicher Stunde bin ich wie ein geölter Blitz hierher, nur um zu arbeiten. Die Aussicht, dein freundliches Konterfei in Augenschein nehmen zu dürfen, hat mich dabei wahrlich beflügelt.« Mansfelds Stimme klang noch immer etwas knurrig. »Können wir denn mal hin und uns die Sache anschauen?«

»Da draußen ist extrem wenig Platz, wenn ihr also noch ein paar Minuten warten könnt, bis der Fotograf fertig ist, wäre das echt fein.«, entgegnete Wohlfahrt.

»Klar. Kannst du uns denn derweil schon etwas sagen?«, fragte Mansfeld, während Jensen gleich seinen Notizblock zückte und sich schreibfertig machte.

»Das schaut ihr euch besser selbst an. Eine ziemlich üble Sache. Aber zumindest gibt es da draußen viel Gestrüpp, was in aller Regel auch viele Spuren bedeutet. Der Täter kam vermutlich mit einem Boot, darauf lassen passende Schleifspuren an der Uferkante schließen. Ich würde auch behaupten, dass er mindesten zweimal vor Ort war. Dabei hat er leicht versetzt angelegt und die beiden Anlandespuren weisen einen sichtbar unterschiedlichen Trocknungsgrad auf. Deshalb meine Vermutung. Einzig brauchbare Schuhabdrücke konnten wir nicht finden. Trotzdem bitte ich euch, auf jeden Fall nur die gekennzeichneten Flächen zu betreten.« Wohlfahrt hörte auf zu reden und schaute erwartungsvoll zu Mansfeld.

»Aber sicher doch, das Übliche. Kennen wir.«, bestätigte er Wohlfahrt, die Anweisung verstanden zu haben. Und zu Jensen gewandt: »Los, wir verkleiden uns schon mal, der Fotograf dürfte ja jeden Moment durch sein und dann können wir das hinter uns bringen.«

Kaum hatten die beiden die obligatorischen Schutzanzüge angezogen, war wie auf Befehl der Fotograf fertig und Wohlfahrt gab den Durchgang für Mansfeld und Jensen frei.

Draußen zeigte sich, dass die Ankündigungen zum Tatort nicht zu viel versprochen hatten. Das Stück Wiese war sehr klein, eher eine kleine Nische zwischen einer Ecke der Bastion und der Kurtine. Um einen vollständigen Eindruck der Szene zu erhalten, mussten die beiden sehr nahe an der Leiche vorbei. Etwas näher am Ufer stehend, konnten Mansfeld und Jensen die Szene auf sich wirken lassen.

Noch immer lag etwas Nebel über der Wasserfläche. Er ließ nicht nur das alte, steil über ihnen aufragende Ziegelgemäuer besonders gruselig wirken. Mit dichten Schwaden verschluckte er auch mehr oder weniger komplett die sonst allgegenwärtigen Nebengeräusche, das Grundrauschen der Stadt. Diese gedämpfte Stille ließ alles sehr unwirklich erscheinen und sorgte so für eine sehr beklemmende Atmosphäre.

Die Nische, in der sich der Tatort befand, wurde um etliche Meter von Bastion und Kurtine überragt, es sah fast so aus, als würde sich die riesige Ziegelmauer jeden Moment auf jeden stürzen wollen, der sich hier aufhielt. Das ganze Gebäude, das aus der Ferne betrachtet majestätisch im Wasser ruhte, wirkte hier aus der direkten Nähe furchteinflößend und tödlich, ja beinahe lebendig aggressiv.

Der Täter hatte ein Gestell aus Holz gebaut, das schräg an der Kurtine lehnte. Daran hatte er sein Opfer mit Seilen befestigt, die wie alte Netze aussahen. Die Arme waren ausgebreitet und mit einer schwarzen, nicht klar definierbaren Flüssigkeit übergossen. Sie wirkten dabei verbrüht, genau ließ sich das jedoch nicht erkennen.

Der Hals des Opfers war quer durch einen sehr tiefen Schnitt geöffnet, so tief, dass die Halswirbelsäule zwischen klaffenden Hautlappen sichtbar war. Die gesamte Umgebung war blutgetränkt. Der Rest des Körpers schien auf den ersten Blick unversehrt, lediglich auf dem Brustbein war ein Symbol in die Haut geschnitten, das an einen Fisch erinnerte. Insgesamt wirkte der Tatort so, als solle diese Inszenierung etwas Bestimmtes darstellen.

»Was will uns der Täter damit sagen?«, fragte Jensen?

»Irgendetwas soll das doch bedeuten, oder?«

»Sieht ganz so aus. Das Opfer wirkt wie gekreuzigt, auch wenn es kein echtes Kreuz ist. Außerdem wäre es dann mit Nägeln befestigt und nicht mit diesen Netzen, oder was auch immer das ist. Zumindest, wenn es eine realistische Darstellung sein sollte. Außerdem ist da ja noch dieses schwarze Zeug.«

»Vielleicht hat das alles aber auch gar keine Bedeutung und soll uns einfach nur in die Irre führen.«, überlegte Jensen.

»Das glaube ich weniger. Denn in dem Fall hätte der Täter sein Opfer einfach umgebracht und irgendwo liegen gelassen. Bestenfalls hätte er es noch gut versteckt. Das hier hat eine ganz andere Qualität, das hier soll uns oder der Welt etwas sagen. Wir müssen die Botschaft nur erkennen.«

Mansfeld drehte sich um und blickte auf den Zitadellengraben. Am gegenüberliegenden Ufer standen, durch den Nebel nur schemenhaft erkennbar, die ersten Schaulustigen.

»Wir müssen den Weg um die Zitadelle sperren lassen, sonst haben wir, sobald sich der Nebel etwas lichtet, die ganze Scheiße hier als Fotos in den sozialen Netzwerken. Und sowas können wir nun wahrlich nicht gebrauchen.«

»Ich kümmere mich gleich darum.«, antwortete Jensen mit einem Nicken. Mobiltelefone mit Fotofunktion waren die Pest, zumindest dann, wenn Gaffer sie in den Händen hielten.

Wortlos, in Gedanken versunken, standen die beiden noch einen Moment dort, bevor sich Mansfeld abwandte.

»Lass uns hereingehen und die anderen ihren Job machen. Ich für meinen Teil habe genug gesehen.«, forderte er auch Jensen zum Gehen auf.

Im Inneren der Zitadelle wartete schon Wohlfahrt auf freie Bahn für die Spurensicherung.

Mansfeld fragte ihn: »Sag doch mal, hast du eine Idee, was das schwarze Zeug sein könnte, das auf den Armen des Opfers ist?«

»Das dürfte etwas Ähnliches wie Teer sein, zumindest riecht es so.«

»Sag nicht, du bist da mit der Nase ran?«, entgegnete Jensen entsetzt.

»Aber natürlich doch. Das ist schließlich mein Job. Und für eine erste Einschätzung ist oft auch der Geruch wichtig bis ausschlaggebend. Übrigens, wenn man nah genug rangeht, dann sieht man auch kleinere Blasen, ähnlich Verbrühungsverletzungen. Wenn ihr mich fragt, wurde das Zeug also kochend drübergekippt. Aber nagelt mich nicht darauf fest, das soll lieber die Medizinertruppe machen. Ihr wisst schon, Fachgebiet und so.«

Mansfeld und Jensen sahen sich wortlos an und schienen das eben Gehörte zu verarbeiten, als Wohlfahrt nachlegte: »Steht hier nicht so herum, sondern macht hin und besorgt euch ein Silbertablett. KSK ist nämlich inzwischen eingetroffen und will mit Sicherheit direkt einen Täter darauf präsentiert haben.«

KSK war Kriminalrat Siegfried Koch, der Chef von Mansfeld und Jensen. Er war dafür bekannt, am liebsten schon vor dem Mord den Täter genannt bekommen zu wollen. Oft stand seine Ungeduld den Ermittlungen im Wege, aber stets sorgte es dafür, dass die Ermittler besonders eifrig arbeiteten, wenn sich KSK persönlich in die Ermittlungen einschaltete.

Und tatsächlich, auf dem Innenhof stand Koch mit Dr. Martin beim gemütlichen Plausch. Als er Mansfeld und Jensen bemerkte, wechselte sein Gesichtsausdruck vom freundlichen Lächeln, dass er eben noch für Dr. Martin übrig hatte, zu einer nahezu unbeweglichen, sehr ernsten Maske.

»Peter, hast du schon etwas Greifbares?«, kam er, an Mansfeld gewandt, direkt zur Sache. Er vergeudete eben keine Zeit durch unnötige Höflichkeitsfloskeln oder Begrüßungen.

»Guten Tag, lieber Siegfried.«, entgegnete Mansfeld und zeigte mit einem gestelzten Lächeln seine Zähne. »Und nein, bisher haben wir noch keine Verhaftung vorgenommen.« Er machte sein charmantestes Gesicht und brach damit auch bei KSK ein wenig das Eis, denn der entspannte zusehends.

»Ja, ja, guten Tag, lieber Peter. Hallo Ralf.«, holte er die ausgelassene Begrüßung nach. »Seid ihr schon direkt am Tatort gewesen?«

»Genau dort kommen wir gerade her.«, antwortete Mansfeld und fasste kurz zusammen, was bisher an Erkenntnissen vorhanden war: »Kein schöner Anblick, da hat jemand ganze Arbeit geleistet. Wirklich viel können wir aber noch nicht sagen. Es ist ein männliches Opfer, das auf einer Art Holzgestell befestigt ist. Es ist mit Netzen oder etwas ähnlichem festgebunden. Der Hals ist komplett aufgeschlitzt und auf der Brust ist ein Symbol eingeschnitten. Dazu kommt eine uns bisher unbekannte Flüssigkeit auf den Armen in Verbindung mit fraglichen Verbrühungsverletzungen. Da soll ganz klar eine Botschaft überbracht werden, wir wissen nur noch nicht genau, welche das sein soll. Das Gesicht ist noch gut erkennbar, also sollte die Identifizierung problemlos möglich sein und nicht allzu lange dauern. Die Hände sind ebenfalls, auf den ersten Blick, noch intakt. Falls wir also irgendwo die Abdrücke haben, geht es erst recht schnell.«

»Will ich mir die Sache persönlich ansehen?«, fragte KSK.

»Eher nicht. Fotos sollten ausreichen.«, antwortete Jensen auf die Frage und dachte dabei daran, dass der Chef schon bei weniger zugerichteten Leichen sehr schnell blass wurde.

»Dann vertraue ich mal auf eure Einschätzung und belasse es bei der Bilderschau. Der Fotograf ist ja schon wieder weg, da sollte also in Kürze hinreichend Material geliefert sein.«

Jensen nickte nur zur Bestätigung.

»Peter, wie willst du weiter vorgehen?«, fragte er nun Mansfeld.

»Ich denke, ich schaue mich mit Ralf noch ein wenig hier in der Zitadelle um. Ich will ein Gefühl für den Ort bekommen. Die anderen werde ich gleich direkt ins Kommissariat umleiten und dort treffen wir uns dann um elf Uhr zum ersten Briefing. Und mal schauen, vielleicht habe ich bis dahin schon eine Idee, wie wir den Fall hier möglichst schnell zum Abschluss bringen können. Das heißt …« Mansfeld unterbrach sich selbst, überlegte kurz und redete dann weiter: »Ich schätze mal, schon wegen der seltsamen Darstellung des Toten sollten wir gleich eine Sonderkommission ins Leben rufen. Das wird dann nachher gleich mit angeleiert. Auch wenn wir wegen des Personalbedarfs im Prenzlbergfall vermutlich erstmal mit deutlich weniger Kräften als üblich auskommen müssen.«

KSK nickte zufrieden und während er sich in Richtung Torhaus drehte, sagte er: »Da kommt auch Kehlheim. Den übernehme ich, legt ihr mal los, damit ihr nachher nicht zu spät seid.«

Dr. Franz Kehlheim war der angekündigte Staatsanwalt. KSK ging ihm entgegen und bewahrte Mansfeld und Jensen so davor, unnötig Zeit damit zu verschwenden, das Ganze noch einmal erzählen zu müssen.

Mansfeld nahm sein Telefon hervor und rief die anderen, seinem Team zugewiesenen Ermittler an, die sich fast alle schon auf dem Weg zur Zitadelle befanden. Er schickte sie direkt ins Kommissariat und informierte sie über den festgelegten Termin zum ersten Briefing.

Es war zwar oft hilfreich, wenn jeder Ermittler den Tatort selbst in Augenschein nahm, aber hier hielt er es nicht für angebracht. Der Tatort selbst war sehr klein und wenn zu viele Leute über das winzige und feuchte Stück Wiese gingen, wurden nur unnötig Spuren zerstört. Und wenn die Spurensicherung da durch war, dann gab es ebenfalls nicht mehr sehr viel vom ursprünglichen Tatort zu sehen. Die anderen mussten also dieses Mal mit Fotos auskommen. Abgesehen davon war der Anblick Leiche nicht unbedingt etwas, das man selbst gesehen haben musste.

Mansfeld und Jensen gingen nun schweigend über das Gelände der Zitadelle. Von innen wirkte alles viel größer, als es von außen den Anschein hatte. Deutlich größer. Und so schrecklich der Anlass auch war, es war eine gute Gelegenheit, die Zitadelle mal ohne Unmengen von Touristen in Augenschein nehmen zu können.

Die beiden schlenderten über den Hof und gelangten so zum Wassertor, einem tief gelegenen Gittertor, das direkten Zugang zum Wasser an der Nordseite der Zitadelle ermöglichte. Mansfeld ging hinunter und blickte durch das Gitter auf den Zitadellengraben. Dabei bemerkte er ein kleines Boot, das im Becken innerhalb der Zitadelle lag und mit nassen Fußabdrücken übersät war.

»Sag mal Ralf, dieses Boot hier wurde doch vor kurzem benutzt, oder?« Er wies mit der Hand auf die vielen Wasserspuren im Inneren des Bootes.

»Sieht so aus, aber wie soll er dann durch das Tor gekommen sein? Das ist schließlich zu und sieht nicht so aus, als könnte man es ohne Weiteres öffnen.«, zweifelte Jensen an dieser Theorie. »Aber ja, die Spuren sind schon seltsam.«

»Halten wir das mal fest und schicken nachher nochmal Wohlfahrts Leute hierher, die sollen das genau unter die

Lupe nehmen. Und vielleicht finden wir hier irgendwann noch einen Verantwortlichen, der uns dann verraten kann, ob und wie das Tor geöffnet werden kann.«

»Warte, ich hole gleich jemanden her.«, antwortete Jensen und zog derweil sein Telefon aus der Tasche. Er rief Wohlfahrt an und schilderte kurz, was sie gefunden hatten. Anschließend nickte er ein paar mal und machte dabei bestätigende Geräusche. Nachdem er aufgelegt hatte, konnte er das Rätsel lösen: »Wohlfahrt hat die Spuren schon erklärt. Er selbst war vorhin schon auf Rundgang in der Zitadelle und dabei ist ihm das Boot aufgefallen. Es war allerdings unbenutzt, er hat es dann aber selbst genutzt, um das Tor ein wenig genauer zu untersuchen. Und dabei hat er es eben auch nass gemacht. Das Tor hat er übrigens nicht geöffnet bekommen und schließt es damit als Bestandteil des Tatortes aus.«

Mansfeld grübelte kurz. »Klar, es wäre letztlich auch viel zu umständlich. Der Täter hätte dazu auch erst in die Zitadelle reingemusst, nur um dann wieder raus zu gelangen. Wäre er aber mit seinem Opfer ins Innere der Zítadellenanlage gekommen, hätte er es beispielsweise hier auf dem Hof viel dramatischer und vor allem deutlich öffentlichkeitswirksamer ausstellen können. Also gut, schließen wir das Wassertor aus. Immerhin etwas.«

Jensen schüttelte den Kopf. »So sehr würde ich mich darauf nicht festlegen wollen. Es kann durchaus sein, dass die Außenseite ganz gezielt gewählt wurde. Ich glaube, das gehört zur Inszenierung dazu. Und frag mich nicht, wie ich darauf komme. Das ist lediglich ein Gefühl.«

»Du meinst also ernsthaft, jemand würde eine kleine, kaum betretbare Nische im Schatten der Zitadelle dem Innenhof vorziehen? Und macht sich dann die Mühe sein Opfer so aufwändig zu platzieren, wenn er dabei Gefahr laufen muss, dass es erst sehr spät entdeckt wird. Und wenn sich möglicherweise schon allerlei Tiere darum gekümmert und kaum etwas übrig gelassen haben?«, antwortete Mansfeld ungläubig.

»Ich weiß, das klingt komisch. Aber wie gesagt, ich kann es nicht genau erklären, ich habe da lediglich so ein Gefühl. Und mal ehrlich, wenn der Täter es gewollt hätte, dann wäre er sicher auch in die Zitadelle hineingekommen. Die Zeiten, in denen hunderte Soldaten das Ding bewacht haben, sind schon lange vorbei. In der Nacht sollte man da also leichtes Spiel haben.«

Mansfeld dachte kurz nach. »Okay, dann halten wir das einfach mal als eine Option fest. Immerhin benötigen wir noch ein Motiv und wenn der Platz an der Kurtine gezielt gewählt wurde, dann gehört das mit Sicherheit dazu. Aber wir dürfen uns nicht zu sehr darauf festlegen, es bleibt also lediglich eine Möglichkeit von vielen.«

»Schon klar.«, antwortete Jensen und folgte Mansfeld, der nun den Weg durch die Zitadelle fortsetzte.

Die beiden vollendeten eine Umrundung der Zitadelle, allerdings ohne weitere Dinge zu finden, die ihr Interesse wecken konnten. Das war also eine ganz klare Niete.

»Ich für meinen Teil habe hier genug gesehen.«, sagte Mansfeld und ließ dabei noch einmal seinen Blick über den Innenhof der Zitadelle schweifen. »Dieser Ort ist, gerade an so einem nebligen Tag wie heute, einfach nur bedrückend und melancholisch. Das schlägt aufs Gemüt. Also nichts wie weg hier. Oder hast du noch eine Idee, für deren Umsetzung wir hier bleiben müssten?«

»Nein. Maximal für das Ritteressen, aber das ist ja zumeist am Abend.«, witzelte Jensen mit einem Blick auf die Werbetafel zu den allabendlich stattfindenden Ritterevents im Restaurant der Zitadelle.

Mansfeld lachte jedoch nicht und so schob Jensen schnell nach: »Du hast recht, lass uns hier verschwinden. Außerdem erwarten uns die anderen um elf, wenn wir hier noch lange die Ziegelsteine anschauen, verpassen wir den Termin.«

Mansfelds Antwort war nicht mehr zu verstehen, sie ging in einem Grummeln unter. Es klang aber durchaus zustimmend und da er sich umdrehte und in Richtung Torhaus davon stürmte, war es das wohl auch. Jensen beeilte sich, ihm zu folgen.

Noch auf der Brücke holte er Mansfeld ein. »Peter, wir treffen uns dann im Kommissariat.«, verabschiedete er sich von Mansfeld, der das mit einem fragenden Blick bedachte. »Wir sind heute mit getrennten Autos hier?«, erinnerte er Mansfeld fragend daran, dass die Anfahrt zur Abwechslung nicht gemeinsam erfolgt war.

»Ach ja, ich vergaß.« Mansfeld winkte nur ab und verschwand in Richtung Parkplatz. Jensen hingegen blieb noch einen Moment auf der Brücke stehen und dachte über Mansfeld nach. Der wirkte heute ein wenig zerstreut und abwesend. Er schob das auf die Störung am Wochenende, die in der Tat enorm bedrückende Atmosphäre der im Nebel liegenden Zitadelle und den brutalen Tatort. Ihm selbst begann es auch aufs Gemüt zu schlagen. Also beschloss er, nicht weiter darüber nachzudenken, zuckte kurz mit den Schultern und ging dann ebenfalls zu seinem Auto, um möglichst zeitgleich mit Mansfeld im Kommissariat anzukommen.

Samstag, 11.00 Uhr, Kommissariat

Der Plan ging auf, denn Jensen fuhr direkt hinter Mansfeld auf den Parkplatz des Kommissariats, der zu dieser Zeit ungewöhnlich leer war. Mansfeld, noch immer recht wortkarg, nickte Jensen nur kurz zu und deutete ihm damit an, ihm direkt zu folgen. Dieser folgte der stummen Aufforderung ebenso wortlos.

Im Sitzungsraum der Sonderkommission warteten bereits die Ermittler, die Mansfeld für die Aufklärung dieses Verbrechens zugeteilt waren. Auf den Tischen lagen allerlei Fotos vom Tatort. Wohlfahrts Mann hatte wohl schon geliefert, was Mansfeld gefiel. So blieben ihm umständliche Beschreibungen des Tatortes erspart, da sich jeder selbst ein Bild machen konnte.

Die anwesenden Ermittler hatten inzwischen das Erscheinen von Mansfeld und Jensen bemerkt und alle verstummten. Während Jensen sofort damit begann, jeden einzeln zu begrüßen, ging Mansfeld zunächst an die Kaffeemaschine und nahm sich eine Tasse der undefinierbaren Flüssigkeit, die diese für gewöhnlich absonderte. Kaffee war es jedenfalls nicht, Mansfeld selbst bevorzugte Vollautomaten oder Siebträger, wusste also, was ein richtiger Kaffee war, aber dieses Zeug hier enthielt zumindest Koffein und genau das brauchte er jetzt. Er nahm einen Schluck und versuchte, dabei das Gesicht nicht allzu offensichtlich zu verziehen.

»Klaus, mach doch mal bitte kurz ein Fenster auf.«, forderte er Kriminalkommissar Klaus Welfert auf, vor dem Briefing noch etwas frische Luft in den inzwischen ziemlich stickigen Raum zu lassen. Welfert war schon einige Jahre im Kommissariat und leistete für gewöhnlich solide Ermittlungsarbeit. Aber er tat sich nie wirklich hervor und zeigte selten echten Ehrgeiz, weshalb eine normalerweise schon längst erfolgte Beförderung zum Oberkommissar noch immer auf sich warten ließ. Das schien ihm jedoch nichts auszumachen. Diese Charaktereigenschaft sorgte immer wieder dafür, dass sich Mansfeld dabei ertappte, ihm all die kleinen Aufgaben zuzuteilen, die ein karrierebewusster Mitarbeiter eher als Strafe oder Herabwürdigung empfinden könnte. So auch dieses Mal und Mansfeld nahm sich fest vor, solche Dinge künftig auch auf die anderen Ermittler zu verteilen.

Jetzt war aber keine weitere Zeit für Überlegungen zu Personal und Menschenführung, es galt einen Fall aufzuklären und das sollte so schnell wie möglich geschehen.

Mansfeld räusperte sich laut hörbar und die Gespräche im Raum verstummten.

»Zunächst einmal guten Tag und Entschuldigung, dass euch das Wochenende so plötzlich versaut wurde.«, begrüßte Mansfeld sein Team. »Und falls sich jemand wundert, dass ich euch direkt hierher und nicht zum Tatort beordert habe, das hatte seine Gründe. Wie ihr ja auf den Fotos sehen könnt, ist es dort sehr beengend und viele Menschen hätten viele Spuren zerstört. Darüber hinaus dürften die Fotos eine hinreichend verständliche Sprache sprechen.«

Alle nickten zustimmend.

»Aber das hat ja auch etwas Gutes, so brauchen wir nicht auslosen, denn es bleibt nur Ralf für das erste Brainstorming, nicht wahr?« Erstmals seit Betreten des Raumes zeigte sich ein Lächeln auf Mansfelds Gesicht.

Das erste Brainstorming war eine Tradition unter Mansfeld. Dabei wurde für gewöhnlich einer der Ermittler nach der Tatortbesichtigung ausgelost, um zunächst die vorgefundene Situation zu schildern und anschließend ganz offen und frei seine Ideen und Schlussfolgerungen vorzustellen. Auf diese Weise konnten recht einfach erste Ermittlungsansätze entwickelt werden. Dabei gab es keine Denkverbote, jeder konnte dabei Kreativität und Fantasie freien Lauf lassen. Jensen hatte sich aber schon innerlich darauf vorbereitet, denn ihm war sein Schicksal schon in dem Moment klar, in dem Mansfeld beschlossen hatte, die anderen direkt ins Kommissariat zu schicken.

»Vorher müssen wir aber noch etwas Organisatorisches klären. Wir bilden, aber das dürfte ohnehin jedem klar sein, eine Sonderkommission. Oder vielmehr ein Sonderkommissiönchen, denn zunächst bleiben wir hier im Kernteam unter uns. Für diese Sonderkommission brauchen wir wie üblich einen ›schmissigen‹ Namen. Wobei hier ja der Name ›Zitadelle‹ naheliegt, nicht wahr? Oder gibt es Einwände?«

Niemand erhob die Stimme, im Gegenteil, es gab durch die Bank weg zustimmendes Nicken, also sagte Mansfeld: »Dann sei es so.«

Jetzt war aber Jensen dran und trat vor die Gruppe, während sich Mansfeld im hinteren Teil des Raumes niederließ. Als Mansfeld saß, nickte er Jensen zu und dieser begann mit einer detaillierten Schilderung der vorgefundenen Situation und ließ dabei auch die Atmosphäre nicht aus, die geradezu plastisch greifbar rund um die Zitadelle herrschte. Erstaunlich präzise schilderte er, was auch Mansfeld vor Ort gefühlt hatte. Dann begann das Schießen aus der Hüfte, wie Mansfeld es gern nannte.

»Was schließe ich also aus der Gesamtsituation?« Jensen blickte kurz mit gespielt grübelnder Miene in Richtung Decke. »Besonders auffällig finde ich die Kombination aus Gewässernähe, den netzartigen Seilen, mit denen das Opfer am Holzgestell befestigt wurde und den in die Brust geritzten Fisch. Das alles deutet für mich auf einen zutiefst religiösen Hintergrund der Tat hin.«

Daraufhin wurde es unruhig im Raum und Kommissarin Anja Stölzner meldete sich zu Wort.

»Was hat denn Wasser mit Religion zu tun?«, fragte sie. »Ich bin in Sachen Religion nicht wirklich vorbelastet, deshalb erschließt sich mir kein Zusammenhang.«

»Na der ist doch offensichtlich!«, warf daraufhin Oberkommissar Andreas Meinert mit leicht besserwisserischer Tonlage ein. »Das alles deutet auf einen Fischer hin, der wiederum auf dem Siegelring des Heiligen Vaters, also des Papstes abgebildet ist. Er stellt den Apostel Petrus dar, der ebenso wie sein Bruder Andreas als Menschenfischer bezeichnet wurden.«

»Das Markusevangelium.«, warf Hauptkommissarin Rita Schwarz hinterher.

»So so, du bist also bibelfest? Das ist ja etwas ganz Neues.«, witzelte Meinert in ihre Richtung.

»Nein, aber ich hatte nach Sichtung der Fotos einen ähnlichen Gedanken und einfach mal Wikipedia bemüht. Also einfach nur etwas Allgemeinwissen in Verbindung mit ebenso klassischer, wie auch höchst brillanter Ermittlungsarbeit.«, lobte sie sich, die Gelegenheit schamlos ausnutzend, gleich selbst.

Gerade wollte Mansfeld das sich anbahnende verbale Gemetzel unterbrechen, als Dr. Martin, der Gerichtsmediziner, den Raum betrat.

»Na hier geht es ja schon richtig rund. Sagt Bescheid, bevor es in eine handfeste Schlägerei ausartet, damit ich dann schnell die Flucht ergreifen kann. Oder Wetten abschließen.«

Diese Ansage wirkte und alle verstummten. Meinert wirkte ein wenig beleidigt, aber so war es oft mit ihm. Austeilen konnte er, nur das Einstecken gehörte nicht gerade zu seinen Stärken.

»Klaus, gut, dass du da bist. Wir haben, wie man eben ganz eindrucksvoll bemerken durfte, bereits einen ersten Ermittlungsansatz, jetzt fehlt nur noch die Bestätigung dafür. Und die kannst du bestimmt liefern.«, begrüßte Mansfeld ihn und übergab ihm damit gleich das Wort.

»Nun, ob ich da wirklich liefern kann, das vermag ich nicht zu sagen, aber ich kann etwas zur Identität des Opfers sagen.«, antwortete er an Mansfeld gewandt.

»Perfekt, denn wenn wir das Opfer kennen, wissen wir auch schnell, ob dessen Umfeld zu unserem Ansatz passt.«

»Dann will ich mal.«, sagte Dr. Martin und richtete das Wort dann an alle. »Beim Opfer handelt es sich um Jens Schmid. Zweiunddreißig Jahre alt und derzeit arbeitslos. In seiner damit üppigen Freizeit sitzt für die PSD in der Bezirksverordnetenversammlung. In dieser Funktion ist er vornehmlich im Bauausschuss tätig. Er ist verheiratet und hat eine kleine Tochter. Die Kleine ist gerade fünf Jahre alt. Zur Todesursache kann ich noch nichts Genaues sagen. Es sieht zwar zunächst klar nach einem Schnitt durch den Hals aus, aber der kann ihm auch nachträglich beigebracht worden sein. Ebenso kann ich noch nichts zu dieser schwarzen Flüssigkeit sagen, da ist aber das Labor schon dran. Aus dem Stand würde ich auf etwas teerähnliches tippen.« Dr. Martin machte eine kurze Pause, bevor er fragte: »Das war‹s fürs Erste. Passt es zu eurer Theorie?«

Nun übernahm Mansfeld wieder. »Das lässt sich so noch nicht sagen, dazu müssen wir erst seinen persönlichen Hintergrund ein wenig mehr beleuchten. Ein Politiker sagst du? Das bringt natürlich noch unendlich viele weitere Optionen ins Spiel. Hoffen wir mal, dass uns da Abteilung 5 nicht auch noch in die Arbeit reinpfuscht.«

Die Abteilung 5 des Landeskriminalamtes ist der polizeiliche Staatsschutz und für politisch motivierte Straftaten zuständig. Die ebenfalls zum Staatsschutz gehörende Abteilung 8 war dabei auf Islamismus und den Staatsschutz betreffende Ermittlungen mit Finanzbezug zuständig.

Dr. Martin wiegelte direkt ab: »Na die wachen doch nur dann auf, wenn es sich tatsächlich um politisch motivierte Kriminalität handelt. Das hier sieht mir aber bisher weniger danach aus. Und wenn es um seine politische Arbeit ginge, wäre das Rathaus doch ein besserer Präsentierteller als die Zitadelle, oder?«

»Wir sind noch ganz am Anfang. Das heißt, es ist grundsätzlich alles möglich und nichts wird ausgeschlossen. Aber ich gebe dir recht, das Rathaus wäre dann vermutlich eher der Tatort gewesen. Kollege Jensen hat vorhin schon geäußert, dass er den kleinen Platz dort außerhalb der Zitadelle für exakt den Ort hält, der zur Inszenierung gehört. Also nicht einmal der große Schauplatz im Inneren der Zitadelle richtig gewesen wäre.«, sagte Mansfeld daraufhin und Jensen schwoll vor Stolz innerlich die Brust.

»Welche Theorie habt ihr eigentlich, vielleicht fällt mir ja etwas Passendes dazu ein?«, fragte Dr. Martin nun und brachte damit das Gespräch wieder in seine ursprüngliche Bahn zurück.

»Im Raum steht ein religiöser Hintergrund, denn sowohl Gewässernähe, also auch die Netzdingsbumse und der in die Brust geritzte Fisch deutet darauf hin.«

»Soso, das Markusevangelium.« Dr. Martin nickte, während ihn alle erstaunt anblickten.

»Ach, du kennst dich auf diesem Gebiet aus?«, wollte Mansfeld wissen.

»Nein, überhaupt nicht. Ich habe nur ein wenig aufgeschnappt, als es hier eben noch die Diskussion gab, die sich fast in Richtung Bibelzitatewettstreit entwickeln wollte.« Dr. Martin grinste und im Raum gab es Gelächter.

»Okay.«, unterbrach Mansfeld die Heiterkeit. »Matthias, wenn du nichts mehr hast, dann würden wir jetzt weitermachen wollen.«

»Nein, ich wollte euch nur fix die Identität des Opfers mitteilen, die Obduktion wird erst morgen stattfinden. Bist du dann selbst dabei?«

»Ja, vermutlich werde ich mit Jensen dabei sein, aber das kann sich auch noch ändern. Du weißt ja, sich ändernde Situationen und so.«

»Nur zu gut. Na dann, macht es gut und viel Erfolg bei der Verbrecherjagd.« Ohne eine Antwort abzuwarten verließ Dr. Martin den Raum.

Alle blickten erwartungsvoll zu Mansfeld. Darauf sagte dieser: »Gut, die Identität ist geklärt. Das kommt gleich an die Tafel. Aber ich denke mal, Ralf war noch nicht fertig. Denn weshalb er ein religiöses Motiv sieht, hat er noch nicht wirklich abschließend erläutert.« Er drehte sich zu Jensen. »Oder warst du fertig?«

»Nicht ganz. Was den religiösen Part betrifft, da bin ich durch. Abschließend zusammengefasst könnte es also folgendes bedeuten: Es gibt ein religiöses Motiv, weshalb der Täter das Opfer so drapiert hat, als wäre es entweder Petrus oder dessen Bruder Andreas in Gestalt eines Menschenfischers. Also, dass es eine Strafe für unchristliches Verhalten ist. Es gibt aber einen Haken. Nein, sogar zwei. Einmal wäre es der Ort. Ich sagte zum Chef schon vor Ort, dass ich exakt diese kleine und dunkle Nische auf der Außenseite für einen gezielt ausgewählten Ort halte, finde da aber keinen kirchlichen Bezug. Immerhin hat die Zitadelle militärischen Charakter. Und als Zweites ist da noch die Sache mit dem schwarzen Zeug. Nennen wir es einfach mal Teer. Darin kann ich auch absolut nichts Kirchliches entdecken. Diese beiden Punkte müssen also definitiv noch geklärt werden.« Jensen hielt inne und blickte zu Mansfeld.

Mansfeld ging nun wieder nach vorn und stellte sich zu Jensen. An die Ermittlergruppe gerichtet sagte er: »Ob Ort oder Teer einen entsprechenden Bezug haben, bekommen wir heraus. Anja und Andreas, ihr beschäftigt euch intensiv mit der Geschichte der Zitadelle. Dabei solltet ihr euch vor allem auf die kleinen Anekdoten konzentrieren, die nicht in den offiziellen Geschichtsbüchern zu finden sind. Vielleicht gibt es zu dieser kleinen Ecke ja irgendeine ganz besondere Story, die dann auch helfen kann, das Motiv klarzustellen. Klaus und Rita, ihr stürzt euch auf Tante Google und versucht herauszufinden, ob Teer oder ähnliches irgendwann in der Kirchengeschichte eine besondere Rolle gespielt hat.

Fangt am besten bei der Inquisition an, da wurde ja vermutlich am meisten durch die Gegend gemetzelt.«

Alle nickten pflichtschuldig und wollten sich gerade an die Arbeit begeben, als Jensen noch einen Einwand hatte: »Moment! Das war bisher ja nur meine erste Idee.« Irritiert schaute er Mansfeld an.

»Du hast vollkommen recht, wir dürfen uns nicht nur auf diese eine Idee konzentrieren. Aber einerseits sieht hier niemand so aus, als hätte er selbst eine bessere Theorie, ein richtiges Brainstorming entwickelt sich nicht und andererseits müssen wir ja irgendwo anfangen. Stimmt das, Leute?«

Es kamen keine Widerworte, lediglich zustimmendes Raunen. Aber mit viel mehr hatte Mansfeld auch nicht gerechnet. Das war eben einer der Nachteile, wenn nicht alle Ermittler den Tatort selbst in Augenschein genommen hatten. Das brachte in den meisten Fällen auch weniger Ermittlungsansätze. Aber dieses Risiko war ihm vorher schon bewusst und er hatte es in Kauf genommen. Und so war die Sache für Mansfeld beschlossen.

Mansfeld redete weiter: »Ralf, wir zwei Hübschen haben jetzt eine sehr undankbare Aufgabe vor uns. Lass uns aufbrechen. Und alle die hier bleiben, macht nicht zu spät Feierabend, ich vermute mal, dass noch einige harte Tage vor uns liegen. Und da soll keiner schon am ersten Tag komplett verbrennen. Lasst es ruhig angehen.« Dann sah er Jensen an, gab ihm einen freundschaftlichen Klaps auf die Schulter und sagte: »Los, Abflug. Bringen wir es hinter uns.«

Samstag, 14.30 Uhr, Wohnung Familie Schmid

Die Familie von Jens Schmid wohnte in einem Hochhaus am Rande der Spandauer Wilhelmstadt. Neben dem Südpark ragte es erhaben in den Himmel und war, egal aus welcher Richtung man kam, schon von weitem zu sehen. Rund um das Haus gab es gepflegte Grünanlagen, dahinter konnte man, im Südpark, einen großen Spielplatz sehen. Ebenfalls in direkter Nachbarschaft befand sich eine Schwimmhalle nebst Sommerbad.

Also der richtige Ort für eine junge Familie, dachte sich Mansfeld. Diese Gedanken machten das, was vor ihm lag, nicht unbedingt einfacher. Hinterbliebenen die Nachricht vom Tod eines ihrer Liebsten zu überbringen, war für keinen Polizisten eine echte Lieblingsdisziplin. Mansfeld versuchte deshalb stets, so weit wie möglich Abstand zu halten. Und schaffte es trotzdem immer wieder erfolgreich, kurz vorher eine Beziehung aufzubauen. Ungewollt, so wie hier auch. Aber es lag in seiner Natur, auch das Umfeld aller in eine Ermittlung involvierten Personen zu beleuchten und da kam man ihnen zuweilen auch recht nahe.

Mansfeld und Jensen parkten etwa achtzig Meter vom Haus entfernt und gingen das letzte Stück zu Fuß. Während Mansfeld zunehmend langsamer ging, in ihm sträubte sich alles gegen das Bevorstehende, wurde Jensen immer flotter.

»Mensch Ralf, nun renn doch mal nicht so.«, forderte Mansfeld ihn auf, seine Schritte ein wenig zu verlangsamen.

Jensen hörte aufs Wort, so gut sogar, dass er einfach komplett stehen blieb. Er richtete seinen Blick in Richtung oberster Etage des sich vor den beiden in die Höhe streckenden Gebäudes.

»Möchtest du in so einem Wohnsilo leben müssen?«, fragte er Mansfeld.

»Müssen scheint mir hier eher ein recht relativer Begriff zu sein.«, entgegnete dieser. »Wenn die Wohnungen gut geschnitten und bezahlbar sind und vor allem die Nachbarn nette Leute, dann fände ich die Wohnlage hier so nahe am Park schon echt verlockend. Klar, es ist kein Altbau, aber dafür dürfte es auch weniger Handwerkerbesuche geben. Und da es vermutlich Genossenschaft ist, sollten selbst die ganz leicht zu bekommen sein.«

»Der Punkt geht an dich.« Jensen dachte an die Fenster seiner privat vermieteten Altbauwohnung, wegen derer er sich schon seit Monaten mit seinem Vermieter herumärgern durfte.

Mansfeld drängelte: »Wenn wir noch lange hier draußen herumstehen, werden wir es nie erfahren. Also rein da. Dann wissen wir mehr.«

Um das Gebäude betreten zu können, musste jedoch, wenn man nicht in Besitz eines passenden Schlüssels war, aus einer der Wohnungen ein Türöffner betätigt werden. Also war Klingeln angesagt. »Klingeln wir unter irgendeinem Vorwand bei einem Nachbarn. Ich habe schon oft erlebt, dass die Angehörigen sonst gleich das Schlimmste ahnen und oben gar nicht erst öffnen. Einfach nur, um die Nachricht nicht zu bekommen, als wäre dann nichts geschehen.«

Jensen folgte diesem Rat und klingelte bei einem beliebigen Nachbarn. Der Stimme an der Wechselsprechanlage antwortete er lediglich mit einem kurzen: »Post!« und schon schnarrte der Türöffner.

Triumphierend blickte er Mansfeld an. »Na, wie war ich?«

»Großartig, einzigartig, ausgezeichnet, es war quasi eine oskarreife Darbietung schauspielerischen Könnens!« Mit einem Zwinkern ging er an Jensen, der ihm die Tür aufhielt, vorbei in das Haus.

Der Hausflur zeigte sich erstaunlich sauber und aufgeräumt. Anders, als man oft in solchen Neubauten sah, gab es keine Graffiti an den Wänden, ebenso fehlte der obligatorische, stets überquellende Karton für Werbesendungen unter der Briefkastenanlage. Alles war sauber und gepflegt.

»Siehst du, alles piekfein.«, wies Mansfeld Jensen auf diese Beobachtung hin.

»Na wenigstens etwas. So fällt mein Weltbild heute zumindest nicht vollständig in sich zusammen.«

»Weshalb sollte es denn das tun?« Mansfeld schaute Jensen an und zog dabei die Stirn kraus.

»Na, weil der doch Politiker war. Und in meiner Welt leben Politiker in dicken Villen und werden in ebenso dicken Limousinen durch die Gegend chauffiert. Also der krasse Gegensatz zu diesem Domizil hier. Aber wenigstens nicht ganz so ‹asi›, wie man auf den ersten Blick vermutet hätte.«

»Interessant, dieses Weltbild. Aber ich kann dir versichern, Lokalpolitiker sind noch lange nicht die sogenannten Eliten. Das sind ganz normale Menschen, die in aller Regel ganz normaler Arbeit nachgehen und die Politik im Ehrenamt betreiben. Hier in Berlin war selbst das Abgeordnetenhaus bis vor kurzem nur Teilzeitparlament. Die dicken Limousinen kommen erst eine Etage höher. Und selbst da nur von Amts wegen. Dicke Villen sind ebenso oft Fehlanzeige. Kanzlerin Merkel, als sie noch Kanzlerin war, wohnte zum Beispiel in einem ganz normalen Wohnhaus in der City.«

Jensen blickte Mansfeld an, als hätte dieser ihm gerade ein spannendes Märchen erzählt.

»Ja, schon klar und eigentlich weiß ich das ja auch. Aber ich habe eben immer so meine Bilder im Kopf. Schubladen, die ich nur schwer loswerden kann.«

Sie erreichten die Etage, in der die Wohnung der Familie Schmid war und deshalb starb der kleine philosophische Exkurs in die Lebensart deutscher Politiker. Beide machten sich innerlich auf das gefasst, was ihnen nun bevorstand.

Er atmete tief ein, dann klopfte Mansfeld vorsichtig an die Tür. Nur wenige Augenblicke später stand ein kleines Mädchen in der Tür und schaute die beiden mit großen Augen an.

»Wer seid ihr beiden denn?«, fragte sie.

»Wir sind die Polizei, junge Dame. Ist denn deine Mama zu Hause.«

Ohne zu antworten drehte sie sich um und lief in die Wohnung, während sie dabei: »Mamaaaaa.« krähte.

Prompt tauchte eine junge Frau im Flur auf und sah entsetzt die geöffnete Wohnungstür. Sie erstarrte und bevor sie panisch wurde, holte Mansfeld seinen Dienstausweis hervor.

»Keine Angst, wir sind die Guten. Kriminalpolizei Berlin. Frau Schmid, dürfen wir kurz hereinkommen und mit ihnen sprechen.«

Offenbar lief vor dem geistigen Auge von Frau Schmid ein Film ab. Mit der Tochter allein zu Hause, der Mann vermutlich schon seit dem Vortag verschwunden und jetzt steht Polizei in der Tür. Das konnte nur eines bedeuten und man sah ihr deutlich an, dass ihr genau das in diesem Moment klar wurde.

Jensen reagierte als erster, denn er hatte sein Telefon schon in der Hand und rief schon den Rettungsdienst, als sie noch gar nicht auf dem Fußboden aufgeschlagen war. Mansfeld stürzte derweil in die Wohnung und kümmerte sich um Frau Schmid, deren kurze Synkope langsam abflaute. Sie kam mehr und mehr zu sich.

»Julia! Wo ist mein Kind?«, fragte sie als Erstes und blickte sich verwirrt um. »Wer sind sie? Wo bin ich?«

Mansfeld sprach beruhigend auf sie ein: »Wir sind von der Polizei. Ihre Tochter ist in Sicherheit, wir haben sie in ihr Zimmer geschickt, damit sie sich ihretwegen keine Sorgen macht. Jeden Augenblick ist ein Rettungswagen hier, dann werden sie kurz durchgecheckt. Solange bleiben sie jetzt einfach liegen.«

In der Mimik von Frau Schmid war erkennbar, dass ihr in diesem Augenblick die Erinnerung zurückkam. »Sie sind wegen Jens hier, richtig? Was ist … ist … ist ihm etwas passiert?«

Ihr Blick sprach Bände, aber es war auch ein klitzekleiner Funken Hoffnung zu sehen und an den schien sie sich gerade mit aller Kraft zu klammern.

Mansfeld schüttelte nur vorsichtig den Kopf. »Wir haben leider sehr schlechte Nachrichten für sie.«, sagte er leise, kaum hörbar.

Die Antwort war lediglich ein langgezogenes Schluchzen und sowohl Mansfeld als auch Jensen hofften, dass der Rettungswagen so schnell wie möglich auftauchte und die angespannte Situation ein wenig entschärfte. Dieser Gefallen wurde ihnen getan, denn just in diesem Augenblick klingelte es. Jensen ging zur Tür, um den Rettungsdienst hineinzulassen. Als die Sanitäter das Wohnzimmer betraten, blieb er gleich im Flur. Mansfeld erklärte kurz, was geschehen war und zog sich, während die Sanitäter Frau Schmid untersuchten, ebenfalls in den Flur zurück. Während er an der Tür zum Kinderzimmer vorbeiging, öffnete sich diese und ein kleiner Kopf wurde herausgestreckt.

»Ist was Schlimmes mit Mami?«, fragte die Kleine zaghaft.

»Aber nein. Deine Mami hat nur einen großen Schreck bekommen und ihr war deshalb kurz schwarz vor den Augen. Aber ihr geht es gleich wieder gut.«, versuchte Mansfeld, die Kleine zu beruhigen.

»Bist du ein Freund von Papa?«

»Nein, ich bin von der Polizei. Und deshalb muss ich auch ein klitzekleines bisschen mit dir schimpfen. Darf ich das?«

»Aber nur ein bisschen.« Die Kleine taute langsam auf und begann Mansfeld anzulächeln.

»Okay. Dann mal los. Aaaaalso, kleines Frollein!« Gespielt winkte Mansfeld mit erhobenem Zeigefinger. »Du darfst niemals einfach so die Wohnungstür öffnen, denn es können immer auch Bösewichte davor stehen. Hast du das verstanden?«

Die Kleine schlug sich mit der Hand vor den weit aufgerissenen Mund und machte große Augen. Sie schien sich also ihres Fehlers bewusst geworden zu sein, weshalb Mansfeld nicht weiter darauf herumreiten wollte. »Einfach beim nächsten Mal, okay?«

»Okay.«, antwortete sie leise.

»Dann geh mal wieder in dein Zimmer, wir müssen gleich noch einmal kurz mit deiner Mami reden, danach hat sie wieder Zeit für dich.« Er hielt die Tür auf und die Kleine ging mit langsamen Schritten in ihr Zimmer.

»He he, das war ja mal richtig gut. Hast du Erfahrung mit Kindern?«, fragte Jensen mit anerkennendem Nicken.

»Nicht wirklich, aber hier war es ja sozusagen ein pflegeleichter Fall. Aber Themawechsel. Wir sollten gleich, wenn wir mit Frau Schmid reden können, nicht mit allzu vielen Details aufwarten.«

»Das sehe ich auch so, sonst wird der Rettungsdienst hier Dauergast. Aber abwarten, wer weiß, ob wir heute überhaupt noch mit ihr reden können.«

»Das wird schon, sie ist halt kurz umgekippt. Bei so einer Nachricht kein Wunder. Ganz besonders, wenn man bedenkt, dass wir ja mehr oder weniger urplötzlich in ihrer Wohnung standen.«

Mansfeld sollte recht behalten, denn wenige Augenblicke später kamen die Rettungsdienstler aus dem Wohnzimmer heraus.

»Sie können wieder rein. Mit der jungen Frau ist so weit alles in Ordnung. Sie will nicht ins Krankenhaus, wir können sie nicht dazu zwingen und somit ist unser Einsatz dann hier beendet.«

»Vielen Dank und noch einen ruhigen Dienst.«, verabschiedete Mansfeld die beiden und ging ins Wohnzimmer.

Es rumpelte noch ein wenig im Flur und nachdem die Wohnungstür ins Schloss gezogen war, kehrte Ruhe ein. Mansfeld deutete Jensen mit einem Nicken an, das Reden zu übernehmen.

»Frau Schmid, wir bedauern ihren Verlust sehr. Und wir haben Verständnis dafür, dass sie jetzt Ruhe und die

Unterstützung von Freunden und Verwandten brauchen. Aber wir haben einige Fragen, die sehr dringend Antworten benötigen. Sehen sie sich in der Lage, kurz mit uns zu reden?«

Frau Schmid schaute entsetzt auf. »Fragen? Ja war es denn etwa kein … kein Unfall?

»Leider nicht. Ihr Mann ist einem Verbrechen zum Opfer gefallen und um den Täter zu finden, benötigen wir einige Auskünfte.«

Es kam keine Reaktion, Frau Schmid starrte auf einen unsichtbaren Punkt im Nirgendwo und rührte sich mit keiner Faser.

»Frau Schmid? Ist alles in Ordnung mit ihnen?«

Sie schüttelte sich kurz. »Sabine. Mein Name ist Sabine. Und ja, in Ordnung. Wenn man das so nennen will. Ja.«

Langsam fing sie sich und man sah ihrer Körperhaltung an, dass sie auch innerlich ein wenig entspannte.

»Können sie mir denn sagen, was genau geschehen ist?«

Mansfeld überlegt kurz. »Die Details möchte ich ihnen lieber ersparen. Aber grob umrissen deutet alles darauf hin, dass ihr Mann einem Täter zum Opfer gefallen ist, der vermutlich aus religiösen Motiven mordet. Deshalb interessiert uns zunächst auch am meisten, welchen Bezug ihr Mann zur Kirche hat. Gab es da möglicherweise irgendein Engagement, ähnlich seiner politischen Arbeit?«

»Nein, ganz im Gegenteil. Er hat sogar immer gesagt, dass sich seine Kirchenmitgliedschaft und die Arbeit in einer sozialdemokratischen Partei beißen würden. Deshalb ist er schon vor einigen Jahren aus der Kirche ausgetreten. Also weshalb sollte da irgendein Fanatiker meinen Jens …«

Sie hörte auf zu reden und man sah ihr deutlich an, dass sie durch die Erwähnung des Namens wieder schwer mit der Fassung zu ringen hatte.

»Genau das versuchen wir herauszufinden. Und ich verspreche ihnen, wir werden den Täter finden.«, versuchte Mansfeld sie zu beruhigen, bevor wieder der Rettungsdienst benötigt wurde. »Aber gab es denn andere Kontakte mit der Kirche? Möglicherweise im Zusammenhang mit seiner politischen Arbeit?«

Sie überlegte kurz. »Da fragen sie besser seine Parteigenossen. Obwohl, Moment …«. Sie überlegte wieder einen Moment. »Letztens gab es da diese Probleme wegen des Jugendzentrums.«

Als sie nichts weiter sagte, hakte Jensen nach: »Was waren das denn für Probleme?«

»Oh, ja. Also, da sollte ein Jugendzentrum gebaut werden. Von der Kirche. Und auf dem gleichen Grundstück sollten mobile Flüchtlingsunterkünfte gebaut werden. Und er hat im Bauausschuss gegen das Jugendzentrum gestimmt. Ihm liegt … lag die Flüchtlingshilfe immer sehr am Herzen. Und das hat er deshalb als dringender angesehen. Für die Jugendlichen finden sich auch andere Räumlichkeiten, das hat er immer gesagt. Ob das der Grund war?« Fragend blickte sie abwechselnd zu Mansfeld und zu Jensen.

»Ein abgelehnter Bau? Ich glaube nicht, dass dies wirklich der Grund sein sollte. Nein. Da muss noch etwas anderes gewesen sein.«, stellte Mansfeld fest.

»Aber was?«

»Genau das müssen wir herausfinden. Und das werden wir auch. Und falls mein Kollege keine Fragen mehr hat, wäre es das von unserer Seite. Ralf?« Mansfeld schaute zu Jensen, der jedoch nur den Kopf schüttelte.

»Haben sie denn noch Fragen?«

»Wann kann ich meinen Jens sehen?«

»Frau Schmid, ich rate ihnen ganz dringend davon ab. Behalten sie ihren Mann lieber so in Erinnerung, wie sie ihn zuletzt gesehen haben.«

»Ist er denn wirklich so schlimm …«

»Ja. Es ist, ohne zu genau werden zu wollen, ein sehr unschöner Anblick.«

»In Ordnung. Aber wie geht es jetzt weiter? Ich stehe gerade vor einem Trümmerhaufen.« Wieder begann sie zu weinen und Mansfeld suchte fieberhaft nach einer Möglichkeit, sich ganz elegant aus der Affäre zu stehlen.

»Frau Schmid, in erster Linie müssen sie jetzt für ihre Tochter stark sein. Holen sie sich Verstärkung ins Haus, vielleicht ihre Mutter. Und heute müssen sie sowieso nichts mehr regeln, das kommt in den nächsten Tagen alles ganz von allein auf sie zu.«

Sie nickte kurz und blieb dann regungslos sitzen.

»Frau Schmid, sollen wir jemanden für sie anrufen?«, fragte Jensen deshalb besorgt.

»Nein, nein.« Sie schüttelte heftig den Kopf. »Ich mache das gleich. Sie können mich allein lassen. Ich muss mich jetzt um mein Kind kümmern.«

Kaum hatte sie das ausgesprochen, stürmte sie auch schon aus dem Wohnzimmer und wenige Sekunden später hörte man die Tür des Kinderzimmers zuschlagen.

»Dann lass uns mal die Gelegenheit nutzen und ganz schnell verschwinden.«, sagte Mansfeld und Jensen ließ sich nicht zweimal bitten.

Wieder vor dem Haus an der frischen Luft blieben beide stehen und atmeten deutlich hörbar durch.

»Los, ab ins Kommissariat. Mal schauen, ob die anderen etwas herausgefunden haben, bevor sie nach Hause gefahren sind. Und dann ist Feierabend, ich glaube, für heute haben wir beide auch genug. Richtig?«

»Ich unterstütze diesen Antrag!«, gab Jensen als knappe Antwort und die beiden machten sich wortlos auf zum Wagen. Auf der Fahrt zum Kommissariat schwiegen beide. Jeder hing seinen Gedanken nach. Während sich Mansfeld Sorgen um die Witwe des Opfers machte, die vermutlich gar nicht richtig realisiert hatte, was geschehen war, hatte Jensen ganz andere Sorgen.

Auf ihm lastete ein unbestimmbarer Druck und er hatte das Gefühl, der Fall würde ihm besonders viel Verantwortung aufbürden. Was tatsächlich stimmte, denn aktuell verfolgten alle nur seine Theorie. Seine Theorie vom religiösen Hintergrund, die nach dem Gespräch mit Sabine Schmid auf gar nicht mehr so festen Füßen stand. Er drückte sich innerlich die Daumen, dass er hier nicht für eine Sackgasse verantwortlich war, die nachher noch mehr Menschen das Leben kostete.

Samstag, 16.30 Uhr, Kommissariat

Als Mansfeld und Jensen in den Besprechungsraum zurückkamen, herrschte dort heftiges Stimmengewirr, das jedoch verstummte, als im Raum das Erscheinen der beiden bemerkt wurde.

Hauptkommissarin Rita Schwarz begrüßte die beiden Rückkehrer als erste: »Da seid ihr ja wieder. Hier ging es gerade ziemlich hitzig zu. Ich glaube, wir brauchen einen bibelfesten Kollegen, der hier als Mediator auftritt, sonst beginnen sich Andreas und Klaus noch zu kloppen wie testosterongesteuerte Teenager.«

»Was erhitzt denn die Gemüter?«, wollte Mansfeld wissen.

»Man streitet sich um die Namen derer, die in der Bibel als Menschenfischer in die Spur geschickt wurden.«

»Spielt das denn eine erhebliche Rolle bei unseren Ermittlungen?«

»Das nicht, aber du kennst die beiden doch. Die wollen einfach nur recht haben.«

»Dann lassen wir das. Verratet mir lieber, was ihr herausgefunden habt. Und vor allem, warum ihr noch nicht Feierabend gemacht habt, wie euch aufgetragen wurde.«

»Auf Feierabend hatte noch keiner von uns Lust. Und was die Ergebnisse betrifft, bei uns ist es nicht wirklich viel.«, übernahm Andreas Meinert das Wort.

»Selbst der Wikipedia-Artikel zur Zitadelle ist eine echte Katastrophe. Zu jeder Filzlaus gibt es ellenlange Artikel, die das Thema bis ins Tausendstel zerfleddern, aber zur Zitadelle finden sich gerade mal ein paar geschichtliche und ein paar architektonische Fakten. Dreiundzwanzig Punkte im Inhaltsverzeichnis und nichts dahinter. Und, was am wichtigsten für uns ist, nichts, was die Zitadelle irgendwie mit der Kirche in Verbindung bringt.«, ergänzte Anja Stölzner und zerschlug damit Mansfelds Hoffnung, über den Tatort an ein Motiv mit religiösem Hintergrund zu gelangen.

»Rita, Klaus? Habt ihr wenigstens eine Kleinigkeit, die mein Herz erfreuen kann?«

Klaus Welfert antwortete gar nicht erst, damit hätte Mansfeld aber auch gar nicht gerechnet, Schwarz hingegen druckste zunächst nur herum.

»Hmm. Das großartige Herzerwärmen wird es jetzt leider nicht geben.«, antwortete sie. »Der einzige Zusammenhang, den wir zwischen der Kirche und dem Teer herstellen konnten, liegt in der Zeit der Hexenverbrennung. Die Inquisition hat zuweilen Teer auf Scheiterhaufen gebraucht. Aber mal ehrlich, damit hat die Geschichte hier doch nicht einmal ansatzweise zu tun.«

»Es sei denn, das Holzgestell sollte einen Scheiterhaufen imitieren.«, warf Welfert zaghaft ein. »Aber dann hätte der Täter den ganzen Wumms ja vermutlich auch angezündet.«

»So sehe ich das auch.«, sagte Mansfeld darauf. »Dann sieht es somit auf diesem Spielfeld noch recht dünn aus. Also kurz zu unserem Besuch bei der Witwe.«

Mansfeld warf Jensen einen Flipboardschreiber zu.

»Ralf, bitte mitmeißeln.«, forderte er ihn auf, die wesentlichen Punkte auf einer Tafel festzuhalten, damit sie im Lauf der weiteren Ermittlungen stets für jeden sofort griffbereit waren.

»Opfer Nummer 1 heißt, wie wir ja schon heute Mittag erfahren haben, Jens Schmid. Er war Verordneter der Spandauer Bezirksverordnetenversammlung. In dieser Funktion war er vornehmlich im Bauausschuss tätig. Er ist schon vor Jahren aus der Kirche ausgetreten, also gab es auf diesem Wege keine direkten Reibungspunkte. Einen Kontakt gab es jedoch, denn als demletzt die Entscheidung ausstand, ein Stück Bauland entweder der Kirche für ein Jugendzentrum oder dem Senat für eine Gemeinschaftsunterkunft zuzuschlagen, hat er gegen das Jugendzentrum gestimmt. Neben seiner Verordnetentätigkeit ist er derzeit beschäftigungslos, also ist in dieser Richtung auch nichts zu holen. Und das war schon die komplette, traurige Ausbeute.«

Einen Moment lang war es totenstill im Raum, jeder überlegte, wie er das soeben gehörte am besten einordnete. Als erster meldete sich Meinert zu Wort: »Kann es denn irgendwo in der Verwandschaftslinie des Getöteten einen Zusammenhang, ein Tatmotiv geben? Immerhin werden die meisten Menschen durch eine ihnen ziemlich nahestehende Person ermordet.«

Das stimmte, denn in etwa 27 Prozent aller Fälle war der Täter bei Mord, Totschlag oder Tötung auf Verlangen der Ehe- oder Lebenspartner oder ein sonstiger Familienangehöriger und bei gerade mal 30 Prozent konnte eine Vorbeziehung zwischen Täter und Opfer ausgeschlossen werden.

»Na dann konstruiere doch mal ein Motiv!«, forderte ihn Mansfeld dazu auf, die Sache ein wenig zu vertiefen.

»Nehmen wir doch mal die Tochter. Er ist selbst vor Jahren aus der Kirche ausgetreten. Damit war er also früher mal drin und die Kirchenmitgliedschaft ist in der Familie vermutlich keine Besonderheit, sondern eher die Regel. Und nach dem eigenen Austritt hat er dann auch die Tochter nicht taufen lassen. Und das nimmt ihm nun vielleicht ein Verwandter so übel, dass er ein Exempel statuieren wollte.«

Allgemeines Kopfschütteln begann und Rita Schwarz meldete sich zu mit erhobener Hand zu Wort. Mansfeld übergab es ihr mit einem Wink.

»Mal ehrlich, mit ganz viel Fantasie und jeder Menge radikaler Gottesgläubigkeit mag das schon logisch erscheinen. Aber ich kann mir nur sehr, sehr schwer vorstellen, dass jemand einen Verwandten auf diese Weise hinrichtet, nur weil der sein Kind nicht taufen lässt. Eine schöne Gruselgeschichte ist das zwar, aber hier bestimmt nicht zutreffend.«

Rita atmete kurz durch.

»Hat eigentlich einer von euch mal in Erwägung gezogen, dass es auch einfach nur der Beruf des Täters sein kann? Also Fischer. Vergessen wir mal nicht, der hatte ein Boot, der hatte diese komischen Netze und der hatte ein verdammt scharfes Messer.«

»Na ein Messer hat heutzutage jeder Honk in der Tasche.«, platzte Meinert dazwischen.

»Ja, das mag sein, aber der Schnitt war, so lassen es zumindest die Fotos vermuten, sehr sauber und sehr tief. Also war das Messer auch enorm scharf. Vergesst mal nicht, der musste durch allerlei Gefäße und Muskeln, aber auch durch jede Menge Knorpel schneiden. Und wer mal beim Hausschlachten dabei war, der weiß genau, wie scharf das Messer dazu sein muss.«

»Diesem Vergleich zufolge käme aber auch ein Metzger infrage.«

»Der hat aber weder Boot noch Netze. Zumindest nicht in der grundsätzlichen beruflichen Ausstattung.«

»Wir sind hier aber in Spandau, jeder der hier ein paar Taler übrig hat, hat ein Boot.«

»Genau!«, hängte sich Jensen lachend in die Diskussion hinein. »Jeder hat ein schönes Motorboot mit ein paar Fischernetzen. So für die nette Fischwilderei nach dem Badeausflug an warmen Sommertagen.«

Es brach allgemeines Gelächter aus, weshalb Mansfeld, sich laut und deutlich räuspernd, wieder das Wort übernahm: »Leute, kommt mal kurz wieder runter. Jetzt haben wir alle schön gelacht, aber das Thema ist dennoch nicht sonderlich unernst. Rita, ich gebe dir vollkommen recht, auch der berufliche Hintergrund des Täters muss dringend im Auge behalten oder vielmehr als Grund für die Art und Weise der, nennen wir es mal ›Opferpräsentation‹ angenommen werden. Wir werden das also auf jeden Fall weiter verfolgen. Ralf, das kommt mit an die Tafel.«

Jensen kritzelte die entsprechenden Stichworte an die Tafel, die für die möglichen Motive reserviert war. Insgesamt waren es wie üblich vier Tafeln. Eine, auf der das oder die Opfer vermerkt wurden, zwei für mehr oder weniger infrage kommende Verdächtige und deren Umfeld, sowie eine für alle möglichen Ermittlungsansätze. Damit konnte sich jedes Mitglied der Sonderkommission zu jedem Zeitpunkt die wesentlichen Punkte in Erinnerung rufen. Schon manch Fall wurde sogar gelöst, weil ein verzweifelter Blick auf eben diese Tafeln die zündende Idee brachte.

»Wenn jetzt niemand mehr etwas wirklich Sinnvolles beizutragen weiß, dann schlage ich vor, wir machen Feierabend.«, sagte Mansfeld anschließend. »Keine Gegenworte? Na gut, dann seht zu, dass ihr eine Mütze voll Schlaf bekommt. Ralf, wir beide treffen uns morgen früh an der Nikolaikirche und reden mal mit dem Pfarrer. Vielleicht kann der uns ein wenig ins Thema bringen. Rita und Klaus, ihr versucht mal herauszufinden, wie viele hauptberufliche Fischer es in Spandau gibt. Fragt bei der Gelegenheit auch mal, ob möglicherweise auch Privatpersonen mit Netzen fischen dürfen. Andreas und Anja, euch trifft es dann wohl mit der Obduktion.«

»Wolltest du da nicht selbst dabei sein? So hattest du es doch dem Leichenschnippler zugesagt.«, meckerte Andreas, der nur sehr ungern an Obduktionen teilnahm.

»Ja, aber ich hatte das auch direkt unter Vorbehalt gestellt. Und der trifft nun ein, da ich mit Ralf einen Experten in Sachen Bibel aufsuchen muss.«

Zähneknirschend willigte Meinert ein: »Na gut, dann werden wir das wohl machen müssen.«

»Hat jetzt noch jemand was?«, fragte Mansfeld ein letztes Mal in die Runde. Es kam jedoch keine Antwort.

»Na dann los, Feierabend für heute!«

2

Es war noch sehr dunkel, die kurze Zeit ganz knapp vor der Morgendämmerung. Wieder zog Nebel auf und wieder einmal machte ihm das vieles einfacher. Denn dieses Mal wollte er sein Werk an einer deutlich belebteren Stelle vollenden, als noch tags zuvor.

Vorsichtig verließ er das Parkhaus am Altstädter Ring und schaute sich mehrfach um, bevor er noch einmal kurz zurückging. Nur, um dann mit einem großen Paket auf den Schultern zurückzukehren. Wieder ein paar Blicke in jede Richtung und er begann, das Paket in Richtung Karl-Heinrich-Brücke zu schleppen. Seine Schritte wirkten schwerfällig, was der Wathose geschuldet war, die er für sein heutiges Vorhaben unbedingt tragen musste.

Kurz vor der Brücke warf er das Paket zwischen ein paar Büschen auf den Boden und ging dann vorsichtig hinunter ans Ufer des Mühlengrabens. Unter der Brücke sammelte sich der aufziehende Nebel. Perfekt.

Langsam ließ er sich ins Wasser gleiten, das an dieser Stelle bis auf Gürtelhöhe reichte. Er zog das Paket herunter und mit einem leisen Platschen fiel es ins Wasser. Kurz ging es unter, trieb dann aber schnell wieder auf und schwamm neben ruhig neben ihm.

Mit langsamen Schritten gegen den Widerstand des Wassers ankämpfend, bewegte er sich nun unter die Brücke. Wohl bedacht, das Paket an der Wasseroberfläche zu halten.

Im langsam vergehenden Dunkel der sterbenden Nacht, geschützt durch den Nebel, vollbrachte er mit routiniert wirkenden Handbewegungen sein Werk. Jeder einzelne Handschlag war, das merkte man deutlich, im Vorfeld geplant und geübt. Nichts wurde dem Zufall überlassen.

Nach etwa 10 Minuten stummer Arbeit, während dieser Zeit waren vielleicht drei Autos über die sonst viel befahrene Brücke gerumpelt, war er mit seinem Werk fertig. Wieder ging er mit schwerfälligen Schritten durch den Mühlengraben. Bevor er aus dem sicheren Schutz des Brückenschattens trat, schaute er sich noch einmal um. Weit und breit war keine Menschenseele zu sehen. Schnell zog er sich aus dem Wasser und verschwand, unbemerkt von einem herannahenden Fußgänger, im Parkhaus. Dort entledigte er sich der Wathose, stieg in ein Auto und fuhr davon. Das Werk war wieder einmal vollbracht.

Sonntag, 9.00 Uhr, Nikolaikirche Spandau

Wieder war es ein nebliger Morgen und die Spandauer Nikolaikirche stand wie ein unbezwingbarer Felsen inmitten der weißen Schwaden, die sich dicht über die Altstadt gelegt hatten und somit kaum Sicht auf das direkte Umfeld zuließen.

Mansfeld und Jensen ließen den Wagen in der Moritzstraße stehen und gingen das letzte Stück zu Fuß. Als sie den Reformationsplatz erreichten, stand die Nikolaikirche wie eine riesige Wand vor ihnen.

»So richtig schön ist die aber nicht.«, stellte Jensen fest.

»Wie kommst du denn da drauf?«

»Na die meisten Kirchen versuchen doch entweder sonderlich elegant oder irgendwie einschüchternd zu wirken. Diese hier steht einfach nur wie ein eckiger Kasten mitten auf dem Platz.«

»Dafür sieht sie von innen ganz nett aus. Nicht ganz so kahl, wie man es von evangelischen Kirchen oft kennt. Da steht ja in den meisten neben der Bestuhlung nur ein einfaches Holzkreuz drin.«, erklärte Mansfeld.

»Ach ja? Das ist mir noch nie aufgefallen. Die meisten Kirchen, in denen ich bisher war, sind innen echt prunkvoll gewesen. Gold, Malereien und buntes Glasgedöns so weit das Auge reicht. Aber vielleicht habe ich dann ja immer katholische Kirchen erwischt.«

»So wird es wohl sein. Aber wir sind ja nicht zu einer Besichtigung hier, sondern zum Arbeiten.«

»Ich würde mal sagen, wir gehen zunächst zum Pfarrhaus, in der Kirche wird ja jetzt noch niemand sein.«, sagte Jensen mit Blick auf die Uhr.

»Nennen wir es einfach mal Gemeindebüro, aber ansonsten ist das eine gute Idee.«

»Gemeindebüro?«

»Ja, so nennt sich das. Wir sind hier nicht in einer beschaulichen bayerischen Katholikengemeinde, wo der Herr Pfarrer nebst obligatorischer Haushälterin in einem netten Häuschen neben der Kirche lebt. Hier in Spandau gibt es sogar zwei Geistliche und die wohnen auch nicht im Haushälterparadies. So eine Kirche ist in erster Linie auch ein Geschäft und das wird im Gemeindebüro verwaltet.«

»Peter, ich bin immer wieder erstaunt, was du so alles weißt.«, antwortete Jensen anerkennend, aber nicht ganz ohne schelmisches Grinsen im Gesicht.

»Deshalb bin ich ja auch der Chef. Höre also zu und lerne, dann wirst du eines Tages auch der Chef sein. Aber genug damit, als ich sagte, wir wären nicht zu einer Besichtigung hier, schloss das Fortbildung und Karriereberatung ebenfalls aus, wir haben schließlich einen Fall zu lösen.«

Jensen antwortete nicht, was wohl auch klug war. Wenn Mansfeld den Chef raushängen ließ, hatte er für gewöhnlich genug diskutiert und Schweigen war dann Gold. Er folgte seinem nun flotten Schrittes hinter die Kirche gehenden Chef. Dort befand sich das Gemeindebüro, wo nur wenige Augenblicke nach dem Klingeln eine junge Frau öffnete. Mansfeld und Jensen wiesen sich als Polizisten aus und fragten nach dem Pfarrer.

»Frau Pfarrerin Richter ist derzeit nicht in der Stadt, sie besucht eine Konferenz in Thüringen, aber der Herr Pfarrer Kaufmann ist sicherlich für sie zu sprechen. Gehen sie einfach hinüber in die Kirche, er ist dort, um den heutigen Gottesdienst vorzubereiten.«, sagte sie fröhlich plappernd und zeigte hinterher ein charmantes Lächeln, während sie auf eine Reaktion wartete.

Mansfeld hatte aber offenbar nicht vor, sich allzu lange mit ihr aufzuhalten. Er sagte lediglich kurz: »Danke.« Dann drehte er sich um und marschierte wieder zurück in Richtung Kirche. Jensen verabschiedete sich noch schnell von der sichtlich erstaunten Frau und beeilte sich dann, Mansfeld zu folgen.

»Ich glaube, du hast die junge Dame gerade ein wenig im Regen stehen lassen.«

»Ja, das ist mir dann beim Losgehen auch klar geworden, aber da war es schon zu spät. Ich habe nur keine Lust, jetzt lange mit ihr zu plaudern. Sie machte irgendwie den Eindruck, dass sie uns sonst erst einmal eine Stunde lang verhaftet und dann ein Referat über die Kirchengemeinde hält. Das wollte ich vermeiden.«, begründete Mansfeld seinen eiligen Abgang. Er hielt die Kirchentür auf: »Bitteschön, der Herr!«

Mit einem gespielten Knicks ging Jensen an ihm vorbei in die Kirche. Das Innere der Kirche war erwartungsgemäß schlicht gehalten, aber immer noch etwas ansehnlicher, als manch andere evangelische Kirche. Neben der typischen Kanzel, die rechts vom Altar an der Wand hing, gab es einen sehr großen Altar, das erwartete Holzkreuz gegenüber der Kanzel an der Wand und etliche Figuren. Das Holzkreuz war hier als richtiges Kruzifix mitsamt Jesusfigur gestaltet. Darüber hinaus gab es auf den ersten Blick nicht viel mehr zu sehen. Die bunten Fenster und reich verzierten Wandmalereien, wie man sie aus anderen Kirchen kannte, fehlten, aber das hatten Mansfeld und Jensen ja schon draußen festgestellt, völlig.

Sie fanden Pfarrer Kaufmann am Altar stehend vor, damit beschäftigt, Kerzen anzuzünden. Ihm zur Seite stand ein älterer Mann, der beide Hände voll mit Kerzen hatte, die er dem Pfarrer nach und nach reichte.

Der Pfarrer bemerkte die Ankunft der beiden Kommissare und hielt in seiner Arbeit inne. Als er sah, dass sie direkt auf die beiden zukamen, legte er sein Feuerzeug beiseite, wischte sich kurz die Hände an der Hose ab und ging ihnen entgegen.

»Guten Morgen. Wie kann ich ihnen helfen?«, fragte er mit einer sehr tiefen, aber auch freundlich warmen Stimme. »Für die Messe sind sie ja ein wenig zu früh dran.«

»Wieder zückten die beiden ihre Ausweise. »Hauptkommissar Mansfeld, das hier ist mein Kollege Oberkommissar Jensen. Sind sie der Herr Pfarrer Kaufmann?«

»Genau der bin ich. Und das hier ist unser Diakon, Herr Wilhelm.« Er wies mit der Hand auf seinen Helfer und fuhr dann fort: »Was verschafft uns denn die Ehre ihres Besuches am heiligen Sonntagmorgen?«

Mansfeld sagte: »Das würden wir gern unter sechs Augen mit ihnen besprechen, wenn es denn keine Umstände bereitet.«

»Aber natürlich nicht. Karl, bist Du so nett und lässt uns allein?«

Sein Helfer antwortete nicht, sondern nickte nur und schlurfte dann, leicht hinkend, in Richtung Ausgang, wo er jedoch nicht die Kirche verließ, sondern in einem Raum unterhalb der Orgel verschwand. Während Mansfeld ihm nachschaute, bemerkte er die riesigen Orgelpfeifen und assoziierte deren Größe direkt mit katholischen Kirchen, bei denen man so etwas ja fast immer sah. Und fragte sich dabei, weshalb er ausgerechnet hier in dieser großen Kirche nicht damit gerechnet hatte. Nun war aber keine Zeit, länger über derartigen Nebensächlichkeiten zu philosophieren, sie waren aus einem anderen Grund hier und hatten keine Zeit zu verlieren.

Nachdem sich die Tür hinter dem Mann, den der Pfarrer Peter nannte, geschlossen hatte, sagte Mansfeld: »Sie haben sicher von dem Verbrechen gehört, das sich gestern früh an der Zitadelle ereignet hat, oder?«

»Ja, das war ja sozusagen Stadtgespräch. Auch heute in der Sonntagszeitung wurde es mit einem großen Aufmacher erwähnt und hat dabei den Prenzlbergmörder von der ersten Seite verdrängt. Und der hatte ja zurzeit quasi ein Abo auf die Titelseiten der Lokalpresse. Sogar einen Namen haben sich die Zeitungen für den Mörder schon ausgedacht.«, sagte Kaufmann weiter. »Aber was rede ich, das wissen sie ja sicher alles schon.«

»Ein Name?«, fragte Jensen. »Das ist uns tatsächlich neu. Wie wird er denn genannt?«

»Die Zeitung nennt ihn Menschenfischer. Was man schon fast gotteslästerlich nennen könnte, denn Petrus wurde einst von Jesus damit beauftragt, Menschenfischer zu werden. Und das hatte mit Mord überhaupt nichts zu tun. Da ging es um die Bekehrung zu Gott, unserem Vater.«

»Menschenfischer? So so.«, grummelte Mansfeld. »Da kommt ja sicher einiges auf uns zu, wenn die Zeitungsfritzen schon so anfangen. Aber Herr Pfarrer, tatsächlich ist es auch der Punkt ›Menschenfischer‹, der uns zu ihnen führt. Zu diesem Thema wollten wir ein paar Informationen aus erster Hand. Mit dem Opfer hingegen haben sie ja vermutlich nichts zu tun.«

»Das vermag ich nicht zu sagen, denn bei allen blutigen Details, die Identität des Opfers konnte ich weder den Zeitungen entnehmen, noch wurde sie mir durch den üblichen Tratsch zugetragen. Was in meinem Fall übrigens nicht ungewöhnlich ist, meine Kollegin, Pfarrerin Richter, ist da immer deutlich näher am Klatsch und Tratsch. Was wohl der Tatsache geschuldet ist, dass sie auch für die regelmäßigen Seniorentreffs zuständig ist. Und unsere lieben Senioren haben ja oft nicht viel mehr, als Geschichten von früher und Tratsch von heute. Es sei ihnen also gegönnt.«

Inzwischen waren die drei bis zum Altar geschlendert und Kaufmann begann wieder damit, die Kerzen anzuzünden.

»Beim Opfer handelte es sich, und ich bitte darum, diese Information zunächst absolut vertraulich zu behandeln, um Jens Schmid. Verordneter der PSD in der Bezirksverordnetenversammlung.«, verriet Mansfeld nun die Identität des Getöteten.

»Oh mein Gott!« Pfarrer Kaufmann schlug beide Hände vor dem Mund zusammen. »Der arme Mensch gestern, das war der Herr Schmid?« Er wirkte ehrlich entsetzt. »Aber was habe ich damit zu tun?«

»Wie schon gesagt, persönlich nicht viel bis überhaupt nichts. Ihr Name ist lediglich im Zusammenhang mit Herrn Schmids Tätigkeit in der Bezirksverordnetenversammlung gefallen.«, sagte Jensen.

Kaufmann antwortete: »Ich bezweifle, dass ich wirklich sachdienliche Hinweise geben kann. Ich kannte Herrn Schmid eher beiläufig. Weshalb ihm also dieses grausame Schicksal zuteilwurde, weiß nur Gott allein.«

»Vielleicht weiß Gott ja auch, wer der Täter ist.«, rutschte es Jensen heraus. Zum Glück hatte er nur leise gesprochen und Pfarrer Kaufmann hatte sich gerade kurz einer Kerze zugewandt, sodass er diese Bemerkung nicht hörte. Oder zumindest so tat.

Dennoch gab Mansfeld ihm einen Klaps auf den Hinterkopf und schüttelte grimmig blickend den Kopf.

»Herr Pfarrer, soweit wir wissen, gab es da einen Konfliktpunkt, bei dem es um den Bau einer Jugendfreizeitstätte ging. Ist das soweit richtig?«

»Das Jugendzentrum? Ja, da gab es in der Tat Probleme. Es standen mehrere Optionen für das Grundstück zur Wahl und letztlich hing die Entscheidung an der Empfehlung durch den Bauausschuss. Und die fiel denkbar knapp aus. Leider nicht zu unseren Gunsten. Und Herr Schmid war einer derjenigen, die sich dagegen aussprachen. Wir haben aber an anderer Stelle auch zusammengearbeitet.«

»Ach ja? Wobei denn genau?«

»Bei der Flüchtlingsbetreuung. Hier in Spandau gibt es jede Menge syrische Geflüchtete und unter denen sind viele Christen. Wir kümmern uns in den Gemeinschaftsunterkünften um die seelsorgerische Arbeit und Herr Schmid war selbst auch in der Flüchtlingshilfe engagiert. Aber auch hier können wir nur von ›flüchtigem Kontakt‹ sprechen, größere Schnittmengen gibt, ähh, gab es da nicht.«

Mansfeld knirschte mit den Zähnen. »Schade eigentlich. Aber der persönliche Kontakt war nur eine Seite. Wie eingangs schon gesagt, haben wir ein paar Fragen in religiösen beziehungsweise kirchlichen Dingen. Und da dürften sie ein hervorragender Ansprechpartner sein.«

Kaufmann lächelte milde und nickte. »Das kann durchaus sein. Ein Master in Theologie qualifiziert mit Sicherheit für die Beantwortung derartiger Fragen. Um welches Thema geht es denn genau?«

»Um das Thema, dass die Zeitungen ärgerlicherweise schon aufgegriffen haben. Können wir uns auf ihre unbedingte Diskretion verlassen?«

»Aber sicher doch. Nur sollten wir dann nach nebenan in die Sakristei gehen, dort sind wir ungestört und es kommt vor allem niemand einfach so herein.«

Mansfeld staunte über die Sakristei, denn sie war lediglich ein ganz normaler Büroraum. Ein Schreibtisch, ein Aktenschrank und ein schmaler Kleiderschrank stellten die komplette Ausstattung. Auf dem Schreibtisch befand sich ein Computermonitor und ein Telefon mit Faxfunktion. Die Wände waren mit einer einfachen Mustertapete bedeckt und hinter dem Schreibtisch hing das unvermeidliche Kreuz an der Wand.

»Sie schauen so ungläubig?«, fragte Pfarrer Kaufmann, als er Mansfelds Blick bemerkte.

»Ja, ich bin ein wenig irritiert. Keine Ahnung, was genau ich erwartet habe, aber das hier ist es definitiv nicht.«

»Erwartet?«

»Den Begriff ›Sakristei‹ bringe ich irgendwie mit einem groben Gemäuer in Verbindung, ein kalter Raum, mit Fackeln an den Wänden. Irgend so etwas. Dieses Büro hier habe ich nicht wirklich erwartet.«, antwortete Mansfeld.

Pfarrer Kaufmann lächelte verschmitzt. »Da sind sie nicht der Erste und ganz sicher auch nicht der Letzte. Aber eine Sakristei ist lediglich ein Nebenraum in der Kirche, in dem eben all die Dinge aufbewahrt werden, die wir für den Gottesdienst benötigen. Der Bürocharakter ist dabei nicht einmal selten. Ich selbst nutze die Sakristei gern, um meine Predigten zu schreiben. Hier habe ich meine Ruhe und kann ungestört arbeiten.«

Diese Erklärung leuchtete ein. »Das klingt logisch. Aber vermutlich kommt die Assoziation des Wortes mit alten Gemäuern durch Filme, wo die Sakristei ja wirklich sehr oft eher einem Verlies ähnelt, als einem schlichten Arbeitsraum.« Mansfeld hielt kurz inne, bevor er weitersprach: »Aber kommen wir besser zur Sache.« Weiter kam er nicht, denn sein Telefon begann in diesem Augenblick zu klingeln.«

»Entschuldigen sie bitte, da muss ich rangehen.«, sagte er zu Pfarrer Kaufmann und dann an Jensen gewandt: »Ralf, fasse doch gleich, während ich telefoniere, schon mal kurz die Sache zusammen, insbesondere die Details, die auf den kirchlichen Hintergrund hindeuten.« Dabei fuchtelte er ein wenig mit dem Finger herum und ging dann in eine entfernte Ecke der Sakristei und begann murmelnd selbst zu telefonieren.

Pfarrer Kaufmann schaute Jensen erwartungsvoll an und der erklärte ihm nun in groben Zügen, was am Vortag gefunden wurde. Er versuchte dabei aber einige Details auszulassen, die in jedem Fall Täterwissen sein mussten.

Er beendete seine Erläuterungen mit: »Und dann hatte das Opfer einen Fisch in die Brust geritzt. Der Fisch ist ja wohl ein christliches Symbol und die Recherchen dazu brachten uns auch, das sagte mein Kollege vorhin ja schon, auf diese Menschenfischersache. Und da hatten wir uns von ihnen ein paar detailliertere Informationen erhofft.«

Pfarrer Kaufmann rollte mit den Augen und wollte gerade etwas antworten, als sich Mansfeld wieder zu den beiden gesellte.

»Bist du so weit durch?«, fragte er Jensen.

»Ja, gerade fertig geworden.«, antwortete dieser knapp und sowohl Jensen als auch Mansfeld blickten daraufhin fragend zu Pfarrer Kaufmann.

»Das ist in der Tat eine Sache, die durchaus den Verdacht nahelegt, dass es sich um eine religiöse Tat oder zumindest ein religiöses Motiv handelt. Und das sage ich durchaus ungern, schließlich steht Gott für die Liebe und nicht für den Hass. Aber lassen sie mich kurz einen Blick in die Bibel werfen.«

Pfarrer Kaufmann ging zu seinem Schreibtisch und holte eine Bibel aus einem Schubfach. Er blätterte einen Moment und sagte dann: »Hier ist es. Das Lukasevangelium. In Lukas 5 geht Jesus zum See Genezareth, steigt dort in Simons Boot und verkündete von dort aus das Wort Gottes. Anschließend fordert er Simon auf, hinauszufahren und zu fischen, worauf dieser erklärt, dass die Fischer das schon jede Nacht getan hatten, nur ohne Erfolg, jedoch auf sein Wort hin noch einen Versuch machen wollten. Dabei fingen sie mehr Fische als die Netze zu tragen vermochten. In Lukas 5.7 bis 5.11 heißt es dann wörtlich …« Pfarrer Kaufmann räusperte sich kurz, bevor er aus der Bibel vorzulesen begann: »›Und sie winkten ihren Gefährten, die im andern Boot waren, sie sollten kommen und ihnen ziehen helfen. Und sie kamen und füllten beide Boote voll, sodass sie fast sanken. Da Simon Petrus das sah, fiel er Jesus zu Füßen und sprach: Herr, geh weg von mir! Ich bin ein sündiger Mensch. Denn ein Schrecken hatte ihn erfasst und alle, die mit ihm waren, über diesen Fang, den sie miteinander getan hatten, ebenso auch Jakobus und Johannes, die Söhne des Zebedäus, Simons Gefährten. Und Jesus sprach zu Simon: Fürchte dich nicht! Von nun an wirst du Menschen fangen. Und sie brachten die Boote ans Land und verließen alles und folgten ihm nach.‹ Das wäre dann die Sache mit den Menschenfischern.«

Mansfeld und Jensen verstanden überhaupt nichts.

»Und was bedeutet das jetzt genau?«, fragte Mansfeld.

Von Pfarrer Kaufmann kam aber lediglich eine Gegenfrage: »Sie hatten nie mit der Kirche zu tun, richtig?«

»Nein.« Mansfeld schüttelte den Kopf.

»Nun, das bedeutet, dass Simon Petrus von nun an keine Fische mehr fangen, sondern neue Anhänger für den christlichen Glauben ›fangen‹ beziehungsweise ›fischen‹, also, vereinfacht gesagt, die Verbreitung von Gottes Wort vorantreiben soll.«

Jensen fragte: »Und was hat das alles mit dem Mord zu tun?«

»Das herauszufinden, fällt wohl eher in ihr Metier.«, antwortete Pfarrer Kaufmann.

»Richtig.« Mansfeld nickte. »Aber egal, ob diese oder eine andere Bibelstelle zum Motiv gehören oder nicht, auf jeden Fall untermauert das die Vermutung, dass wir es wirklich mit einem religiösen Hintergrund zu tun haben. Wir haben die Netze, den Fisch und eine dazu passende Bibelstelle. Und auch wenn wir andere Optionen weiterhin nicht komplett ausschließen dürfen, sollten wir uns etwas intensiver auf alles konzentrieren, was Schmid mit der Kirche zu tun hatte. Oder auch nicht, denn wenn wir das hier richtig deuten, dann soll der Menschenfischer ja Ungläubige bekehren. Und als sogenannten Ungläubigen können wir Schmid ja ganz offensichtlich betrachten.«

»Ungläubiger ist ein ziemlich hartes Wort. Das wurde früher verwendet, heutzutage spricht man eher von Atheisten oder Agnostikern.«, erklärte Pfarrer Kaufmann.

Jensen fragte daraufhin: »Gibt es da denn einen Unterschied?«

»Ja, der Atheist weist jegliche Existenz einer göttlichen Macht von sich, der Agnostiker hingegen geht durchaus von der Existenz einer übernatürlichen Macht aus, kann sie eben nur nicht rational erklären. Er lehnt also, im Gegensatz zum Atheisten, den Glauben an Gott nicht komplett ab.« Pfarrer Kaufmanns Erklärung schien Jensen auszureichen, denn er nickte nur kurz und schaute dann abwartend zu Mansfeld.

In diesem Moment klingelte Mansfelds Telefon erneut, er schaute kurz aufs Display und sagte dann: »Das ist der

Alte. Augenblick bitte.« Wieder wand er sich kurz ab, um zu telefonieren, jedoch blieb es dieses Mal nicht bei ruhigen Geraune und Gemurmel, seine Stimme wurde zunehmend lauter und es fielen Worte, die definitiv nicht in eine Kirche gehörten. Pfarrer Kaufmann hörte diese Worte, quittierte sie jedoch nur mit einem verständnisvollen Nicken.

Als Mansfeld aufgelegt hatte, sagte er zu Jensen: »Wir haben wieder eine Leiche. Und wie es aussieht, gehört die zu unserem Fall.«

Pfarrer Kaufmann wurde blass und bekreuzigte sich kurz. »Ein Serienmörder?«, fragte er entsetzt.

»Technisch ist es erst bei drei Opfern eine Serie, aber ja, es deutet gerade vieles darauf hin. Herr Pfarrer, wir danken für ihre Erklärungen, sie haben uns sehr geholfen. Jetzt müssen wir aber los.«

»Gern geschehen. Ich bringe sie dann zu Tür, kommen sie.« Pfarrer Kaufmann deutete in Richtung Kirchenraum und die drei gingen los.

Als sie sich an der Kirchentür noch kurz die Hände gaben, fragte Mansfeld: »Dürfen wir sie bei Bedarf noch einmal belästigen?«

»Ach, sie belästigen mich nicht und wenn ich helfen kann, dieses Monster zu finden, dann natürlich jederzeit. Hier, meine Karte.« Er zog eine Visitenkarte hervor und gab sie Mansfeld. »Wenn ihnen noch etwas einfällt, rufen sie einfach an.«

Alle drei lächelten, war es doch eigentlich Aufgabe des Ermittlers, eine Visitenkarte mit diesen Worten zu überreichen. Genau das tat Mansfeld dann auch, jedoch beließ er es bei der Übergabe der Karte und sparte sich die klischeehaften Worte.

Als Mansfeld und Jensen die Kirche verließen, warteten schon die ersten Gläubigen auf den Beginn des Gottesdienstes. Draußen vor der Tür sagte Jensen: »Hast du das riesige Taufbecken gesehen? Da hätte ich ja Angst, dass mein Kind da reinfällt und absäuft.«

»Der Gedanke ist gar nicht mal so abwegig, denn genau aus diesem Grund ist es so groß. Also nicht um Kinder zu ersäufen.« Mansfeld lachte. »Aber früher hat man die Kinder tatsächlich komplett untergetaucht. Irgendwann um 1700 hat dann König Friedrich der I. diese Praxis untersagt. Es ist wohl öfter mal zu Unfällen gekommen.«

»Hexen verbrennen, Kinder ersäufen. Ein schöner Verein.« Jensen schüttelte den Kopf.

»Die Sache mit der Hexenverbrennung war aber die katholische Kirche. Aber jetzt los, wir haben eine neue Leiche.«

Mansfeld marschierte los, allerdings nicht in Richtung Moritzstraße wo das Auto stand, weshalb Jensen erstaunt fragte: »Wir gehen zu Fuß?«

»Ja, der Tatort ist hier ganz in der Nähe. Die Karl-Heinrich-Brücke.«

»Welche Brücke?«, wollte Jensen wissen.

»Die Karl-Heinrich-Brücke. Die ist am Falkenseer Platz, da führt die Straße Am Juliusturm über den Mühlengraben.«, erklärte Mansfeld daraufhin.

»Eine Brücke? So so. Das erstaunt mich aber, immerhin ist so eine Brücke ja ziemlich öffentlich. Außen an der Kurtine der Zitadelle war der Täter unbeobachtet und allein, aber an einer viel befahrenen Straße? Ist das Mut oder Leichtsinn?«

Mansfeld antwortete nicht, sondern ging schweigend und mit schnellen Schritten weiter. Genaueres würden sie ohnehin jeden Augenblick erfahren.

Sonntag, 10.15 Uhr, Mühlengraben

An der Karl-Heinrich-Brücke war bereits das volle Aufgebot aufgefahren. Hauptkommissarin Schwarz und Kommissar Welfert waren als Ermittler der Mordkommission vor Ort und warteten auf das Eintreffen von Mansfeld und Jensen. Schwarz bemerkte die beiden zuerst und schob Welfert in die Richtung, aus der die beiden kamen.

»Hallo Peter, hallo Ralf. Das ging aber schnell.«, begrüßte sie die Neuankömmlinge.

»Wir waren noch in der Nikolaikirche und haben uns ein wenig in Sachen Kirchengeschichte beraten lassen. Von dort aus war es nicht sonderlich weit hierher. Aber lassen wir das, erzählt mir lieber etwas zu dieser Sache hier.«

»Ein paar junge Leute haben unter der Brücke eine Leiche gefunden. Die Leiche war mit netzähnlichen Stricken an der Wand festgebunden. Als einzige offensichtliche Verletzung haben wir wieder einen, diesmal in die Stirn geritzten, Fisch. Die eigentliche Todesursache ist so nicht erkennbar und nicht einmal Dr. Martin wollte eine Aussage dazu machen.«

»Nicht? Das hat bei ihm schon etwas zu bedeuten. Wurde die Leiche denn schon geborgen?«

Schwarz antwortete: »Nein, Dr. Martin wollte, dass du dir die Sache selbst anschaust.«

»Und wie stellt er sich das vor? Soll ich dahin schwimmen, oder was?« Mansfelds Stimme klang wie eine Mischung aus Verärgerung und Albernheit. »Oder habt ihr ein Boot am Start?«

»Nein, die Kriminaltechniker haben Wathosen dabei, damit kommt man recht bequem bis zur Leiche. Das Wasser unter der Brücke ist nur ein wenig mehr als hüfttief. So waren ja auch die jungen Leute unterwegs, die die Leiche gefunden haben.«

»Will ich wirklich wissen, was die Leute da unter der Brücke wollten? Welcher normale Mensch geht am Sonntagmorgen mit einer Wathose im Mühlengraben spazieren?«

»Die waren da zum Geocaching. Das ist irgend so ein Freizeitvergnügen mit GPS und versteckten Schätzen.«

»Ja, ich weiß, was Geocaching ist. Das erklärt so einiges. Aber bevor ich mit denen rede, schaue ich mir tatsächlich besser die Leiche an. Dann kommen wenigstens die anderen weiter.«, erklärte Mansfeld und machte sich dann auf den Weg zum Wagen der Kriminaltechniker, der auf dem Gehweg direkt neben der Brücke geparkt war.

Einer der Kriminaltechniker schien nur auf Mansfeld gewartet zu haben, denn als dieser am Wagen auftauchte, wurde ihm wortlos eine Wathose gereicht. Auch Jensen bekam eine in die Hand gedrückt.

»Irgendwie hatte ich ja gehofft, dass nicht genug Wathosen vorhanden sind.«, sagte er mit einem breiten Grinsen.

»Das würde dir so gefallen. Aber nix da, du kommst schön mit unter die Brücke.«, antwortete Mansfeld und begann, die Wathose anzuziehen. Auch Jensen zog die Wathose an und mit watschelnden Schritten gingen die beiden zum Ufer des Mühlengrabens. Dort wartete bereits Dr. Martin und begrüßte sie.

»Guten Tag, die Herren, das wird ja auch Zeit.«

Mansfeld knurrte: »Die einen wundern sich, dass wir so schnell hier sind, der nächste meckert, weil wir zu spät wären. Könntet ihr euch nicht einfach mal absprechen?«

»Verstehen wir heute keinen Spaß?«, fragte Dr. Martin daraufhin ein wenig zerknirscht.

»Alles gut.«, sagte Mansfeld. »Lass uns mal sehen, wie wir unter die Brücke kommen. Dann bringen wir das hinter uns und du kannst dir die Leiche abholen.«

»Das klingt nach einem Plan. Und unter die Brücke geht es einfach hier entlang.« Dr. Martin wies mit einer Hand auf das Ufer, das mit Betonelementen befestigt war. »Geht einfach hier ins Wasser, an dieser Stelle ist es etwa siebzig Zentimeter tief. Und dann unter die Brücke, wo es zunehmend tiefer wird. Aber keine Sorge, die Wathosen reichen völlig aus.«

»Na dann los, Ralf!«, forderte Mansfeld Jensen dazu auf, ins Wasser zu gehen.

Mit einem tiefen Seufzer ging Jensen am Ufer in die Hocke und ließ sich vorsichtig ins Wasser gleiten. Seinem entsetzten Blick entnahm Mansfeld, dass es sich um keine sonderlich angenehme Sache handelte, was seine Laune sofort auf den Nullpunkt sinken ließ. Missmutig ließ auch er sich ins Wasser gleiten und die beiden machten sich auf den Weg unter die Brücke.

»Wie weit müssen wir etwa rein?«, fragte Mansfeld noch schnell in Dr. Martins Richtung.

Dieser antwortete, während er mit einer Hand auf eine Stelle oberhalb der Brücke deutete: »Siehst du die Litfaßsäule dort hinten? Grob geschätzt, direkt darunter seid ihr richtig.«

»Na toll, noch weiter ging es wohl nicht.«, grummelte Mansfeld als ihm klar wurde, dass sich die Leiche mittig unter der etwa fünfundsiebzig Meter breiten Brücke, die immerhin sieben Fahrspuren nebst Geh- und Radwegen umfasste, befand. Nun hieß es also, fast vierzig Meter unter einer dunklen, mit Spinnweben verhangenen Brücke durch das Wasser waten.

»Wie kommt man nur auf die Idee, eine Leiche unter der Brücke zur Schau zu stellen?«, fragte Jensen vor sich hin redend.

»Hier ist man unbeobachtet. Vom Parkhaus aus sind es etwas über hundert Meter, die sind im Morgengrauen oder in der Nacht schnell zurückgelegt. Und hier unter der Brücke hat man dann seine Ruhe.«

»Schon klar, aber der Menschenfischer will schließlich, dass seine Opfer auch gefunden werden.«

»Fängst du jetzt auch schon mit diesem Menschenfischerblödsinn an?«

»Sorry, das war nicht beabsichtigt.«, entschuldigte sich Jensen.

»Gehen wir mal davon aus, dass die Leiche maximal ein paar Tage dort hängt, dann hat es doch geklappt. Vielleicht hat der Täter ja mit den Geocachern gerechnet, ist nachher sogar selbst einer und kennt die Stelle daher.«

»Das kann gut sein. Das sollten wir auf jeden Fall im Auge behalten. Hmm, mir selbst war nie klar, dass hier überhaupt eine Brücke ist. Irgendwie nimmt man das auf der breiten Straße gar nicht richtig wahr.«

»Du solltest dich vielleicht auch mal ein wenig mit Geschichte und Aufbau von Spandau befassen, dann wüsstest du so etwas auch.«, sagte Mansfeld mit betont belehrendem Ton.

»Jawohl, Herr Lehrer!« Jensen wollte zum Unterstreichen die Hacken zusammen knallen und vergaß, dass er sich im Wasser befand. Dadurch kam er kurz ins Straucheln und wäre fast in die Leiche gestürzt, die die beiden inzwischen erreicht hatten. Umgehend verstummte das Gespräch. Mansfeld und Jensen betrachteten die Leiche und sagten dabei kein einziges Wort.

An der Wand hing, mit ausgebreiteten Armen, ein etwa fünfzig bis sechzig Jahre alter Mann. Die Handgelenke waren mit den gleichen netzartigen Stricken an heraus gebogene Teile der eisernen Bewehrung der Brücke gebunden, sodass er wie gekreuzigt wirkte. Bis auf den in die Stirn geritzten Fisch, der diesmal auf seiner Hinterflosse stand, waren keinerlei Verletzungen erkennbar. Auch die schwarze, klebrige Flüssigkeit fehlte dieses Mal, ebenso wie der Hals unverletzt war.

Mansfeld räusperte sich kurz und sagte dann: »So frisch wie der aussieht, hängt der noch nicht sehr lange dort. Ich würde mal behaupten, die Sache hat sich in der letzten Nacht zugetragen, vom zeitlichen Ablauf her gesehen ist es also die zweite der uns bekannten Leichen.«

»Der uns bekannten?«, fragte Jensen. »Meinst du, da sind noch mehr?«

»Das sollten wir als durchaus möglich ansehen. Schau mal, erst gestern wurde uns die Leiche an der Zitadelle präsentiert, heute das hier. Wer weiß schon, ob da nicht noch irgendwo eine bisher unentdeckte Leiche ist?«

»Stimmt, da hast du wohl recht. Hoffen wir einfach mal, dass dies hier wirklich erst die zweite und vor allem die letzte Leiche ist.«

»Und? Wie sieht es aus? Ist es tatsächlich Nummer zwei?«, rief plötzlich eine Stimme aus weiter Entfernung unter die Brücke. Es war Rita Schwarz, die bei Dr. Martin stehend das Schauspiel vom trockenen Land aus beobachtet hatte, aber auf die Entfernung nicht sehen konnte, was sich unter der Brücke tat.

Allerdings sahen sich weder Mansfeld noch Jensen bemüßigt, ihr zu antworten. Beide hatten das Gefühl, dass es falsch wäre, direkt neben der Leiche so laut zu rufen, dass sie von Schwarz und Welfert gehört werden konnten. Und so betrachteten beide noch einen Moment die groteske Szene und drehten sich beinahe gleichzeitig um und begaben sich auf den Weg zurück.

»Thematisch passt das ja.«, murmelte Jensen vor sich hin.

Mansfeld drehte sich zu ihm: »Was sagst du?«

»Ich sagte, dass es thematisch ganz gut passt. Da wäre die Sache mit dem Fisch auf der Stirn. Dann ist die Leiche weitgehend im Wasser. Er muss also sinnbildlich ›gefischt‹ werden. Als käme Petrus vorbei, um sein Netz auszuwerfen, damit ihm der Fisch beziehungsweise der Mensch als Fang darin landet.«

»Nicht schlecht, so etwas dachte ich mir auch schon. Auf jeden Fall erhärtet sich damit das mögliche Motiv.«

»Ich frage mich nur, weshalb der Fisch dieses Mal hochkant war. Quer wäre es doch auf der Stirn viel einfacher gewesen.«

»Schwer zu sagen. Vielleicht soll das ja nur ausdrücken, dass der Kopf eben oben ist. Oder der Täter hat einfach nur nicht aufgepasst. Lass mal die Leiche einfach neben ihm gelegen haben. Dann fiel ihm plötzlich ein, dass ja noch der Fisch eingeritzt werden muss und er hat ganz gedankenlos geschnippelt. Und schwupp, stand der Fisch auf der Flosse.«

»Wenn du das so sagst, klingt das irgendwie wie ein lustiges Spiel.«, sagte Jensen mit weit aufgerissenen Augen.

»Ganz und gar nicht, aber wer sagt denn, dass ein Mord und die damit verbundenen Rituale immer mit voller Konzentration stattfinden? Der Täter hat seinen geplanten oder ungeplanten Ablauf und dabei eben etwas vergessen. Und schon kommt es zu einer solchen Situation.«

»Klingt logisch.«, antwortete Jensen mit einer gehörigen Portion Unglauben in der Stimme.

»Was klingt logisch?«, fragte nun Schwarz, die die letzten paar Worte des Gespräches mithören konnte, da die beiden wieder unter der Brücke hervorkamen.

»Nachher.«, sagte Mansfeld nur knapp, denn die Überlegungen würden später im Kommissariat ohnehin noch einmal komplett durchgesprochen werden. Dabei winkte er ab und streckte dann den Arm nach oben, um sich aus dem Wasser helfen zu lassen.

Kaum waren beide aus dem Wasser heraus und Mansfeld hatte sein Einverständnis zum Abtransport der Leiche gegeben, machten sich Rechtsmediziner und Kriminaltechniker auf den Weg unter die Brücke.

Mansfeld fasste in kurzen Worten zusammen, was unter der Brücke zu sehen war.

Schwarz sagte daraufhin: »Da bin ich ganz froh, dass ich da nicht reinmusste. Allein die Vorstellung, gemeinsam mit einer Leiche im Wasser zu sein. Gruselig.«

»Ach, so gruselig war das gar nicht. Wenn man da unten steht, dann hat man mehr Augen für allerlei achtbeinige

Krabbeltierchen und nimmt die Leiche nicht als im gleichen Wasser befindlich wahr.«, versuchte Jensen ganz lässig zu wirken. Auch wenn ihm unter der Brücke überhaupt nicht wohl gewesen war. Und zwar exakt aus dem von Schwarz genannten Grund. Aber er war viel zu stolz, das auch zuzugeben.

Plötzlich hörte man Rufe unter der Brücke: »Was ist denn das für eine riesige Scheiße?«, brüllte einer der Assistenten von Dr. Martin.

Die vier Kommissare drehten sich gleichzeitig zur Brücke um und starrten ins Dunkel, als könnten sie etwas erkennen.

Mansfeld reagierte als erster und rief: »Was ist denn da unten los?«

»Warte, ich bin gleich da.«, antwortete Dr. Martin und man hörte, wie er sich mit seiner Wathose schnell durch das Wasser auf sie zu bewegte. Kaum wieder außerhalb der Brücke sagte er atemlos: »Wir haben nur die Hälfte.« Und schaute Mansfeld an, als wüsste dieser mit der Information etwas anzufangen.

»Die Hälfte? Nun komm schon, lass dir nicht alles einzeln aus der Nase ziehen.«, forderte er Dr. Martin zu reden auf.

»Wir haben eine Leiche ohne Unterleib und Beine. Dort wurde nur der Oberkörper mit Kopf und Armen aufgehängt.«

»Das ist in der Tat eine schöne Scheiße.«, sagte Mansfeld.

»Dann fangt mal an zu suchen.«

Er drehte sich zu seinen Mitarbeitern um. »Rita, hol doch mal bitte die Tauchertruppe dazu, ich schätze, wir müssen den kompletten Mühlengraben absuchen. Nicht, dass nachher noch irgendwo Leichenteile auftauchen. Das können wir überhaupt nicht gebrauchen, es reicht schon, dass sich die Presse einen reißerischen Namen für den Täter ausgedacht hat. Das macht genug Aufregung unter der Bevölkerung.«

»Einen Namen? Welchen denn?«, fragte Schwarz.

»Hol mal zuerst die Taucher und lass dir dann von Ralf den Namen erklären.«, befahl Mansfeld nun etwas energischer und drehte sich dann wieder zu Dr. Martin um, um mit ihm das weitere Vorgehen abzusprechen.

Als das erledigt war, war Ralf gerade damit beschäftigt, Schwarz und Welfert den Namen zu erklären, den die Presse dem Täter schon nach der ersten Tat gegeben hatte.

»Das bedeutet also, die Presse hat die gleiche Idee wie wir, was das Motiv betrifft.«, bemerkte Welfert.

»Ob die wirklich ein Motiv im Sinn haben, sei mal dahingestellt. Der Presse diente eher das allgemeine Bild der ersten Tat als Grundlage für diesen Namen.«, relativierte Mansfeld. »Aber was auch immer sich die Presse denkt, wir haben unsere eigenen Ermittlungen zu tätigen. Und weil wir hier nicht mehr wirklich viel tun können, schlage ich vor, wir treffen uns in einer halben Stunde im Kommissariat. Ralf und ich fahren noch fix beim Bäcker ran, denn wir hatten heute beide noch kein Frühstück. Sollen wir euch etwas mitbringen?«

Schwarz und Welfert schüttelten synchron die Köpfe.

»Na dann los, worauf wartet ihr?« Mansfeld schob Jensen in Richtung Moritzstraße, worauf dieser sich in Bewegung setzte. Schwarz und Welfert blickten den beiden schulterzuckend hinterher. »So kennt man den Chef.«, bemerkte Welfert. »Aber dann wollen wir mal. Nicht, dass wir nachher noch nach den beiden ankommen.«

Und so machten sich auch Schwarz und Welfert auf den Weg ins Kommissariat. Insgeheim waren beide froh darüber, dass Mansfeld und Jensen so schnell am Tatort aufgetaucht sind, denn so blieb beiden der Gang ins Wasser erspart. Dies jedoch dem anderen gegenüber zugeben, wollte keiner von beiden.

Mansfeld und Jensen machten wie geplant beim Bäcker halt.

»Wer ist diesmal dran?«, fragte Mansfeld. Die beiden wechselten sich für gewöhnlich damit ab, das Frühstück zu bezahlen und damit war dann auch klar, wer gleich aussteigen und in die Bäckerei hineingehen würde.

Zerknirscht antwortete Jensen: »Das bin wohl ich. Was soll ich dir mitbringen?«

»Keine Ahnung. Weißt du was, ich komme gleich mit rein und suche mir selbst etwas aus.«

Jensen nickte nur kurz und beide verließen den Wagen. Als sie die Bäckerei betraten, schlug ihnen der Duft frisch gebackener Brötchen entgegen und Mansfeld atmete tief ein. »Hach, ich liebe diesen Duft!«, sagte er schwärmend.

Jensen ließ sich von dieser Begeisterung anstecken und sog den Geruch ebenfalls tief ein. »Stimmt schon, es gibt nicht viel, was den Geruch frischer Schrippen toppen kann.«

»Außer vielleicht frische Schrippen mit frischem Hackepeter. Und genau die nehme ich.«

»Das ging ja heute mal schnell.«, stellte Jensen fest, als Mansfelds Telefon plötzlich zu klingeln begann.

Mansfeld schaute auf das Display und sah eine Berliner Rufnummer. »Nanu, Festnetz. Unbekannter Teilnehmer. Also ich bleibe bei den Hackepeterbrötchen.«, sagte er noch, während er auf Rufannahme tippte. »Mansfeld, guten Tag!«

»Hallo Herr Kommissar. Kaufmann hier, Pfarrer Kaufmann.« Es knarzte und knackte und Mansfeld stellte sich an das große Schaufenster der Bäckerei, worauf die Verständigung wieder glasklar wurde.

»Ah ja, was gibt es denn?«, fragte er den Pfarrer.

»Ich mag es kaum sagen, aber mir ist tatsächlich noch etwas eingefallen.«

»Und das wäre?« Mansfeld war immer noch nicht klar, was der Pfarrer nun eigentlich wollte.

»Vorhin während der Andacht ging mir immer wieder der Mordfall durch den Kopf. Und ihre Theorie, dass da ein religiöser Hintergrund sein könnte, ließ mich einfach nicht los.«

»Okay, und dann?«

»Dann fielen mir die Freichristen ein.«

Mansfeld wartete kurz, ob der Pfarrer von sich aus weiterreden würde, was er aber nicht tat. Also hakte er nach: »Und? Was hat es mit denen auf sich?«

»Nicht viel, die sind vollkommen harmlos. Aber da gibt es eine Gruppe hier in Spandau.« Wieder hörte Kaufmann auf zu reden und Mansfeld musste sich zusammenreißen, um nicht laut zu werden. Musste er dem Pfarrer denn wirklich jeden Satz einzeln aus der Nase ziehen?

»Eine Gruppe, so so. Und was ist das für eine Gruppe?«

»Eine recht fundamentalistische Gruppe freikirchlicher Christen. Was nicht ganz korrekt ist, aber die Sache schon ziemlich genau trifft. Wobei es auch nur eine Abspaltung einer anderen Gruppe ist. Also, es ist kompliziert. Aber ich hätte da einen Vorschlag. Am besten treffen wir uns und ich erkläre ihnen das in Ruhe, am Telefon macht sich das nicht so gut.«

Mansfeld dachte kurz nach. »Können sie jetzt direkt ins Kommissariat kommen?«

»Aber natürlich. Ich mache hier nur noch schnell klar Schiff und komme dann zu ihnen.«

Mansfeld sah, dass Jensen gerade dran war und ging schnell an den Verkaufstresen. Er fuchtelte mit dem Zeigefinger in Richtung Donuts und raunte Jensen zu: »Zehn von diesen Dingern noch.« Jensen jedoch blickte nur fragend, worauf Mansfeld mit der freien Hand in die Tasche griff und einen zerknitterten Geldschein hervorzog. Den drückte er Jensen in die Hand und ging dann wieder ans Fenster, um weiter zu telefonieren.

»Sehr gut, Herr Pfarrer. Ich gebe unten beim Pförtner Bescheid, dann werde ich umgehend informiert, sobald sie eintreffen und hole sie dann unten ab. Oder sie werden hinauf gebracht, was gerade besser passt.«

»So machen wir das, also bis gleich dann, Herr Mansfeld.«

»Bis gleich.«, sagte auch Mansfeld und legte dann auf.

In diesem Augenblick kam auch Jensen zu ihm und gab ihm den Geldschein wieder zurück.

»Ich bin doch dran mit zahlen.«, protestierte er.

»Ach so, es sah nur so aus, als würde es dir nicht passen, dass ich noch ein paar Teilchen mit in den Einkaufswagen geworfen habe.«

»Ach Quatsch. Ich habe nur keine Ahnung, wer so viele von diesen fettigen Dingern essen soll. Da hätte man auch wesentlich gesünderen Kuchen einpacken können.«

»Glaub mir, es müssen Donuts sein. Du wirst sehen.«, sagte Mansfeld mit verschwörerischem Grinsen und ließ Jensen ohne weitere Erläuterungen stehen. Dieser schaute ihm erst verwundert nach, beeilte sich dann aber, ihm zu folgen. Er traute seinem Chef durchaus zu, auch ohne ihn ins Kommissariat zu fahren.

Sonntag, 12.00 Uhr, Kommissariat

Aus dem Besprechungsraum drang das obligatorische Durcheinander verschiedener Stimmen, was darauf hindeutete, dass wieder hitzig über den Fall debattiert wurde. Das gefiel Mansfeld, denn je intensiver sich die Kommissare mit dem Fall befassten, desto schneller konnte er für gewöhnlich aufgeklärt werden. Und hier war, so schien ihm, wirklich Eile geboten. Denn sollte der Täter die aktuelle Schlagzahl beibehalten, also im Tagestakt morden, dann musste ihm so schnell wie möglich das Handwerk gelegt werden.

Wie üblich verstummten alle Gespräche, als Mansfeld den Raum betrat.

»He he, lasst euch von mir nicht beim Brainstorming stören. Für mich ist erst einmal Frühstück angesagt. Wir legen dann in einer Viertelstunde los.«, forderte er seine Leute auf, ruhig mit den soeben abgebrochenen Gesprächen weiterzumachen. Er selbst setzte sich hin und deutete, Jensen anblickend, auf den Stuhl neben sich. »Los, jetzt wird gefrühstückt.«

Jensen ließ sich nicht zweimal bitten und setzte sich. Schweigend begannen die beiden zu essen. Alle wussten, wie wichtig Mansfeld das Frühstück war, weshalb die Unterhaltungen zwar weitergingen, jedoch in gedämpfter Lautstärke und vor allem nicht an ihn gerichtet.

Auch Jensen aß wortlos. Wenn Mansfeld nach etwas Smalltalk beim Frühstück war, würde er schon von selbst damit beginnen.

Ganz offensichtlich war ihm nicht nach Smalltalk, denn er sagte kein Wort. Zunehmend lauter werdendes Schmatzen machte aber deutlich, dass ihm die Hackepeterbrötchen durchaus lecker schmeckten. Was Jensen freute, denn wenn der Chef gut gegessen hat, dann hatte er für gewöhnlich gute Laune. Das wiederum war vorteilhaft für alle und gab Grund zur Hoffnung, dass vielleicht noch ein wenig vom Sonntag für private Dinge blieb.

Einige Minuten später beendeten Mansfeld und Jensen ihr Frühstück. Die Kommissare bemerkten dies und die Gespräche verstummten erneut.

Mansfeld eröffnete die Besprechung: »Halten wir uns ran, es gibt jede Menge Neuigkeiten und wir sollten damit durch sein, bis der Ehrengast des heutigen Tages hier aufschlägt.«

Er sah in fünf fragende Gesichter und sagte deshalb: »Pfarrer Kaufmann kommt nachher zu uns und hat seinen Ausführungen von heute früh, zu denen wir vorher auch noch kommen, einiges hinzuzufügen. Aber machen wir mal alles der Reihe nach. Anja und Andreas, ihr fangt am besten mit der Obduktion des ersten Opfers an.« Er trat einen Schritt beiseite, um den Platz für die beiden freizumachen.

Stölzner und Meinert sahen sich kurz an und gingen dann beide nach vorn. Stölzner begann mit der Zusammenfassung: »Eins gleich vorab, die Obduktion hat ergeben, dass der große Schnitt durch den Hals nicht todesursächlich war. Die Todesursache war zwar ein Herzstillstand infolge von Blutverlust, dieser wurde jedoch durch einen Stich in die Leistenbeuge verursacht. Dort wurde gezielt die Leistenarterie durchstochen. Der Leichenfledderer vermutet eine gerade, einschneidige Klinge mit etwa dreizehn Zentimetern Länge. Es kommt also so ziemlich jedes Küchenmesser als Tatwaffe in Betracht. Der Schnitt durch den Hals wurde post mortem beigebracht. Die schwarze Flüssigkeit wurde als ein dünnflüssiger Teer identifiziert, der aber bis auf minimale Verbrennungen keinerlei Verletzungen hinterlassen hat. Es ist also unklar, weshalb diese Flüssigkeit aufgebracht wurde. Der Tod ist im Übrigen irgendwann zwischen ein und zwei Uhr in der Nacht vor dem Auffinden eingetreten. Damit ist klar, dass die Zitadelle nicht der Tatort ist.« Sie atmete nach diesem schnell heruntergerasselten Vortrag tief durch und fragte dann Meinert: »Andreas, habe ich etwas vergessen?« Der jedoch schüttelte nur den Kopf und so blieben beide abwartend vor den anderen stehen.

»Vielen Dank, Andrea.«, übernahm Mansfeld wieder das Wort. »Gibt es denn noch eine Erkenntnis aus dem Obduktionsergebnis, die für die Ermittlungen von Wichtigkeit wäre?«

»Ähh, nein. Oder?« Stölzner wirkte irritiert.

»Eine gibt es. Und zwar ergibt sich aus der Tatsache, dass der Auffindeort nicht der Tatort ist, eine solche. Nämlich die, dass wir es im Grunde sein lassen können, rund um den Auffindeort nach einer Tatwaffe zu suchen. Schon allein aufgrund der weiten zeitlichen Trennung von Tat und Leichenablage können wir getrost davon ausgehen, dass die Tatwaffe nicht in der Nähe der Zitadelle zu finden sein wird.«

»Das stimmt.« Stölzner wurde rot.

»Mach dir nichts draus, hier ist ja offenbar niemand auf das Naheliegende gekommen.«, sagte er. »Aber gut, sei bitte so nett und ergänze das nachher noch auf der Tafel.«

Dann wandte er sich an Jensen: »Ralf, jetzt du. Fasse mal bitte kurz zusammen, was wir gestern bei Familie Schmid in Erfahrung gebracht haben.«

Jensen erhob sich und ging bedächtig nach vorn. Alle Augen ruhten auf ihm, denn die anderen waren gespannt, was er zu sagen hatte.

»Das ist schnell erzählt.«, begann er.

Mansfeld unterbrach ihn kurz: »Aber bitte nicht so schnell wie Anja, zwischendurch mal Luft holen ist durchaus erlaubt.« Dieser Einwurf brachte allgemeines Gelächter, das sich jedoch schnell wieder legte, als Jensen weitersprach.

»Okay, wir waren also bei der Ehefrau, um sie einerseits über den Tod ihres Mannes zu informieren, andererseits aber auch um eben ein paar Hintergrundinformationen zu ihm zu bekommen. Sie fiel beim Überbringen der Nachricht direkt in Ohnmacht, ihr Schock, ihre Trauer, das alles schien echt. Ich sehe sie also nicht als Täter.«

»Hast du das denn ernsthaft in Erwägung gezogen?«, fragte Stölzner, die an der Tafel gerade die letzten Ergänzungen vorgenommen hatte und nun gleich dabei blieb und die Informationen von Jensen dort festhielt.

»Na klar, direkte Angehörige sind nicht selten die Täter, aber das solltest du eigentlich wissen.« Sein belehrender Ton missfiel Mansfeld, aber er sagte nichts dazu.

Jensen sprach weiter: »Es kam kurz der Rettungsdienst, aber sie wollte nicht ins Krankenhaus und so konnten wir sie kurz befragen. Wirklich sachdienliche Dinge hatte sie aber nicht zu liefern. In Sachen Kirche und Religion hat sie nur erwähnt, dass ihr Mann aus der Kirche ausgetreten ist, da er nicht gläubig war. Außerdem sah er die Mitgliedschaft in der Kirche und die in einer sozialdemokratischen Partei als Widerspruch. Ansonsten wäre noch eine kleine Tochter zu erwähnen, die die beiden haben. Und das war es auch schon. Ihr seht, es war nicht gerade ein Füllhorn an Informationen zu holen.«

Ohne weitere Fragen abzuwarten, setzte sich Jensen wieder.

»Wissen wir denn schon, wer das Opfer von heute früh war?«, wechselte Mansfeld an Schwarz und Welfert gerichtet, das Thema. »Oder wurde nichts weiter gefunden?«

Welfert wollte gerade antworten, als Schwarz aufstand und nach vorn ging. »Okay, dann jetzt die neue Leiche. Heute bin ich wohl dran.«

Nach dieser freiwilligen Meldung für das obligatorische Brainstorming räusperte sie sich kurz und redete dann weiter: »Zunächst, um deine Frage zu beantworten, muss ich leider sagen, dass die Identität noch nicht geklärt wurde. Der Erkennungsdienst ist aber dran und Doktor Martin zeigte sich zuversichtlich, dass sie recht leicht herauszufinden sein wird. Dabei will er als Erstes im Umfeld der Lokalpolitik nachschauen, falls neben der kirchlichen Geschichte auch eine politische Betätigung eine Rolle spielt.«

»Du meinst also, da werden gerade gezielt die Reihen der Bezirksverordnetenversammlung gelichtet?«, fragte Jensen.

»So krass würde ich das nicht sagen. Aber ja, vielleicht wird da ja von irgendeinem religiösen Fanatiker in der Politik aufgeräumt, weil die vielleicht nicht seinen Vorstellungen entsprechend handelt. Diesen Ansatz hat zumindest Doktor Martin heute früh geäußert und ich finde, wir sollten ihn auf jeden Fall verfolgen. Wobei natürlich einiges klarer sein dürfte, wenn wir wissen, wer unser zweites Opfer ist.«

»Zum religiösen Ansatz kann ich gleich noch etwas einschieben.«, sagte Mansfeld daraufhin. Er trat ebenfalls vor die Gruppe und fasste in knappen Worten zusammen, was Pfarrer Kaufmann zum Thema Menschenfischer und Lukasevangelium erzählt hatte. Er schloss seine Ausführungen: »Soviel dazu, aber ich hatte vorhin noch einen Anruf von Pfarrer Kaufmann und er wird uns gleich hier im Kommissariat besuchen, denn er hat noch einiges hinzuzufügen und, so sagte er am Telefon, noch eine weitere Idee. Und die kann seiner Einschätzung nach durchaus zielführend sein. Zumindest dann, wenn wir mit dem aktuellen Ansatz richtig liegen.«

»Ach deshalb die Donuts?«, fragte Jensen und die anderen blickten ihn verwundert an.

»Exakt. Wenn wir schon so hohen Besuch bekommen, dann darf auch schon mal ein kleines Klischee erfüllt werden. Abgesehen davon hatte ich auch echt Appetit auf diese fettigen Leckereien.«, erklärte Mansfeld.

Noch bevor das Thema Polizistenklischees weiter vertieft werden konnte, stürmte Doktor Martin in den Konferenzraum.

»Leute, jetzt wird es interessant!«, rief er und wedelte dabei mit einigen Papieren. »Wir haben die Identität des Mühlengrabenopfers feststellen können.«

Doktor Martin hörte abrupt auf zu reden und alle schauten ihn erwartungsvoll an.

»Nun mach es nicht so spannend.«, maulte Mansfeld. »Wer war es?«

»Es handelt sich beim zweiten Opfer um Walter Sommergans. Fünfundfünfzig Jahre alt und, wer hätte es gedacht, ebenfalls ein aufgehender Stern in der Spandauer Lokalpolitik. Damit scheint sich meine Vermutung langsam zu bestätigen.«

»Gibt es bei dem eine Verbindung in Richtung Kirche?«, hakte Mansfeld nach.

»Da ist bisher nichts bekannt. Bekannt ist uns nur, dass er zur DFP gehört, für die er im Bauausschuss saß und privat ein Unternehmen im Bereich Facility Management führte.«

»Hmm.« Mansfeld schüttelte den Kopf. »Das allein kann es ja kaum sein. Und es macht uns die Sache jetzt nicht gerade leichter.«

»Weil ...«, wollte Doktor Martin wissen.

»Weil damit nicht mehr nur die Idee mit dem religiös motivierten Täter im Vordergrund steht, sondern auch ein politisches Motiv infrage kommt.«

»Aber die Art und Weise, wie die Opfer präsentiert wurden, spricht da schon eine ziemlich eindeutige Sprache. Also ist es vielleicht eine Mischung aus beidem.«

»Und auch das macht die Sache nicht wirklich leichter. Sei es drum, haben wir denn ein paar private Informationen von Sommergans? Familie, Kinder, Hobbys, was auch immer?«

»Er lebte allein und soweit wir bisher wissen, leben seine Eltern in Hamburg. Und das war es auch schon.«

»Okay, Klaus und Rita, ihr hängt euch nachher ans Telefon. Schickt die Hamburger Kollegen in die Spur. Die sollen die Eltern befragen. Wir müssen eine mögliche Kirchenzugehörigkeit klären, Freunde und Freundinnen, Geliebte und all dergleichen mehr. Das Übliche eben.«

Schwarz nickte nur und Welfert schloss sich ihr an.

»Anja und Andreas, ihr beginnt damit, alle Mitglieder im Bauausschuss zu durchleuchten. Wir nehmen ab sofort an, dass der Täter seine Opfer in diesem Kreis sucht. Schaut euch die kirchlichen und privaten Hintergründe an und sucht nach Verbindungen. Legt zu jedem Mitglied ein umfassendes Dossier an, kippt alles dort rein, was zu finden ist. Familie, Ehegatten, Geliebte, Firmen, Grundstücke, einfach alles was ihr ausbuddeln könnt. Gleich morgen früh werden wir dann damit beginnen, alle direkt zu befragen.«

»Und zu warnen.«, ergänzte Jensen.

»Selbstverständlich. Gewarnt werden müssen die Leute auch. Es dürften, wenn ich richtig informiert bin, noch genau dreizehn Leute sein. Also jede Menge Arbeit.«

»Woher hast du diese Zahl denn?«, wollte Meinert nun wissen.

»Ich habe einfach mal kurz im Internet geschaut. Auf der Webseite des Bezirksamtes werden fünfzehn Mitglieder im Ausschuss für Bauen, Verkehr und Grünflächen, so der vollständige Name des Bauausschusses, benannt. Zwei sind tot, verbleiben dreizehn.«

Mansfeld wollte gerade weitersprechen, als ein junger Polizist den Kopf durch die Tür steckte. »Hauptkommissar Mansfeld? Der Herr Kaufmann, den sie schon angekündigt hatten, wäre jetzt hier.«

Es ging also Schlag auf Schlag.

Mansfeld sagte zu Schwarz: »Rita, wie es aussieht, bist du diesmal recht gut davongekommen. Ich schätze mal, wir haben aktuell genug Ermittlungsrichtungen, dass wir keine neuen Thesen an den Haaren herbeiziehen müssen. Lass uns also hier an dieser Stelle die Überlegungen zum zweiten Opfer zunächst auf Eis legen.« Schwarz nickte nur erleichtert und setzte sich, während Mansfeld zur Tür ging und Pfarrer Kaufmann in den Raum holte.

»Liebe Kollegen, ich darf euch Herrn Pfarrer Kaufmann vorstellen. Er gehört zum Team der Nikolaikirche in der Spandauer Altstadt, hat uns heute früh ja schon einige wichtige Informationen geben können und ist nun hier, um uns eine weitere Theorie vorzulegen.« Im Anschluss wandte er sich direkt an Kaufmann: »So in etwa stimmt das doch, oder?«

»Ja, in der Tat. Ich habe da eine möglicherweise ganz brauchbare Idee, sofern die von ihnen eingeschlagene Ermittlungsrichtung stimmig ist.«

»Das wird sich spätestens dann zeigen, wenn wir den Täter haben. Bis dahin gehen wir eben einfach davon aus, dass wir schlau genug sind, genau die richtige Idee zu haben.«, flachste Meinert, eher für die Kollegen in den Raum geworfen, als direkt an Pfarrer Kaufmann gewandt.

Der jedoch nahm das Stöckchen auf: »Da habe ich natürlich vollstes Vertrauen, immerhin sind sie ja auch mit feinstem Polizeimaterial ausgerüstet.« Sein Blick richtete sich auf die Schüssel mit Donuts, die Mansfeld gerade auf den Tisch stellte.

Alle lachten und Mansfeld war insgeheim ganz froh darüber, dass einerseits der Pfarrer recht locker drauf war und andererseits das Ermittlerteam recht freundlich mit ihm umging. Immerhin mochten es Polizisten so ganz und gar nicht, wenn ihnen bei ihren Ermittlungen irgendein Schlauberger Dinge erzählte, die sie selbst nicht wussten und die sich hinterher vielleicht noch als zielführend wichtig herausstellten. Das war unter anderem ein Grund, weshalb er es oft vermied, allzu früh externe Spezialisten zurate zu ziehen. In diesem Fall, schon allein wegen der fast nicht vorhandenen physischen Spurenlage, musste da aber schon in diesem frühen Stadium der Ermittlung jeder Strohhalm ergriffen werden.

Pfarrer Kaufmann stand vor der Gruppe Ermittler, die ihn wie einen Außerirdischen anschaute. Das lag an seiner legeren Kleidung, er trug neben Jeans und Turnschuhen nur ein buntes Hemd ohne Krawatte.

»Ihren Blicken entnehme ich Verwunderung, darf ich kurz fragen, weshalb?«, fragte er, mit einem verschmitzten Grinsen in die Runde.

Meinert meldete sich zu Wort: »Müssten sie als Pfarrer nicht einen schwarzen Anzug tragen. Und so ein Dingsda am Kragen?«

»Das Dingsda nennt man Kollar und nein, ich muss das nicht zwingend tragen. Dazu sind lediglich römisch-katholische Priester verpflichtet. Und die Soutane, also besagter schwarzer Anzug, wird selbst bei denen nicht mehr so oft getragen. Wir leben hier in Spandau in einer weniger streng gläubigen Gegend, die Menschen hier erwarten also nicht unbedingt, dass man seine Zugehörigkeit zum Klerus durch das Tragen des Kollars kundtut.«

»Okay, man kennt das eben so aus Filmen. Aber vielen Dank für die erklärenden Worte.«, entgegnete Meinert und damit war das Thema durch.

»Nun denn, ich hatte ja eine Theorie angekündigt.«, eröffnete Pfarrer Kaufmann nun seine Ausführungen. »Heute Vormittag hatte ich ja schon ihren Kollegen Mansfeld und Jensen bestätigt, dass die Menschenfischerthese tatsächlich stimmig sein könnte. Und angesichts dieser vermeintlich religiös motivierten Taten habe ich ein wenig nachgedacht. Eines gleich vorab, ich will damit keinesfalls von unserer Kirche ablenken, bei solchen Taten muss der Täter in jedem Fall dingfest gemacht werden, selbst wenn es schlechte Presse für uns bedeutet. Aber nichtsdestotrotz geht meine Theorie ein wenig weg von uns. Denn derartige Taten, ganz ohne konkreten Bezug betrachtet, sind zumeist die Taten von fundamentalistisch geprägten Menschen. Und genau solche gibt es hier in Spandau. Dabei handelt es sich um eine, ja wie sagt man, Splittergruppe?«

Er schaute fragend in die Runde, antwortete dann aber umgehend selbst: »Ja, Splittergruppe kommt dem wohl am nächsten.«

Pfarrer Kaufmann unterbrach kurz seine Ausführungen, räusperte sich und zeigte dann auf eine Kiste mit Mineralwasser. »Darf ich?«

»Aber sicher doch, bedienen sie sich.«, antwortete Mansfeld und nahm, da er direkt neben der Kiste saß, eine Flasche zur Hand und reichte sie dem Pfarrer.

»Vielen Dank!«

Nachdem er einen Schluck getrunken hatte, kam er wieder zur Sache: »Kommen wir zur Splittergruppe. Die Gruppe entstammt, einer freikirchlichen Gemeinde. Freichristen sind ihnen sicherlich ein Begriff. Man erkennt sie oft an dem kleinen Fischaufkleber am Auto. Der Fisch ist zwar, und da schließt sich gleich wieder ein Kreis, generell ein christliches Symbol, aber die Freichristen verwenden es in der Regel am häufigsten. Die Freikirche, um es kurz zu umreißen, war zunächst eine Kirche, die sich klar von den Staatskirchen abgrenzen wollte. Inzwischen gibt es diese Trennung aber ohnehin, weshalb der Begriff für Kirchen oder Religionsgemeinschaften verwendet wird, die zu keiner der großen Volkskirchen gehören. Auch in Spandau gibt es derartiges und die Freichristen machen oft eine sehr gute Arbeit. Gerade im Bereich der Jugendarbeit sind die Freichristen ganz vorn mit dabei. Ohne das jetzt als Wettbewerb ansehen zu wollen.«

Ein Lachen ging durch den Raum und Pfarrer Kaufmann nutzte die Gelegenheit, um wieder einen Schluck Wasser zu trinken.

»Unter den Freichristen gab es einen Prediger. Prediger ist vielleicht nicht ganz das richtige Wort, aber es trifft den Kern am ehesten. Dieser Prediger also war bekannt dafür, das Wort des Herrn besonders scharf zu deuten, was ihm nicht nur Freunde brachte. Denn gerade in der seelsorgerischen Arbeit mit Jugendlichen muss man die Lehre oft sehr weit gefasst deuten. Innerhalb der Spandauer Freichristen kam es dadurch recht schnell zu Streitigkeiten, in deren Folge sich eine kleine Gruppe um den Prediger abspaltete. Diese Gruppe nennt sich nun ›Verbum Domini‹, was ungefähr ›Das Wort des Herrn‹ bedeutet. Die Gruppe hat beinahe Sektencharakter und lebt eine extrem strenge Auslegung der Bibel. Das geht bis hin zu regelmäßigen Selbstgeißelungen und ähnlichem.«

Wieder machte Pfarrer Kaufmann eine Pause, aber ehe jemand etwas sagen konnte, fuhr er fort: »Als ihre beiden Kollegen heute früh bei mir waren, kam mir recht schnell diese Gruppe in den Sinn. Wenn jemand in Spandau fundamentalistisch genug ist, dann der Prediger der ›Verbum Domini‹.«

Er hörte auf zu reden und wartete jetzt auf Fragen. Und die kamen prompt.

»Wie heißt denn dieser Prediger?«, fragte Mansfeld.

»Ich meine, Martin Kreuzmann oder so. Aber ja, Martin Kreuzmann sollte passen.«

»Das kriegen wir raus.«, antwortete Mansfeld darauf und notierte sich den Namen.

Auch Schwarz hatte eine Frage: »So wie sie diese Splittergruppe und ihren Prediger beschreiben, ist es doch eher eine Sekte und ihr Guru, oder?«

Der Pfarrer überlegte kurz und antwortete dann: »Deswegen musste ich vorhin auch ein wenig nachdenken. Aber ich würde nicht so weit gehen, es Sekte zu nennen. Es handelt sich dabei um eine handvoll Leute, also nichts wirklich Dramatisches. Ziemlich heftig drauf ist eben nur der Kopf der Gruppe. Und ihn Guru zu nennen, wäre auch falsch, denn er ist kein Guru, der heilende Selbstfindung oder ähnliches lehren kann, er ist lediglich jemand, der kompromisslos eng das Wort unseres Herrn auslegt und verkündet.«

»Und sie trauen ihm zu, grausame Morde zu begehen.«, stellte Schwarz fest.

»Nicht wirklich. Das heißt, im Grunde traue ich es jedem zu. Ich habe durch meine seelsorgerische Tätigkeit schon sehr viel gesehen und gehört und weiß deshalb, dass in Menschen oft auch eine sehr dunkle Seite schlummert. Und wenn die losgelassen wird, dann kann auch der liebende Familienvater zum Serienmörder werden. Aber, um ihre Frage direkt zu beantworten, nein. Was aber wohl eher daran liegt, dass ich jemandem, der das Wort des Herrn spricht, nur Gutes zutrauen kann und will. Alles in mir wehrt sich gegen diese Vorstellung. Aber es bedeutet auch, dass ich es nicht kategorisch ausschließen will und nicht zuletzt deshalb bin ich ja auch gerade hier.«

»Fassen wir also zusammen: Hier in Spandau rennt ein durchgeknallter Inquisitor herum, der im Namen des Herrn den Bauausschuss dezimiert.«, warf Welfert in den Raum, was ihm einen grimmigen Blick von Mansfeld und zustimmendes Gelächter der anderen einbrachte.

Auch Pfarrer Kaufmann lachte und sagte dann: »Im Grunde könnte das passen, nur die Sache mit der Inquisition ist falsch, denn die war eine ganz private Sache der Katholiken. Also einer ganz anderen Fraktion im großen christlichen Gesamtgefüge.«

Nach dieser Klarstellung begannen die Ermittler mehr und mehr in belanglose und dem Fall weniger zuträgliche Plaudereien zu verfallen, weshalb Mansfeld einen Strich unter die Sache machte: »Leute, bitte kurz ruhig sein!«, forderte er die Gruppe auf, die Gespräche zu unterbrechen.

»Herr Pfarrer, ich danke ihnen zunächst für diese Information, sie erscheint mir durchaus schlüssig und wir sollten, nein müssen, diesen Ansatz auf jeden Fall weiter verfolgen. Rita, schreib mal bitte den Kreuzmann mit an die Tafel. Am besten mit eigenem Abschnitt für die gesamte Sekte.«

Die Ermittler nickten und bestätigten damit, dass auch sie diesen Ansatz für durchaus interessant hielten.

»Klaus, bist du bitte so nett und bringst Pfarrer Kaufmann zum Parkplatz?«

Welfert nickte nur und stand auf. Daraufhin verabschiedete sich der Pfarrer und verließ mit Welfert den Raum. Schwarz begann damit, die Tafel um einen Abschnitt für die Sekte zu erweitern und die anderen sahen ihr stumm dabei zu. Jeder wusste, wie es weitergehen würde. Sobald Welfert wieder im Raum wäre, würde Mansfeld Aufgaben verteilen. Und insgeheim hoffte jeder, dass der Sonntag nicht mehr allzu lang dauern würde und noch ein wenig Freizeit für die Familie abfallen würde. Das wusste auch Mansfeld und diesem Wunsch wollte er entsprechen.

Welferts Rückkehr und die Fertigstellung der Tafelerweiterung fielen fast auf die gleiche Sekunde und Mansfeld verlor keine Zeit: »So Leute, es ist Sonntagnachmittag, machen wir es also kurz, dann sieht jeder noch seine Familie, Freunde oder was auch immer. Wir haben jetzt einen neuen Ansatz, diesen Guru Kreuzmann. Den werde ich mir morgen gemeinsam mit Ralf vorknöpfen. Rita, versuch mal bitte gleich morgen früh die wesentlichen Daten von ihm zusammenzutragen. Außerdem müssen wir uns den gesamten Bauausschuss vornehmen. Die Mitglieder werde ich nachher noch telefonisch vorwarnen und zu besonderer Vorsicht auffordern, ausführlich reden müssen wir aber mit allen. Anja, das ist morgen früh dein Job. Wir haben drei Teams, dich und Andreas, Rita und Klaus, sowie Ralf und mich. Check mal die Wohnorte und Arbeitsplätze der Mitglieder und verteile sie so auf uns drei Teams, dass unnötige und vor allem zeitraubende Fahrten durch die Stadt entfallen. Andreas, du setzt dich mit Klaus zusammen und ihr schaut mal, bei welchem Mitglied des Bauausschusses es welchen kirchlichen Hintergrund gibt, dann können wir da noch ein wenig priorisieren. Zuerst die Atheisten, dann die Kirchenmitglieder. Ralf, wir zwei treffen uns morgen früh direkt am Rathaus. Ich versuche bis dahin einen Termin mit dem Stadtrat zu bekommen, dann reden wir mit dem und schauen mal, ob aus seiner Sicht irgendwelche seltsamen Misstöne im Ausschuss zu hören waren. Vielleicht liegt die Wurzel allen Übels ja auch dort. Und bis dahin hoffen wir, dass es keine weitere Leiche gibt.« Mansfeld atmete hörbar durch und schaute in die Runde. Alle waren still und nickten nur zustimmend.

»Na dann los, Feierabend!«

Schlagartig war es mit der Ruhe vorbei und die Ermittler stürmten wie die Pennäler vor den Ferien aus dem Raum. Als Mansfeld allein war, setzte er sich noch einmal vor die Tafeln und schaute sie grübelnd an.

Nun hatten sie also zwei handfeste Ansätze, die allerdings in die gleiche Richtung zielten. Einmal war da der religiöse Hintergrund ganz allgemein und einmal der fanatische Sektenguru ganz speziell. Er nahm sich jedoch fest vor, auch andere Möglichkeiten nicht außer Acht zu lassen. Immerhin konnte es sich ja auch um Streitigkeiten im Rathaus und dessen Ausschüssen handeln. Der Täter oder die Täterin konnte auch ganz andere Motive haben und die religiösen Zeichen nur dazu nutzen, die Polizei zu verwirren.

Er konnte seinen Gedanken nicht ganz zu Ende denken, als sein Telefon zu klingeln begann. Ein Blick auf das Display offenbarte, dass es sich beim Anrufer um KSK handelte.

»Na der fehlt mir noch in meiner Raupensammlung.«, dachte Mansfeld und nahm das Gespräch an.

»Bist du noch im Hause?«, kam er ohne Begrüßung direkt zur Sache.

»Ja und ich wollte ohnehin gerade noch kurz bei dir hereinschauen.«

»Dann los.« KSK hatte aufgelegt.

Zum Glück war Kriminalrat Koch am Telefon immer so kurz angebunden, sonst hätte man einen gewissen Grad Unmut in die knappe Wortwahl hinein interpretieren können. Mansfeld macht sich auf den Weg ins Büro seines Chefs, das er dann ohne anzuklopfen betrat. Koch war das so von ihm gewohnt und außerdem hatte er ihn ohnehin gerade zu sich zitiert. Weshalb sich also unnötig mit Formalien aufhalten?

»Peter, ich will nur kurz einen Lagebericht. Detailliert können wir das morgen besprechen, meine Frau und die Kinder warten mit der Kaffeetafel auf mich.«

Das freute Mansfeld, denn wenn der Alte in Eile war, dann war auch er bald im Feierabend.

»Ich nehme an, über die Identitäten und die Umstände des Auffindens der beiden Opfer bist du informiert. Also direkt zu den ersten Ansätzen.«, begann Mansfeld und KSK nickte derweil nur, um die Annahme zu bestätigen.

»Wir gehen zunächst, weiter offen für andere Ansätze, von einer religiös motivierten Tat aus. Die Fischsymbolik deutet, das hat auch der Pfarrer aus der Nikolaikirche bestätigt, recht deutlich darauf hin. Vom Pfarrer selbst haben wir auch den Hinweis bekommen, dass sich in der Wilhelmstadt eine freikirchliche Gemeinde befindet, von der sich eine Art fundamentalistischer Kreis abgespaltet hat und dessen Anführer durchaus als Täter infrage kommen könnte.«

»Na los, verhaften den Kerl und fertig.«, scherzte Koch kurz, wurde aber gleich wieder ernst und bat Mansfeld mit einer Handbewegung darum, weiterzusprechen.

»Weiterhin haben wir die Mitglieder des Bauausschusses im Blick, denn beide Opfer gehörten dazu. Und bis ausgeschlossen werden kann, dass es bei den Taten um die Ausschussarbeit geht, müssen wir alle als potenzielle nächste Opfer betrachten. Ich werde gleich noch Kontakt mit dem Ausschussvorsitzenden aufnehmen, um dann alle vorzuwarnen, morgen werden wir dann noch Gespräche führen. Und nebenbei warten wir ab, ob uns die Hamburger Kollegen noch irgendwelche sachdienlichen Hinweise von den Eltern des zweiten Opfers liefern können.« Mansfeld hielt inne, überlegte kurz und schloss dann seinen Monolog: »Das war es in aller Kürze.«

»Sehr gut. Ich sehe, du hast alles im Griff. Morgen werde ich an eurer Teamsitzung teilnehmen. Wann werdet ihr euch treffen?«

»Ich bin früh erst mit Ralf im Rathaus, anschließend kommen wir hier rein. Ich denke mal, es wird gegen zehn werden.«

»Gut, dann ruf mich einfach kurz an, wenn du eine genaue Zahl hast. Ich halte mir den Zeitraum frei. Wenn es möglich ist. Und jetzt muss ich los.«

Koch gab Mansfeld noch zum Abschied die Hand und schob ihn mehr oder weniger aus seinem Büro heraus. Nicht dass das Mansfeld störte, es war ihm sogar ganz recht schnell wegzukommen. Aber er wunderte sich schon, denn er war derart kurze Unterredungen von Koch überhaupt nicht gewohnt.

Blieben nur noch ein paar Anrufe. Einmal beim Vorsitzenden des Bauausschusses und hinterher bei dessen Mitgliedern. Aber das sollte schnell erledigt sein.

Sonntag, 15.30 Uhr, Altstadt Spandau

Mansfeld fuhr Richtung Spandauer Altstadt und ohne es wirklich geplant zu haben, steuerte er das Parkhaus neben dem Mühlengraben an. Er stellte seinen Wagen ab und ging noch einmal zur Fundstelle des zweiten Opfers. Die Kollegen waren inzwischen wieder abgezogen und der Fundort freigegeben. Einige wenige Schaulustige standen tatsächlich dort herum und unterhielten sich über den schrecklichen Fund. Er gesellte sich dazu, hörte aber nur den üblichen Klatsch und nichts, was ihm oder vielmehr den Ermittlungen weiterhelfen könnte.

Er hockte sich hin, um ein wenig weiter unter die Brücke schauen zu können. Dabei fiel sein Blick auf das gegenüberliegende Gebäude. Die Fenster wirkten nicht sonderlich gut gedämmt. Weshalb also hatte niemand etwas gehört? Wenn man eine Leiche hier ins Wasser bringt, und zweifellos war es genau hier geschehen, soweit hatten es ihm die Kriminaltechniker bestätigt, dann konnte das nicht geräuschlos geschehen. Oder hatten sich die Anwohner durch den Lärm des benachbarten Kreisverkehrs so an ein gewisses Grundrauschen gewöhnt, dass sie kleinere Geräusche gar nicht mehr registrierten? Die Bewohner des Hauses mussten ganz dringend noch befragt werden und er schüttelte insgeheim den Kopf, dass ihm das nicht schon am frühen Morgen eingefallen war.

Er hatte sich zu sehr auf Schwarz und Welfert verlassen, die hier am Morgen das Sagen hatten. Also musste er auch mit diesen beiden noch ein ernstes Wörtchen reden.

Mansfeld nahm sein Telefon heraus und rief auf der Dienststelle an, um einen Kollegen vom Kriminaldauerdienst damit zu beauftragen, im fraglichen Gebäude und den beiden nebenan gelegenen ein wenig Klinken zu putzen. Der späte Sonntagnachmittag dürfte da sogar ganz brauchbar sein, denn viele waren zu Hause erreichbar.

Anschließend schaute er sich noch einen Augenblick lang um und entfernte sich dann von den anderen Schaulustigen, um ungestört die noch anstehenden Telefonate zu erledigen. Er setzte sich auf eine Bank neben dem Parkhaus und zog zum Telefon, das er noch immer in der Hand hielt, ein Notizbuch hervor, in dem er sich die Telefonnummern notiert hatte.

Der erste Anruf galt dem Vorsitzenden des Bauausschusses, einem gewissen Achim Frisch. Er überlegte kurz und ordnete Frisch dann der PSD, der Partei für soziale Demokratie zu, auf deren Wahlkampfplakaten immer wieder dieser Name zu lesen gewesen war. Seine Gedanken schweiften kurz zu diesen Plakaten ab, die gegen Ende des Wahlkampfes an den Schildern und Laternen stets so weit heruntergerutscht waren, dass sie in die Gehwege ragten und man ständig ausweichen musste. Er verwarf diesen Gedanken und wählte Frischs Nummer.

Nach dem zweiten oder dritten Klingeln nahm Frisch das Gespräch an: »Frisch, guten Tag!«, bellte er laut, aber durchaus freundlich ins Telefon.

»Guten Tag, Mansfeld, Kripo Spandau. Spreche ich mit Achim Frisch vom Spandauer Bauausschuss?«

»Das tun sie. Und wie kann ich ihnen helfen?«

Mansfeld räusperte sich kurz und antwortete dann: »Sie haben sicher schon von den Leichenfunden auf der Zitadelle und in der Altstadt gehört, oder?«

»Ja. Eine schreckliche Sache. Aber was habe ich damit zu tun?«

»Sie haben zunächst nichts damit zu tun, aber die beiden Opfer waren Mitglied im Bauausschuss.«

Von Frisch war nur ein tiefes Einatmen zu hören und dann folgte Stille.

»Herr Frisch?«, brachte sich Mansfeld nach einigen Sekunden in Erinnerung.

»Ähh, ja. Ich bin noch da. Ich bin nur … ich bin … ähh … wer ist es denn?«, stammelte Frisch mit erschütterter Stimme.

»Ihr Parteigenosse Jens Schmid und Walter Sommergans von der DFP. Ich rufe an, da wir noch nicht hundertprozentig ausschließen können, dass die Wahl der Opfer etwas mit dem Bauausschuss zu tun hat.«

»Ernsthaft? Bin ich auch in Gefahr?«

»Das ist, so ehrlich möchte ich sein, durchaus möglich. Grundsätzlich verfolgen wir zwar eine andere Spur, die deutlich wahrscheinlicher ist, aber solange wir nichts Genaues wissen, müssen wir mit allem rechnen. Sie sollten also in den nächsten Tagen besonders vorsichtig sein. Am besten nie allein das Haus oder Büro verlassen und nachts alle Fenster und Türen sicher verschließen.«

»Ach du Schande, das klingt ja wie in einem schlechten Film.«

»Das hören wir oft. Haben sie denn die Möglichkeit, überall begleitet zu werden?«

»Ja, das ist kein Problem. Aber haben sie denn den anderen schon Bescheid gegeben?«, fragte Frisch.

»Nein, ich brauche noch die Rufnummern. Können sie mir die gleich noch geben?«

»Das kann ich tun, aber ich würde die Kollegen aus dem Ausschuss gern selbst informieren. Wäre das für sie in Ordnung?«

Und wie es das war, denn Mansfeld hatte auf derlei Telefonate überhaupt keine Lust.

»Machen sie das, aber es wäre trotzdem sehr nett, wenn sie mir die Kontaktdaten zukommen lassen könnten. Am besten per Mail.«

»Augenblick.«, sagte Frisch und Mansfeld hörte, wie im Hintergrund Papier raschelte. »Geben sie mir mal kurz ihre Mailadresse, dann schicke ich ihnen alles zu.«

»Peter Punkt Mansfeld, dann das umkringelte ›A‹ und dann Polizei Punkt Berlin Punkt ›de‹.«, diktierte Mansfeld umständlich seine dienstliche Mailadresse und hoffte, dass Frisch beim ersten Mal alles verstand.

Die Hoffnung wurde erfüllt. »Alles klar, hab ich.«, sagte Frisch. »Dann werde ich jetzt fix die Kollegen aus dem Ausschuss informieren.«

»Sehr gut, vielen Dank. Und sagen sie denen bitte gleich, dass wir sie in den nächsten Tagen alle noch persönlich sprechen müssen. Meine Kollegen werden dann entsprechend Kontakt aufnehmen.«

»Aber sicher doch.«, bestätigte Frisch, dieser Bitte nachkommen zu wollen.

»Ach eins noch, haben sie eventuell eine Rufnummer zur Hand, unter der ich jetzt noch Baustadtrat Meister erreiche?«

»Friedrichs Privatnummer? Ja sicher, die schicke ich gleich mit.«

Mansfeld bedankte sich noch einmal und nach Austausch der obligatorischen Grußfloskeln und Hinweise auf besondere Vorsicht legten beide auf.

Eigentlich konnte es für Mansfeld nicht besser laufen, denn ihm blieben nun etliche Telefonate erspart. Jetzt nur noch den Stadtrat anrufen und er konnte Feierabend machen. Einfach noch ein wenig Ruhe haben, wenngleich vom Wochenende nur noch wenige Stunden übrig waren. Also rief er Stadtrat Meister an, der offensichtlich keine Lust hatte, an seinem freien Sonntagnachmittag lange zu telefonieren, aber er erklärte sich bereit, am nächsten Morgen eine halbe Stunde für Mansfeld und Jensen freizuhalten. Erst nach dem Gespräch fiel Mansfeld auf, dass Meister nicht einmal nach dem Grund für die Bitte um einen Gesprächstermin gefragt hatte. Aber das sollte ihm recht sein, denn dadurch war die Sache schneller erledigt als gedacht. Schnell schickte er Jensen den Termin und endlich war Feierabend.

3

Das Wetter meinte es gut mit ihm, denn zum dritten Mal in Folge war es ein nebliger Morgen. Wie seidene Tücher im Wind waberte der graue, undurchsichtige Schleier durch die Gassen der Spandauer Altstadt und verbarg so die dunkle Gestalt, die schnaufend ein großes Paket auf einer Sackkarre in Richtung Batardeau am Mühlengraben schob.

Er hatte vom Vortag gelernt und deshalb die Karre beschafft. So konnte das Paket deutlich einfacher transportiert werden. Ein zufälliger Beobachter würde denken, dass dort nur ein Handwerker oder Lieferant seine Arbeit tat und ihn bestenfalls wegen der frühen Stunde bedauern. Dennoch galt es, vorsichtig zu sein. Denn lange würde es nicht mehr dauern, bis die Stadt zum Leben erwachte und dann würde es zunehmend gefährlicher für ihn und sein Vorhaben werden. Passanten auf dem Weg zur Frühschicht, bettflüchtige Senioren mit ihren Hunden, ja sogar Jogger mit ihren unvermeidlichen Kopflampen, die bei jedem Schritt auf und ab hüpften und schon beim Zusehen fast einen epileptischen Anfall auslösten. Man sah am Lindenufer so ziemlich alles. Und das selbst bei schlechtestem Wetter.

Während er die schwere Sackkarre weiterschob und versuchte, dabei ein wenig schneller zu werden, fiel ihm die drückende Stille auf, die auch diesem Morgen wieder umgab. Nicht einmal ein paar Vögel waren zu hören, das sonst allgegenwärtige Piepsen der Großstadtspatzen oder der Lärm streitender Krähen.

Und insgeheim bedauerte er, dass später niemand bemerken würde, wie wahrlich passend diese Atmosphäre für das war, was gleich folgen würde.

Als er das Batardeau erreichte, überwand er schnell den kleinen, das Areal umgebenden Zaun und zog das Paket hinterher. Das Paket rollte daraufhin einen kleinen Abhang herab und fiel ins Wasser. Der dichte Nebel dämpfte das platschende Geräusch hervorragend, selbst an in der Nähe liegenden Uferpromenade hätte es niemand gehört. Er war jedoch nach wie vor allein und so bestand ohnehin keine Gefahr von dieser Seite, was ihn jedoch nicht davon abhielt, kurz still stehen zu bleiben und zu lauschen. Aber es war nichts zu hören, die undurchdringliche Stille des Nebels verschluckte immer noch jedes Geräusch.

Wie auch schon tags zuvor ging er ein stückweit in den Mühlengraben hinein, jedoch genügten dieses Mal hohe Gummistiefel. Die Wathose war im seichten Wasser an dieser Stelle nicht nötig. Nach einigen Metern erreichte er sein Ziel. Im hohen, den Mühlengraben einfassenden Mauerwerk befanden sich in etwas mehr als einem Meter Höhe zwei verrostete Eisenhaken. Er entpackte das Paket und macht sich ans Werk.

Zunächst löste er die Bänder, die das Paket zusammenhielten und wickelte die Plane ab. Als der Inhalt des Paketes zum Vorschein kam, sah er sich noch einmal verstohlen um, stellte dabei fest, dass es keine Zuschauer gab und machte dann weiter. Nur etwa 3 Minuten dauerte es diesmal, bis das Werk vollendet war. Er trat ein paar Schritte zurück, warf einen letzten, begutachtenden Blick auf seine Arbeit und ging dann mit schlurfenden

Schritten wieder vor zum Batardeau. Er kletterte aus dem Mühlengraben, wechselte schnell das Schuhwerk, ergriff die Sackkarre und verschwand in Richtung Altstadt.

Nur wenige Sekunden später legte sich wieder absolute Stille über Batardeau und Mühlengraben. Nur, dass jetzt auch der süßliche Geruch des Todes in der Luft hing.

Montag, 8.00 Uhr, Wohnung KHK Peter Mansfeld

Mansfeld war an diesem Montag erstaunlich früh aufgestanden, was nicht zuletzt der Tatsache geschuldet war, dass er nicht nur hervorragend ruhig, sondern auch fast zehn Stunden lang geschlafen hatte. Der Tag konnte also beginnen und er war guter Dinge, die Ermittlungen ordentlich voranzubringen.

Gut gelaunt bereitete er sich ein Frühstück und dachte währenddessen ein wenig über den Fall nach.

Normalerweise war ihm das zuwider, denn sein Frühstück war heilig. Da hatten dienstliche Belange nichts zu suchen. Aber heute machte er eine Ausnahme. Einerseits hatten sie die Zeit im Nacken, denn wer auf so eine Weise mordet und seine Opfer dann präsentiert, wie es der Menschenfischer tat, der hört auch nicht so schnell damit auf. Es galt also, nicht nur einen Mörder zu fassen, sondern auch weitere Opfer zu verhindern. Andererseits hatten sie auch eine wirklich gute Spur und er wollte verhindern, dass deshalb der Blick für alles andere getrübt wurde.

Mansfeld dachte gerade über den Sektenguru Kreuzmann und darüber nach, was einen Menschen so fanatisch werden lassen kann, als ihn wieder einmal das Telefon störte. Er blickte auf das Display und sah, dass es – ebenfalls schon wieder – Jensen war.

Also nahm er das Gespräch an und sagte mit gespielt schlechter Laune: »Jensen, gnade dir Helmut Kohl, wenn es nichts wirklich Wichtiges ist!«

Diesen Spruch sollte er besser auch mal auf den aktuellen Bundeskanzler aktualisieren.

»Chef, wir müssen unseren Termin beim Baustadtrat ein wenig verschieben.«, antwortete Jensen und irgendetwas in seiner Stimme ließ Mansfeld aufhorchen.

»Warum das? Was ist passiert?«

»Der Vorsitzende des Bauausschusses, dieser Frisch, wurde soeben ermordet aufgefunden. Und es sieht ganz so aus, als wäre es wieder dieser Menschenfischer gewesen.«

Mansfeld verharrte wie vom Donner gerührt. »Sag das nochmal …«

»Der Vorsitzende des Bauausschusses wurde gerade ermordet aufgefunden.«, wiederholte sich Jensen.

»Das war eine rhetorische Aufforderung.«, gab Mansfeld darauf knurrend zurück und tatsächlich war von seiner guten Laune nicht mehr viel übrig. »Wo genau wurde er gefunden?«

»Wieder im Mühlengraben, diesmal nur am anderen Ende, in der Nähe vom Batardeau am Stabholzgarten. Also quasi direkt hinter dem Rathaus.«

»Bist du schon dort?«

»Nein, aber ich mache mich gleich auf den Weg.«

»Gut, ich ebenfalls. Wir treffen uns dann in einer Viertelstunde vor Ort.«

Von Jensen kam ein Geräusch als Antwort, das durchaus als Zustimmung interpretiert werden konnte, also legte

Mansfeld auf. Er schlang sein Frühstück hinunter, spülte mit etwas Kaffee nach und machte sich, ohne den Frühstückstisch aufzuräumen, auf den Weg zum Rathaus.

Montag, 8.45 Uhr, Mühlengraben

Er parkte seinen Wagen am Stabholzgarten und ging die letzten hundert Meter zum Batardeau zu Fuß. Das Batardeau war eine kleine Festungsanlage am Anfang des Mühlengrabens, der die Spandauer Altstadt umgab. Früher gab es zwei solcher Bauten, auch am nördlichen Ende des Mühlengrabens, direkt an der heutigen Schleuse befand sich einst ein solches Bauwerk. Mit diesen Wehren konnte der Wasserstand des Mühlengrabens, aber auch des Festungsgrabens an der Zitadelle reguliert werden. Heutzutage ist es jedoch lediglich ein nett anzusehendes Häufchen Ziegelsteine, das an Spandaus Geschichte als Festungsstadt erinnert, aber keine wirkliche Funktion mehr hat.

Schon von weitem sah Mansfeld, dass auch Schwarz und Welfert vor Ort waren. Welfert sah ihn ebenfalls, winkte kurz und forderte dann offenbar Schwarz dazu auf, mit ihm gemeinsam Mansfeld ein Stück entgegenzugehen.

Auf halbem Weg trafen sie sich und nach einer kurzen Begrüßung sagte Mansfeld: »Wie kommt es denn, dass ihr beiden schon wieder hier seid?«

Welfert antwortete: »Wir waren heute etwas früher im Büro, damit wir ausreichend Zeit für den Backgroundcheck in Sachen Kreuzmann haben. Und da hat uns der KDD sozusagen ganz exklusiv informiert und wir sind direkt mit hierher.«

»Ohne mich zu informieren?«, hakte Mansfeld nach, stellte aber durch ein Augenzwinkern klar, dass das eher spaßig gemeint und keineswegs eine Rüge war.

»Aber Chef, sicher haben wir an niemand anderen als ausschließlich dich gedacht!«, entgegnete Schwarz lachend.

Und Welfert ergänzte: »Direkt in dem Augenblick kam Jensen ins Büro und hat den Anruf bei dir übernommen.«

»Was wollte denn Jensen im Büro? Der sollte mich doch nachher am Rathaus treffen?«, fragte Mansfeld verwundert.

»Der wollte nur kurz seine Kollegen begrüßen und dann weiter zum Rathaus, um sich dort mit seinem Chef zu treffen.«, tönte es von der Seite. Als sich die drei umdrehten, sahen sie Jensen neben sich stehen, der sich von allen unbemerkt genähert hatte.

»Gut, dann sind wir ja jetzt vollzählig.«, stellte Mansfeld fest. »Schauen wir mal, was uns heute erwartet. Und jetzt los, denn wie es aussieht, kann Doktor Martin unser Eintreffen kaum erwarten.«

Martin stand tatsächlich am Batardeau und sah ungeduldig in die Richtung der vier Ermittler, die sich nun beeilten, zu ihm zu kommen. Und noch bevor sie ihn erreichten, stießen auch Stölzner und Meinert zur Gruppe.

»Und jetzt sind wir wirklich vollzählig.«, stellte Jensen fest, während sich alle im Laufen begrüßten und, kaum damit fertig, Doktor Martin erreichten.

»Zeit wird es auch.«, begrüßte dieser die Ermittler ungeduldig. »Wir wollen endlich die Leiche bergen und warten nur noch auf euch.«

»Hallo Matthias. Es ist uns wie immer eine Freude, dich gut gelaunt und förmlich in dir selbst ruhend anzutreffen.«, witzelte Mansfeld und wand sich dann an seine Ermittler: »Wer geht heute rein?«

»Los Anja, lass uns die Sache übernehmen.«, forderte Meinert seine Partnerin auf. »Außerdem waren wir die ersten hier, damit ist das ohnehin unser Job.«

»Na klar, euer Job. Du Früchtchen hast nur bemerkt, dass man hier ganz einfach an den Auffindeort kommt und sich langes Gestakse unter dunklen Brücken sparen kann.« Jensen grinste, als Meinert errötete. Da hatte er jemanden voll erwischt.

Da aber keine weiteren Proteste kamen und Doktor Martin immer ungeduldiger wirkte, schnappten sich Meinert und Stölzner jeweils ein paar der von der Kriminaltechnik bereitgestellten Gummistiefel und begaben sich ohne weitere Worte hinunter zum Mühlengraben. Die anderen Ermittler folgten bis zum Ufer und warteten dort.

Stölzner war zwar weniger begeistert, jetzt in Gummistiefeln, die schon weiß Gott wer getragen hatte, durch den Mühlengraben zu tapsen, um eine übel zugerichtete Leiche zu begutachten. Aber sie hielt sich vor Augen, dass es sie sonst beim nächsten Mal treffen würde. Und wer konnte schon sagen, wie es dann werden würde. Und so war sie

Meinert im Grunde ganz dankbar, dass er diese Aufgabe für sie beide an Land gezogen hatte.

Die beiden gingen sehr langsam, damit kein Wasser in die Gummistiefel schwappen konnte und versuchten dabei, ein Gefühl für den Ort zu bekommen. Irgendetwas musste es hier ja geben, was den Täter dazu animiert hatte, die Leiche ausgerechnet hier abzulegen. Denn es war definitiv klar, dass die Leiche nicht nur einfach so hier gefunden wurde.

Meinert erreichte die Leiche zuerst und als er sie aus der Nähe betrachtete, lief ihm ein kalter Schauer den Rücken herunter.

»Wow, ich bin echt froh, dass wir die ersten Opfer nur auf Fotos anschauen mussten.«

Stölzner, die jetzt auch die Leiche erreicht hatte, antwortete mit einem Kloß im Hals: »Wahre Worte! Sowas hier ist schon echt heftig.«

Beide blieben einen Moment reglos stehen und betrachteten das Opfer mit einer Mischung aus professioneller Neugier und menschlichem Entsetzen. Die Leiche war mit den Händen über dem Kopf an einem verrosteten Haken aufgehängt, der in etwa hundertsechzig Zentimetern Höhe in der Ziegelwand eingemauert war, die den Mühlengraben an dieser Stelle gute vier Meter hoch einfasste. Der Kopf war ein wenig zurückgelegt und so blickte die Leiche förmlich zwischen den eigenen Oberarmen hindurch. In der Stirn befand sich der unvermeidliche Fisch, der inzwischen ganz klar die Visitenkarte des Menschenfischers war. Die Wunde wirkte dabei sehr klar erkennbar, als hätte der Täter sie ausgespült. Es war fast kein Blut zu sehen, lediglich die auseinander klaffenden Schnittflächen ließen erkennen, dass die Verletzung sehr frisch war. Auf den ersten Blick waren keine weiteren Verletzungen erkennbar, aber der Kragen des Hemdes, das das Opfer trug, war blutgetränkt. Es musste also eine Verletzung geben, sofern das Blut vom Opfer stammte.

Inzwischen hatte sich auch Doktor Martin zu den beiden Ermittlern gesellt. »Habt ihr noch Fragen zum Opfer, oder können wir ihn endlich einpacken?«

Meinert antwortete: »Woher kommt das Blut am Hemdkragen? Habt ihr da schon was gefunden?«

»Unter dem rechten Ohr befindet sich eine kleine Wunde, ich nehme mal an, dass es sich dabei um eine Stichwunde handelt, die möglicherweise auch todesursächlich war. Genaues …«

»Gibt es aber erst nach der Autopsie.«, vervollständigte Stölzner den Satz. »Richtig?«

»Das hast du sehr gut erkannt. Und? Können wir ihn jetzt mitnehmen?«

»Also ich habe nichts dagegen.«, sagte Meinert.

»Ich habe wohl auch genug gesehen. Der Chef scheint kein Interesse daran zu haben, hier in den Bach zu steigen, also pack ihn ruhig ein.«, gab auch Stölzner ihr Einverständnis.

Die beiden Ermittler machten sich auf den Weg zu den anderen und Martin winkte seine Mitarbeiter heran, die sich umgehend mit einer Leichentransportkiste auf den Weg zu ihm machten.

Mansfeld blickte schon recht ungeduldig, weshalb sich Stölzner und Meinert besonders beeilten.

»Chef, wir haben Martins Truppenteile die Freigabe erteilt, das war doch in deinem Interesse, oder?«, fragte Meinert, eher eine Feststellung treffend.

»Ja klar, schon gut. Es reicht, wenn ihr euch das aus der Nähe angesehen habt. Ihr könnt dann nachher berichten. Den anderen sollte der allgemeine Eindruck vom Tatort ausreichen.«

»Außerdem wird bei der derzeitigen Fundfrequenz noch jeder auf seine Kosten kommen.«, scherzte Welfert, was ihm umgehend einen tadelnden Blick von Schwarz einbrachte.

Mansfeld überging den unangebrachten Scherz einfach und verteilte Aufgaben: »Ich selbst werde mit Ralf wie geplant zum Baustadtrat. Der soll ja ein recht unangenehmer Zeitgenosse sein. Rita und Klaus, ihr sammelt alles zusammen, was ihr über Frisch in Erfahrung bringen könnt. Insbesondere zu Angehörigen, die informiert werden müssen. Wenn ihr da etwas habt, schickt mir kurz eine Nachricht, dann übernehme ich gleich mit Ralf diesen Part.«

Schwarz nickte nur und Jensen machte ein verärgertes Gesicht. Einerseits wegen des Termines beim Baustadtrat, der in der Tat als recht unangenehmer Zeitgenosse bekannt war. Seit die FaD mit in die Bezirksverordnetenversammlung gewählt wurde, musste man bei Kontakten mit Politikern auch diese Leute ertragen. Andererseits hatte er sich erhofft, dass mit dem Besuch bei der Witwe des ersten Opfers er und Mansfeld ganz hinten stünden, was das Überbringen von Todesnachrichten betrifft. Das war also ein Irrtum. Aber Mansfeld war der Chef, also musste er diese Kröte wohl schlucken.

Mansfeld sprach weiter: »Anja und Andreas, ihr werdet noch kurz abwarten, bis der Leichnam abtransportiert wird. Doktor Martin sagte mir vorhin, dass die Autopsie mit Priorität durchgeführt wird. Der Alte macht da wohl mächtig Druck. Ihr beide werdet dann daran teilnehmen.«

Er blickte einmal in die Runde. »Noch Fragen?«

Die Ermittler schüttelten unisono mit dem Kopf, also drehte sich Mansfeld um und ging in Richtung Rathaus: »Los Ralf, wir haben einen Termin!«

Montag, 9.00 Uhr, Rathaus Spandau

Mansfeld legte auf dem Weg zum Rathaus ein ordentliches Tempo vor, sodass Jensen einen kurzen Sprint einlegen musste, um wieder zu ihm aufschließen zu können.

Mit ein wenig Keuchen in der Stimme sagte er: »Du Peter, mir ist da gestern Abend noch etwas eingefallen. Wir haben etwas ganz Wichtiges vergessen.«

»Ach ja? Haben wir das?« Mansfeld blieb stehen und drehte sich zu Jensen um.

»Ja. Wir haben schon bei der Witwe von Schmid nicht einmal geklärt, ob sie überhaupt ein Alibi hat.«

»Nein, das haben wir nicht vergessen. Das habe ich absichtlich nicht gefragt. Mensch, die Frau saß mit einem Kind zu Hause und hat auf ihren Mann gewartet. Das müsste schon eine wirklich oscarreife Schauspielleistung gewesen sein, wenn die wirklich etwas damit zu tun hätte. Und spätestens mit dem Fund von Sommergans sollte klar sein, dass der Täter diesmal nicht aus dem Familienkreis kommt.«

»Verdammt. Manchmal bin ich aber auch echt dämlich.« Jensen schlug sich mit der flachen Hand auf die Stirn. »Logisch, die hätte ja auch nur ihren Mann abgemurkst und sich danach nicht noch weiter durch den Bauausschuss gemordet.«

»Mach dir nichts draus, du hast das Gespräch mit ihr eben komplett isoliert betrachtet und dabei ein Detail bemerkt, das normalerweise tatsächlich ein ziemlich grobes

Versagen gewesen wäre. Also alles richtig gemacht.« Mansfeld nickte noch kurz und ging dann weiter in Richtung Rathaus, sofort wieder das hohe Tempo anschlagend.

Jensen schüttelte noch einmal kurz den Kopf, als wolle er den falschen Gedanken abwerfen, freute sich aber über die lobenden Worte und folgte Mansfeld, diesmal ohne den Abstand zu verkürzen.

Da die beiden nicht genau wussten, welcher Eingang dem Büro von Meister am nächsten lag, gingen sie um das Rathaus herum und nahmen den Haupteingang. Dort saß ein Pförtner, der den richtigen Weg durch die langen Rathausflure gut erklären konnte. In der Halle nach der Pförtnerloge blieb Jensen stehen und blickte sich staunend um: »Wow, das ist ja mal protzig.«

»Lass dir nichts vormachen, als das Rathaus gebaut wurde, war die Stadtkasse nicht sonderlich gut gefüllt und alles, was hier an den Wänden nach feinem Marmor aussieht, ist lediglich täuschend echt gemachte Farbkleckserei.«

»Na und? Toll sieht es ja trotzdem aus.«

»Es ist trotzdem mehr Schein als Sein. Na los, wir haben noch jede Menge zu tun.«

Im Rathaus Spandau wurde seinerzeit tatsächlich viel getrickst, denn die veranschlagten Baukosten hatten sich in Laufe der Zeit schon verdreifacht, weshalb man im Inneren an Baumaterialien sparte. Und deshalb, statt den für repräsentative Gebäude üblichen Marmor zu nutzen, wurde mit entsprechenden Malerarbeiten lediglich der Eindruck teurer

Baumaterialien erweckt. Sehen lassen konnte es sich aber allenthalben.

Während Mansfeld und Jensen durch die langen Flure gingen, dabei immer bemüht möglichst leise Schritte zu machen, um ein Hallen zu vermeiden, fragte Jensen: »Was wissen wir eigentlich von diesem Meister?«

»Nicht wirklich viel. Ich selbst kenne den eher aus dem Wahlkampf. Sein Gesicht war ja auf etlichen Plakaten. Dazu dann hohle Parolen, um damit auf Dummenfang zu gehen. Leider erfolgreich, wie man am Wahlergebnis ja sehen konnte.«

»Also nichts zum Familienstand oder andere Hintergrundinfos?«

»Der ist verheiratet, soviel weiß man ja auch aus der Presse. Aber gut erkannt, wir haben sonst nicht viel zu ihm. Ich habe aber ganz bewusst darauf verzichtet, weitere Informationen zu holen, immerhin wollen wir ja mit ihm reden und da kann er uns alles auch direkt aus erster Hand mitteilen. Sofern er dazu bereit ist.«

»Da bin ich ja mal gespannt.«, entgegnete Jensen, eher zu sich selbst.

Baustadtrat Friedrich Meister war für die FaD in die Spandauer Bezirksverordnetenversammlung gewählt worden. Diese Partei, die sich zwar gern mit der Farbe Blau schmückte, war in ihrem Inneren jedoch tiefbraun. Ein Umstand, der sowohl Mansfeld als auch Jensen äußerst zuwider waren. Die »Freiheit allen Deutschen« hatte sich im

Wahlkampf mit völkischen Parolen hervorgetan und damit vornehmlich bei Protestwählern, aber auch bei überzeugten Nationalisten offene Türen eingerannt.

Als sie das Büro von Meister erreichten, stand die Tür zum Vorzimmer weit offen und sie sahen einen Sekretär konzentriert auf eine Computertastatur einhackend an seinem Schreibtisch sitzen. Mansfeld räusperte sich kurz, worauf der Sekretär zwar aufblickte, aber nicht damit aufhörte, die Tastatur zu malträtieren.

»Augenblick bitte!«, sagte er und lenkte dann seine Konzentration wieder auf den Computer. Eine halbe Minute später, Mansfeld und Jensen kamen sich derweil, im Türrahmen stehend, ziemlich deplatziert vor, hörte er auf und widmete sich nun den Besuchern.

»Mansfeld, Kriminalpolizei. Das hier ist mein Kollege Jensen.« Beide rissen ihre Dienstausweise förmlich in die Luft, wedelten kurz damit herum, als könne man sie aus gut fünf Metern Entfernung lesen und steckten sie beinahe genauso schnell wieder ein. »Wir haben einen Termin bei Herrn Stadtrat Meister.«

Nachdem er die beiden Ermittler mehrere Sekunden lang kritisch beäugt hatte, sagte der Sekretär: »Davon wüsste ich aber.«

Und tat, außer dass er die Arme verschränkte, nichts.

Derart arrogantes Verhalten konnte Mansfeld überhaupt nicht leiden. Mit scharfem Ton sagte er: »Sie hören jetzt bitte, bevor die Sache eskaliert, genau zu. Wir haben einen Termin bei Stadtrat Meister und ihr Job ist es jetzt, uns anzukündigen oder einfach zu ihm zu bringen. Haben sie das bis hierhin verstanden?«

»Ich habe sie durchaus verstanden. Aber mir ist kein Termin bekannt. Und mehr muss ich zu diesem Thema nicht wissen.« Prompt wendete er sich wieder seinem Computer zu und begann erneut auf die Tastatur einzudreschen.

Mansfeld holte gerade tief Luft und wollte dem arroganten Schnösel den sauber gezogenen Scheitel auf die andere Seite legen, als ihn Jensen am Arm packte. Dabei deutete Jensen mit den Augen auf die einzige Tür, die vom Vorraum abging. Das musste Meisters Büro sein. Mansfeld verstand und nickte nur kurz, bevor er mit großen Schritten zu dieser Tür ging und ohne anzuklopfen eintrat. Jensen folgte ihm und beide waren in Meisters Büro als der Sekretär aufsprang und hinterherkam.

»Was fällt ihnen ein!«, empörte er sich, aber Meister wusste nach einem kurzen Blick auf die ihm, diesmal ohne Schwung entgegen gehaltenen Dienstausweise, wer seine Besucher waren und beschwichtigte: »Alles gut Herr Wieland. Ich habe die Herren erwartet.«

»Ja, aber ...«, stotterte der Sekretär, sichtlich irritiert.

»Schon gut. Ich habe nur vergessen, ihnen Bescheid zu geben. Sie können uns jetzt allein lassen.« Er wandte sich dann an Mansfeld und Jensen: »Setzen sie sich doch bitte, meine Herren.« Er deutete auf eine kleine, aber gemütlich wirkende Sitzgruppe an der Fensterfront des Büros.

Nachdem alle drei Platz genommen hatten, bot Meister den beiden Mineralwasser und Kekse an, was beide jedoch dankend ablehnten. Mansfeld, weil er ohnehin vor nicht allzu langer Zeit gefrühstückt hatte und Jensen, weil ihm Meister unsympathisch erschien. Er konnte noch nicht genau einordnen, weshalb und was genau diese Abneigung auslöste, aber das würde sich schon noch zeigen.

Meister kam direkt zur Sache: »Also los. Welcher Boshaftigkeit werde ich heute verdächtigt?«

»Wie kommen sie darauf, dass sie einer Straftat oder etwas anderem verdächtig werden?«, fragte Mansfeld erstaunt. Mit einer solchen Eröffnung hatte er nicht gerechnet.

»Wissen sie, als Politiker ist man da einiges gewohnt und gerade wenn man in der FaD ist, dann ist man ja bei vielen per se der Schuldige. Weshalb dann also nicht auch bei der Polizei?« Er grinste breit, lehnte sich weit gestreckt im Sessel zurück und verschränkte die Hände hinter dem Kopf.

Mansfeld blieb entspannt und antwortete: »Keine Sorge, verdächtigt werden sie nicht. Wir sind vielmehr hier, um sie zu warnen. Haben sie schon von den Toten gehört, die an der Zitadelle und im Mühlengraben gefunden wurden?«

»Ich wäre ein schlechter Stadtrat, wenn ich davon nicht schon erfahren hätte, meinen sie nicht auch?«

»Richtig. In diesem Zusammenhang sind wir vornehmlich hier, um sie zu warnen. Aktuell zeichnet sich das Bild ab, dass vornehmlich Mitglieder des Bauausschusses zu den potenziellen Opfern gehören. Und das dürfte den zuständigen Stadtrat, also sie, durchaus mit einschließen.«

»Machen sie sich um mich mal keine Sorgen. Mir wird der Bösewicht schon nichts tun.«

Mansfeld und Jensen schauten beide gleichermaßen überrascht und fragen. Und Jensen war es, der dann fragte: »Was macht sie denn da so sicher?«

»Das ist ganz einfach, Gerüchten zufolge ist da ja jemand in christlicher Mission unterwegs. Das ist natürlich alles Unfug, denn dieser christliche Budenzauber soll nur vom eigentlichen Motiv ablenken. Und selbst wenn, ich bin selbstverständlich ein guter Christ, wie es sich eben für einen anständigen Deutschen gehört. Und damit dann ja auch nicht unbedingt das übliche Ziel für einen christlichen Serienkiller.«

»Die Inszenierung soll ablenken?«, fragte Mansfeld erstaunt. »Wovon denn genau?«

Meister richtete sich auf, erhob einen Zeigefinger und begann zu reden, als wäre er auf dem Reichsparteitag der NSDAP: »Ganz einfach, der Täter ist mit Sicherheit einer von Merkels Gästen. Die kommen hierher und halten nur die Hand auf und die dummen Bahnhofsklatscher geben denen alles, was sie wollen. Aber die wollen immer mehr und weil sie eben nicht alles bekommen können, dreht eben manch einer durch.«

Meister machte eine kurze Pause und Mansfeld nutzte sie, um kurz einzuhaken: »Aber was genau sollte derjenige wollen, das ihm der Bauausschuss oder dessen Mitglieder nicht geben können?«

»Die wollen alle nicht nur Geld, sondern auch Autos und Häuser. Selbstverständlich geschenkt, klar. Und weil sie keine Häuser bekommen, sondern in, übrigens immer noch viel zu komfortablen, Unterkünften wohnen sollen, wird nun einer von denen brave deutsche Politiker ermorden. Zum Glück bisher nur welche von diesen linksgrünversifften Systemparteien.«

»Darf ich sie darauf aufmerksam machen, dass schon das zweite Opfer Mitglied der DFP war, also alles andere als, wie sie sagen, ›linksgrünversifft‹?«, erboste sich Jensen. Er konnte sich nach dieser Rede nur noch schwer unter Kontrolle halten und wäre Meister am liebsten direkt mit dem blanken Hinterteil ins Gesicht gesprungen. Mansfeld beobachtete Jensens Reaktion mit etwas Sorge, hatte aber durchaus Verständnis dafür. Er musste nur aufpassen, dass es nicht eskalierte, denn eine Beschwerde von einem Stadtrat konnte er aktuell absolut nicht gebrauchen.

»Papperlapapp. Auch die gehören doch zu diesen systemtreuen Vasallen Merkels.«, wischte Meister diese Frage einfach vom Tisch.

Mansfeld sah, dass Jensen gerade tief Luft holte, vermutlich um Meister nun eine finale Antwort zu geben, also wechselte er sicherheitshalber das Thema: »Herr Meister, fangen wir mal ganz anders an. Sie sagten ja bereits, sie wären ein praktizierender Christ. Habe ich das so richtig verstanden?«

»Ja, das haben sie. Ich gehe jeden Sonntag mit meiner Familie in die Kirche und bei uns wird auch noch vor jeder Mahlzeit dem Herrn gedankt. So macht man das in

Deutschland. Andere rutschen auf Knien in Richtung Mekka und sprengen hinterher brave und unschuldige Menschen in die Luft, Christen hingegen praktizieren die Nächstenliebe. Aber da dürfte ich ihnen ja vermutlich keine Geheimnisse verraten.«

»Aber nein, keineswegs.«, sagte Mansfeld mit einem vorsichtigen Blick zu Jensen, der sich ganz offensichtlich noch immer nicht beruhigt hatte. »Waren sie denn seinerzeit auch in die Verhandlungen um das kirchliche Jugenszentrum involviert?«

»Leider nicht, denn sonst hätte man das Grundstück niemals dafür hergegeben, um Nobelunterkünfte für Messermänner zu bauen.«

»Nobelunterkünfte? Da stehen Container auf Paletten. Was ist daran nobel?« Jensen sprang auf.

»Na na na, junger Mann! Nun bleiben sie mal ganz ruhig!«, sagte Meister mit deutlich erhobener Stimme.

»Ralf.«, zischte auch Mansfeld und deutete auf den Sessel, damit Jensen sich wieder setzte.

Jensen setzte sich wieder, fragte aber erneut: »Sie nennen Wohncontainer ernsthaft Nobelunterkünfte?«

»Aber sicher doch. Die sind doch allesamt Lehmhütten oder Zeltstädte gewohnt, da ist so ein Wohncontainer mit elektrischem Strom und fließend Wasser eine ganz edle Sache.«

»Das ist vermutlich alles Ansichtssache.«, versuchte Mansfeld etwas Ruhe hineinzubringen, denn Jensen pumpte sich gerade wieder zum nächsten Ausbruch auf.

»Ja, vermutlich. Die einen sehen es realistisch, den Bahnhofsklatschern rollen die Tränen vom Gesicht. Aber egal, fest steht zumindest, dass einer von denen jetzt auch mit dieser Unterkunft unzufrieden ist und sich deshalb durch die Gegend mordet. Und ihre Aufgabe ist es, diesem Treiben schnellstmöglich ein Ende zu setzen.«

Inzwischen fiel es auch Mansfeld zunehmend schwer, angesichts dieser Äußerungen die Ruhe zu bewahren. Das arrogante und offen fremdenfeindliche Auftreten des Stadtrates ging ihm gehörig gegen den Strich. Da fiel es tatsächlich schwer, professionell zu bleiben.

»Herr Meister, die Nächte von Samstag auf Sonntag und von Sonntag auf Montag, wo sind sie da gewesen?«, wurde er nun ein wenig offensiver. Das war immerhin einzige Mittel, mit dem er problemlos offensiver werden konnte.

»Sie wollen jetzt ernsthaft ein Alibi von mir? Wer, denken sie, sind sie eigentlich?«

»Wir tun hier nur unseren Job und dazu gehört eben, auch die Tagesabläufe aller Beteiligten zu ermitteln.«

»Ich bin aber kein Beteiligter. Beteiligt sind die armen Kollegen aus dem Ausschuss und der verdammte Islamist, der unser schönes Spandau gerade mit einer Mordserie überzieht. Und anstatt brave Bürger wie mich zu verdächtigen, sollten sie den lieber mal schnappen und hinter Gitter bringen. Denn eins können sie mir glauben, wenn ich den vor ihnen in die Finger bekomme, dann fällt da schnell ein richtiges Urteil.«

Meister hatte sich nun komplett in Rage geredet und dabei sein bisher noch ganz weltmännisches Auftreten komplett beiseite gelegt.

»Sie wollen Selbstjustiz üben?«, unterbrach Jensen den Redeschwall des Stadtrates. »Und kündigen das auch noch an?«

»Jetzt pass mal auf, mein Kleiner, nicht in diesem Ton, sonst ...«, erboste sich Meister und lief dunkelrot an.

»Sonst was? Holen sie ihre Nazifreunde und lassen mich verprügeln?«

Mansfeld konnte kaum glauben, was er da gerade von Jensen gehört hatte. Er zischte ihm von der Seite zu: »Ralf, reiß dich zusammen!«

Aber auch Meister wollte dem jetzt ein Ende setzen und brüllte: »Sie verlassen jetzt beide sofort mein Büro.« Er wies mit ausgestrecktem Zeigefinder auf die Tür und wandte sich dann noch an Jensen: »Das wird Folgen haben, glauben sie mir. Einen gewählten Volksvertreter, Mitglied einer demokratischen Partei als Nazi zu bezeichnen, das geht wohl deutlich zu weit. Und jetzt raus.«

»In demokratischer Wahl gewählt ist nicht gleich demokratisch.«, murmelte Jensen noch, als er der Aufforderung zu gehen nachkam.

Mansfeld packte Jensen am Arm und zog ihn direkt durch das Vorzimmer in den Rathausflur, deutete ihm dort an zu schweigen und ging mit eiligen Schritten hinaus ins Freie.

Vor dem Rathaus sagte er: »Sag mal Ralf, kannst du mir erklären, was das da drinnen gerade war? Und nein, ich bin auch kein Freund von diesem Typen, aber wir sind im Dienst und haben uns verdammt nochmal an gewisse Regeln zu halten. Eine davon, vielleicht sogar die Wichtigste, ist, stets die Neutralität zu wahren und gerade in Sachen Politik keinerlei Wertungen vorzunehmen. Mensch Ralf, der kann uns beide jetzt in Teufels Küche bringen.«

Einen kurzen Augenblick schwiegen beide, dann sagte Jensen mit gesenktem Kopf: »Du hast ja vollkommen recht. Das hätte ich so nicht bringen dürfen. Aber mir ist bei diesem Arschloch dermaßen der Kragen geplatzt, ich hätte dem am liebsten noch viel mehr Dinge ins Gesicht gesagt.«

»Hätte, Konjunktiv. Und bei der Möglichkeitsform solltest du es künftig generell belassen.«

Jensen antwortete nicht darauf, sondern machte nur ein bedrücktes Gesicht. Ihm war offensichtlich klar, dass er da gerade einen großen Bock geschossen hatte.

Aber das Kind lag nun im Brunnen, über die Folgen musste man sich später Gedanken machen. Jetzt hieß es, das Gespräch mit dem Stadtrat zu bewerten.

»Okay, zurück zum Thema. So wirklich viel hat uns das Gespräch ja nicht gebracht, oder?«, fragte Mansfeld, das Gespräch wieder auf die Ermittlungen konzentrierend.

»Ich finde doch. Ist dir mal aufgefallen, wie intensiv der das Thema immer wieder auf irgendwelche Flüchtlinge gelenkt hat? Als wolle er uns quasi einen Täter aufdrängen.«

»Ich würde das eher ganz allgemein sehen. Die Typen von der FaD und ihre Anhänger sitzen doch in ihren Echokammern bei Telegram und Facebook und warten dort förmlich auf Nachrichten, dass irgendwo ein Flüchtling mit einer Straftat in Verbindung stehen könnte. Würden wir jetzt einen Flüchtling verdächtigen, was bei ganz gezielter Suche sicher möglich wäre, dann wäre das ein gefundenes Fressen für die.«

»Wie meinst du das, ›es wäre bei gezielter Suche sicher möglich‹?«, hakte Jensen nach.

»Ganz einfach, wenn wir nur lange genug suchen, dann finden wir bestimmt irgendeinen Flüchtling, der gerade kein Alibi hat und wenigstens in der Nähe eines der Fundorte gewesen ist.«

»Aber das ginge doch mit jedem anderen auch.« Jensen schien verwirrt.

»Richtig, aber das interessiert die dann nicht mehr. Und deshalb sollten wir auf das Geschwätz nichts weiter geben und uns weiterhin darauf konzentrieren, den wirklichen Täter zu suchen.«

»Es gibt aber noch eine andere Möglichkeit, die sein Verhalten erklären könnte.«, trumpfte Jensen auf.

»Die da wäre?«

»Er ist selbst der Täter und will nur von sich ablenken.«

»Das ist jetzt nicht dein Ernst, oder?«

»Doch, mein voller Ernst sogar. Denken wir das doch mal kurz durch. Er hält ja alle, die nicht zu seiner Partei oder deren Anhängern gehören, für Feinde. Obendrein ist seine Partei langsam im Abwärtstrend, es stehen aber wieder Wahlen ins Haus. Also murkst er ein paar Leute aus anderen Parteien ab, die er sowieso nicht leiden kann und die ihm möglicherweise im Wahlkampf echte Konkurrenten sind. Und dann schiebt er es einem Flüchtling in die Schuhe. Schwupp, kann er zeigen, wie wichtig seine Partei doch ist und hat verlorene Stimmen wieder im Sack.«

»Ralf, komm mal wieder runter. Eine Mordserie als Wahlkampfmittel? Bist du noch zu retten?«

»Dem traue ich echt alles zu.« Jensen blickte weiterhin triumphierend drein, als hätte er den Fall gelöst.

»Bei einem sind wir einer Meinung, Meister ist ein Arschloch allererster Güte. Aber den Rest, über den denken wir mal besser erst nach, wenn wir keine anderen Ideen mehr haben. Denn eine haben wir noch und die heißt Martin Kreuzmann. Und den knöpfen wir uns jetzt vor. Los, gehen wir!«

Mansfeld packte Jensen wieder am Arm und zog ihn mit sich. Die beiden machten sich auf den Weg hinter das Rathaus, wo Mansfeld am Morgen seinen Wagen abgestellt hatte.

»Wollten wir nicht erst noch zur Ehefrau von Frisch?«, fragte Jensen.

»Jetzt, wo du es sagst. Rita sollte da ja auch noch einiges liefern.«, antwortete Mansfeld und wie aufs Kommando signalisierte sein Telefon den Eingang einer Nachricht. Er nahm das Telefon aus der Tasche und schaute nach: »Sie an, wenn man vom Teufel tratscht ...«

Schwarz hatte per SMS die wichtigsten Eckdaten zu Frischs Ehefrau geliefert und ohne sich lange damit aufzuhalten, machten sich Mansfeld und Jensen auf den Weg zu ihr. Während der Fahrt schwiegen beide. Jeder folgte seinen eigenen Gedanken und während Mansfeld versuchte, in seiner Vorstellung ein Bild von Frischs Ehefrau zu zeichnen, grübelte Jensen über das soeben Geschehene nach. Es wurmte ihn, dass er die Professionalität völlig außen vor gelassen und dann so sehr die Kontrolle über sich verloren hatte. Hoffentlich gab das kein Nachspiel, das ihn die Karriere kostete. Bei Politikern wie Meister bestand schließlich immer die Gefahr, dass sie ihre Position ausnutzten, um anderen das Leben schwer zu machen. Und diesem Typen traute er es ganz besonders zu.

Er schüttelte sich kurz innerlich und versuchte nun, seinen Fokus wieder auf den Fall zu richten. Vor ihnen lag jetzt schon das zweite Mal in Folge, dass sie eine Todesnachricht überbringen mussten. Und er hoffte inständig, dass es auch das letzte Mal war.

Montag, 11.30 Uhr, Wohnhaus Familie Frisch

Familie Frisch wohnte in einem schicken Einfamilienhäuschen im Norden von Spandau. Der Garten, der das Haus umgab, machte einen sehr gepflegten Eindruck. Kleine Wege, jede Menge Stauden und kleine Bäumchen, ein Stück Wiese und ein Teich zeigten, dass hier ein echter Gartenfreund am Werk war.

Mansfeld und Jensen blieben kurz stehen und ließen den Anblick auf sich wirken.

»Irgendwie spießig, der gelebte Kleinbürgertraum vom Häuschen im Grünen, aber andererseits auch richtig schick. Hier lässt es sich bestimmt aushalten.«, sagte Jensen.

Mansfeld nickte und antwortete: »Auf jeden Fall. Leben wie auf dem Land, mit allen Annehmlichkeiten der Großstadt. Das würde ich wohl auch nehmen. Aber mir würde mit ziemlicher Sicherheit die Zeit fehlen, das auch alles so in Schuss zu halten.«

»Ich würde da wohl auch einen Preis für den am heftigsten verwilderten Garten der Stadt bekommen.«, bestätigte Jensen diese Annahme.

»Manchmal sehen solche Wildwüchse aber auch echt gut aus. Das sieht man ja heutzutage immer öfter, das soll wohl für Bienen und andere Insekten ganz toll sein.«

»Richtig, aber lass dich da mal nicht täuschen. Auch das macht einen Haufen Arbeit, denn auch wenn es verwildert aussieht, ist da schon allerlei zu tun.«, entgegnete Mansfeld und ließ seinen Blick noch einmal über den Garten schweifen. »Aber nun los, wir sind nicht hier, um uns über Hobbygärtnerei oder Landschaftsbau zu unterhalten.«

»Das ist aber nicht unbedingt unangenehmer als das, was uns gerade bevorsteht. Womit die Gärtnerei aktuell deutlich verlockender wäre.«, alberte Jensen, auch, um sich selbst ein wenig abzulenken.

Mansfeld hatte aber kein Erbarmen, ging schnurstracks zur Haustür und drückte beherzt auf einen großen Klingelknopf aus Messing, der einem Löwenkopf im Maul steckte. Auf den ersten Blick sah es so aus, als würde der Löwe dem Besucher die Zunge herausstrecken.

Aus dem Haus hörte man eine Melodie, die an den Glockenschlag des Big Ben erinnerte. Nur wenige Augenblicke später wurde die Tür geöffnet und eine Frau mittleren Alters stand vor den beiden. Ihr Blick machte deutlich, dass sie sofort wusste, dass hier zwei Polizisten vor ihr standen und vermutlich schlechte Nachrichten überbrachten.

Sie schlug eine Hand vor den Mund und sagte mit erschrockener Stimme: »Ist etwas mit Achim?«

»Frau Frisch?«, fragte Mansfeld kurz, um seine Annahme zu bestätigen, hier die Ehefrau des Opfers vor sich zu haben.

»Ja.«, antwortete sie knapp.

»Frau Frisch, mein Name ist Mansfeld, Hauptkommissar, und das hier ist Oberkommissar Jensen. Dürfen wir kurz hereinkommen? Es ist besser, wenn wir uns drinnen in aller Ruhe unterhalten.«

»Ist etwas mit Achim?«, fragte sie, ohne die beiden hereinzulassen.

»Ja. Aber das würden wir gern drinnen mit ihnen besprechen.«

Juliane Frisch wurde leichenblass, regte sich einige Augenblicke lang überhaupt nicht, trat dann aber zur Seite. Sie machte eine einladende Geste, mit der sie Mansfeld und Jensen aufforderte, das Haus zu betreten.

Im Haus der Familie Frisch setzte sich die Ordnung, die man im Garten erkennen konnte, nahtlos fort. Es war eher spärlich, dafür aber sehr geschmackvoll eingerichtet. Das Zusammenspiel klarer Linien und gewagter Farben wirkte sehr modern und aufgeräumt. Einige Bilder an der Wand waren die einzigen Dekorationselemente, dennoch wirkten die wenigen Möbel nicht leer.

Frau Frisch lotste Mansfeld und Jensen wortlos ins Wohnzimmer und verschwand dann in der Küche. Es klapperte und rumorte und wenige Augenblicke später tauchte sie wieder auf. Sie hatte Tassen und eine Kanne dabei.

»Ich habe gerade Kaffee gekocht. Und wenn sie jetzt schon einmal hier sind, können sie den auch gleich zusammen mit mir trinken.«, sagte sie und schenkte drei Tassen ein.

»Zucker oder Milch?«

»Für mich bitte beides.«, sagte Mansfeld, der eigentlich keinen Kaffee trinken wollte, sich aber auch nicht traute abzulehnen.

Jensen tat ihm gleich: »Ich ebenfalls, wenn es keine Umstände macht.«

»Dann hätte ich nicht gefragt.« Frau Frisch lächelte gutmütig und gab Zucker und Milch in die Tassen, ganz so, als stünde nicht der Empfang ganz besonders schlechter Nachrichten kurz bevor.

»Frau Frisch, ich will direkt zur Sache kommen.«, sagte Mansfeld. »Wir müssen ihnen leider mitteilen, dass ihr Mann heute früh tot aufgefunden wurde.«

Juliane Frisch, die gerade ihre Kaffeetasse zum Mund geführt hatte, erstarrte in der Bewegung und sagte keinen Ton. Lediglich ihre Oberlippe zeigte mit einem deutlichen Zittern, dass es heftig in ihr arbeitete.

Plötzlich fiel die Kaffeetasse mit einem lauten Knall auf den Glastisch und es brach aus ihr heraus. Ein langgezogener, verzweifelter Schrei, gefolgt von hemmungslosem Schluchzen und Weinen. Dabei hielt sie die Arme verkrampft vor das Gesicht und weder Mansfeld noch Jensen sahen sich in der Lage, irgendwie beruhigend auf sie einwirken zu können. Jensen versuchte es zwar, wirkte dabei aber ebenso unbeholfen wie hilflos.

Es dauerte endlose 5 Minuten bis sich Juliane Frisch von selbst so weit wieder beruhigte, dass sie auf Mansfeld ansprechbar wirkte.

»Frau Frisch, wir bedauern ihren Verlust aufrichtig, aber wir haben ein paar Fragen, deren Beantwortung leider absolut keinen Aufschub duldet. Sehen sie sich in der Lage, diese Fragen mit uns gemeinsam zu beantworten?«

Sie nickte kurz und sagte dann: »Was genau ist eigentlich geschehen? Hatte er einen Unfall? Oder war es dieser, dieser, Zitadellenmörder …«

»Bedauerlicherweise war es ein Verbrechen. Und ja, es gibt Grund zur Annahme, dass es sich beim Täter um denjenigen handelt, der bereits zwei andere Menschen auf dem Gewissen hat. Ob es sich jedoch tatsächlich um den gleichen Täter handelt, müssen die Ermittlungen erst noch belegen.«

Juliane Frisch nickte nur kurz.

»Gibt es denn einen besonderen Grund dafür, dass sie direkt einen Zusammenhang mit dem Verbrechen an der Zitadelle herstellen?«

»Nein. Ja. Doch, also wegen Jens. Der war doch das Opfer. Und den kannte Achim recht gut.«

Juliane Frisch klang noch immer etwas durcheinander, weshalb es Mansfeld zunächst vermeiden wollte, weiterhin die anderen Verbrechen ins Gespräch zu bringen. Und die Verbindung zwischen Frisch und Schmid war ja ohnehin bekannt. Also kam er zum üblichen Prozedere: »Frau Frisch, zunächst die wichtigste Frage. Hat ihr Mann die letzte Nacht zu Hause verbracht?«

»Nein, er kam gestern Abend nicht heim. Aber er hatte angerufen und gesagt, dass er noch jede Menge tun hat und deshalb sehr spät heimkommt. Das war auch nicht ungewöhnlich und kam durchaus öfter vor. Er kam dann mitten in der Nacht, wenn ich schon schlief. Heute früh war er aber nicht daheim, also dachte ich, er wäre schon sehr früh wieder los. Das muss er nämlich auch öfter machen.«

Juliane Frisch klang inzwischen sehr monoton und förmlich, aber das war Mansfeld wesentlich lieber als das vorherige Durcheinander oder gar ständige Unterbrechungen, wie sie es bei Lina Schmid erlebt hatten.

»Warum musste er denn öfter früh heraus?«, hakte Mansfeld nach.

»Achim ist selbstständig. Als Malermeister. Und weil er ja abends oft mit seiner Arbeit in den Ausschüssen beschäftigt war, hat er sich dann eben in der Frühe um seine Firma gekümmert.«

»Lief die Firma denn gut?«, warf Jensen ein, um das Thema von der persönlichen auf eine sachliche Ebene zu bringen, damit sich Frau Frisch ein wenig sammeln konnte und sich somit leichter die Fakten entlocken ließ, die wirklich benötigt wurden. Mansfeld nahm das wohlwollend zur Kenntnis.

»Ich habe da keinen genauen Überblick. Aber es war wohl wie bei allen Selbstständigen. Mal ging es besser und mal etwas schlechter. Aber wenn es mal nicht so gut lief, hat mir Achim das immer erzählt und zurzeit war er immer gut gelaunt. Also ja, die Firma lief gut.« Sie nickte, diesmal recht eifrig, und schaute dann erwartungsvoll zu Jensen.

»Als Nächstes müssen wir wissen, ob ihr Mann Mitglied in einer Kirche war. War er gläubig?«

»Achim? Nein, gläubig war er überhaupt nicht. Er war Mitglied in der evangelischen Kirche und hat Kirchensteuer bezahlt, aber das war es auch schon. Eigentlich wollte er sogar schon lange austreten. Das kam damals nach dem Ärger mit dem Drohbrief, aber ist dann wohl irgendwie untergegangen.« Frau Frisch schüttelte den Kopf, um ihre Aussage zu untermauern.

»Ein Drohbrief?« Jetzt wurde Jensen hellhörig und auch Mansfeld richtete sich ein wenig auf, um nichts zu verpassen.

»Ja. Das muss so drei oder vier Jahre her sein. Damals gab es mal wieder irgendeinen Skandal oder so, wegen Missbrauchsvorwürfen in irgendeinem Bistum in Westdeutschland. Und da hatte Achim bei einer Veranstaltung eine recht heftige Rede gegen die Kirchen gehalten. Und darauf kam dann ein Brief, in dem irgendwas von der Rache Gottes oder so geschrieben stand. Ich selbst wollte damit zur Polizei, aber Achim hat das als Unfug abgetan und den Brief weggeworfen.«

»Er existiert also nicht mehr?«, stellte Jensen fragend fest.

»Richtig, er ist weg.« Frau Frisch blickte hilflos zwischen Mansfeld und Jensen hin und her, als wolle sie sich dafür entschuldigen.

»In Ordnung, das liegt ja nun auch schon einige Jahre zurück. Drei oder vier, sagten sie. Oder?«

»Ja, wenigstens. Es kann sogar mehr gewesen sein, durch Achims politische Arbeit neben der Firma ist immer soviel los, da vergeht die Zeit sehr schnell und es ist schwer, das alles zeitlich korrekt einzuordnen.«

Mansfeld und Jensen verständigten sich mit einem kurzen Blick, dass hier wohl nicht mehr Informationen zu holen sind und Jensen brachte das Gespräch zu einem Ende: »Frau Frisch, das waren so weit die wichtigsten Fragen für uns. Alles andere lässt sich sicherlich auch zu einem späteren Zeitpunkt klären.«

»Wann kann ich meinen Achim denn sehen?«, wollte Frau Frisch noch wissen.

»Das kommt ganz darauf an, wie schnell die Rechtsmedizin fertig ist. Er muss erst eingehend untersucht werden. Anschließend sollte er, das können sie mir glauben, auch erst noch ein wenig hergerichtet werden. Immerhin wollen sie ihn doch so in Erinnerung behalten, wie sie ihn bisher auch kannten.«

Wieder versteinerte sich das Gesicht von Frau Frisch und man konnte nur ahnen, was wirklich in ihr vorging. Nach wenigen Augenblicken nickte sie jedoch verständnisvoll. »In Ordnung. Solange ich ihn wenigstens noch ein letztes Mal sehen darf.«

»Aber selbstverständlich doch.«, lenkte Jensen ein. »Das werden wir ihnen selbstverständlich ermöglichen.«

Mansfeld überlegt kurz, ob er nach dem Zustand der Ehe fragen sollte. Es lag zwar auf der Hand, dass Frisch das Opfer des Menschenfischers war, aber ein guter Mordermittler hat immer auch das Naheliegende im Blick. Und bei einem Mord ist es eben in fast allen Fällen so, dass der Täter aus dem engsten Familien- oder Bekanntenkreis stammt. Und schon bei Frau Schmid hatten er und Jensen das schon unter den Tisch fallen lassen. Er entschied sich dann aber doch dagegen. Diese Fragen konnten später immer noch gestellt werden, wenn Frau Frisch zur Aufnahme eines offiziellen Protokolls ins Kommissariat kommen würde.

Und während er darüber nachdachte, ging das Gespräch zwischen Jensen und Frau Frisch mehr und mehr an ihm vorbei. Was kein Problem war, denn es hatte sich zu belanglosem Smalltalk entwickelt. Jensen machte seine Sache ganz gut und in ein paar Minuten könnten sie auch schon wieder verschwinden. Der Hauptgrund des Besuches, das Überbringen der Todesnachricht, war erledigt. Jetzt noch ein paar Augenblicke Freundlichkeit und dann nichts wie weg.

Es dauerte wider Erwarten noch gute zwanzig Minuten, bis Mansfeld und Jensen endlich wieder auf der Straße standen. Mansfeld hielt kurz inne und atmete tief durch.

»Wir hätten besser Schwarz und Welfert herschicken sollen.«, grummelte er, eher zu sich selbst, als zu Jensen.

Jensen schaute ihn an: »Das fällt dir reichlich spät ein. Mir wäre dann nämlich dieses nutzlose Geplapper erspart geblieben.«

»Ach weißt du, du hast dich da eigentlich echt gut geschlagen. So als Hausfrauenbetreuer könntest du dir glatt ein zweites Standbein aufbauen.«, erwiderte Mansfeld, grinste breit und gab Jensen einen freundschaftlichen Klaps auf die Schulter. »Na los, kommen wir zum interessantesten Teil des Tages.«

»Kreuzmann?«

»Kreuzmann.«

Montag, 13.30 Uhr, Wohnung Martin Kreuzmann

Kreuzmann wohnte in einem leicht heruntergekommen wirkenden Altbau mitten in der Spandauer Wilhelmstadt.

Die Wilhelmstadt selbst ist ein mehr oder weniger zusammenhängendes Wohngebiet, das nur durch zwei größere Straßen zerschnitten wird. Hier wohnen Menschen fast aller sozialen Schichten. Diese Durchmischung sorgt dafür, dass es in den vergleichsweise ruhigen Nebenstraßen nicht zu einem angenehmen Kiezleben wie beispielsweise in Charlottenburg kommt. Und so verwahrlosen die Nebenstraßen mehr und mehr, man sieht oft nur noch Müll und bis zum letzten Zentimeter mit Autos voll gestellte Gehwege.

Mansfeld war dennoch gern in dieser Ecke von Spandau und er konnte nicht einmal genau sagen, weshalb das so war. Ihn überkam stets ein diffuses Wohlbefinden, wenn er in der Wilhelmstadt war. So auch heute, obwohl dieses Wohlbefinden jetzt von einer aufgeregten Anspannung begleitet wurde, schließlich sollte jeden Augenblick ein möglicher Täter befragt werden.

Schon nach einem kurzen Klingeln war ein kurzes Knistern in der Wechselsprechanlage zu hören und ohne weitere Fragen wurde ein Türöffner betätigt. Jensen drückte die Haustür auf. Dahinter empfing die beiden Ermittler ein dunkler, muffig riechender Hausflur, der schon lange nicht mehr gereinigt wurde. Überall lagen Papierfetzen, alte Werbebroschüren und anderer Müll herum. Unter einem Treppenabsatz stand ein alter Kinderwagen, dem bereits die Räder fehlten und man hatte den Eindruck, dass sich hier Ratten wohler fühlten als Menschen.

Mansfeld vermied es, irgendetwas zu berühren, während er Jensen die Treppe hinauf folgte. Im dritten Obergeschoss stand eine Tür offen und ein kurzer Blick auf das Klingelschild verriet den beiden, dass sie Kreuzmanns Wohnung erreicht hatten. Von Kreuzmann war jedoch nichts zu sehen.

Jensen klopfte vorsichtig an die Tür.

»Moment, ich bin gleich da.«, rief eine tiefe, angenehm klingende Stimme aus dem Inneren der Wohnung und kurz darauf stand Kreuzmann vor ihnen.

»Guten Tag. Wie kann ich ihnen den Tag verschönern?«, begrüßte er die Ermittler zwar freundlich, aber mit einem nervend säuselnden, esoterisch wirkenden Unterton in der Stimme. Dazu machte er eine einladende Geste mit leichter Verbeugung. Mansfeld musste sich dabei ein Lachen verkneifen, denn auf diese Weise wurde er, insbesondere wenn er dienstlich unterwegs war, noch nie begrüßt. Die meisten Menschen wurden eher ernst, manchmal steif und ängstlich, zumindest aber sehr sachlich. Was er als normal betrachtete, schließlich hatten die wenigsten Menschen oft mit der Polizei zu tun und wurden deshalb bei Kontakt mit der Staatsmacht nervös. Und ganz besonders dann, wenn diese mit jeder Menge Fragen um die Ecke kam.

Zu seinem Glück war es diesmal an Jensen, die beiden vorzustellen: »Guten Tag, Jensen mein Name. Polizeioberkommissar. Das hier ist mein Kollege, Hauptkommissar Mansfeld. Sie sind Herr Martin Kreuzmann?«

»Genau der bin ich. Aber was kann ich denn für sie tun?«

»Können wir uns eventuell drinnen unterhalten?«

»Aber selbstverständlich doch, kommen sie herein.« Kreuzmann trat zur Seite und die Ermittler betraten seine Wohnung.

Die Wohnung stand im krassen Gegensatz zum Hausflur, sie war aufgeräumt und wirkte sehr sauber und gepflegt. Auf den spärlich eingerichteten Flur folgte das Wohnzimmer, in dem neben einer gemütlich anmutenden Sitzecke eine Art Altar die Einrichtung dominierte. Ein gewaltiges Kruzifix stand auf einer etwa kniehohen Anrichte. Das Kruzifix war üppig geschmückt, ganz so, wie man es aus den protzig ausstaffierten katholischen Kirchen kannte. Neben und hinter dem Kruzifix standen unzählige Bilder mit christlichen Motiven. ›Kirchenkitsch overload‹, war das Erste, das Jensen dazu einfiel.

Mansfelds Blick hingegen fiel zuerst auf eine Schale, in der offensichtlich Räucherstäbchen abgebrannt wurden und er war heilfroh, dass im Moment keines brannte. Er konnte diesen Geruch nicht leiden und dachte kurz, dass er wohl Gott dafür danken sollte. Immerhin stand ja sogar ein geeignetes Kommunikationsmittel direkt vor ihm und innerlich grinste er, als ihm die Komik der Situation bewusst wurde.

»Setzen sie sich doch bitte.«, unterbrach Kreuzmann die Begutachtung des Altars. Dabei machte er eine Miene, die die offensichtlich zur Schau gestellte Neugier der beiden Ermittler ganz klar missbilligte. Sowohl Mansfeld als auch Jensen bemerkten das und als hätten sie sich abgesprochen, ließen beide umgehend vom Altar ab. Es galt, möglichst wenig Spannungen aufzubauen, schließlich war Kreuzmann ein potenzieller Verdächtiger und wenn sie ihm etwas entlocken wollten, musste er ihnen wohlgesonnen sein und bleiben.

Kreuzmann und die Ermittler setzten sich. Noch sagte niemand ein Wort und Mansfeld fiel auf, dass Kreuzmann eine echte Erscheinung war. Obwohl er tief in einem Sessel versunken an einem viel zu niedrigen Tisch saß, strahlte er eine Präsenz aus, die den Raum nahezu komplett erfüllte. Das war etwas, das er bisher bei nur sehr wenigen Menschen erlebt hatte.

Nach einigen Augenblicken Stille begann Mansfeld: »Herr Kreuzmann, ich komme gleich zur Sache. Sie haben sicherlich von den schrecklichen Morden rund um die Zitadelle gehört, richtig?«

»Ja, eine wirklich schreckliche Sache. Es muss ein wahrlich gottloser Mensch, nein, eine gottlose Kreatur sein, die solche Taten vollbringt, die ihren Mitmenschen, anderen Geschöpfen unseres Herrn solch barbarische Dinge antut.

Ein wahrhaft verabscheuungswürdiges Wesen.« Er bekreuzigte sich gleich dreimal und murmelte dabei unverständliche Dinge. Wieder den Blick auf die Ermittler gerichtet, schloss er: »Aber was habe ich damit zu tun?«

»Sie können uns möglicherweise mit einem Rat zur Seite stehen.«, begann Mansfeld. Dass Kreuzmann zu den möglichen Verdächtigen gehörte, wollte er noch nicht offenbaren, schon allein weil es unprofessionell gewesen wäre, aber auch, weil er sich auf diesem Wege die Preisgabe eines möglichen Motivs für die Taten erhoffte.

»Es gibt bei allen Opfern, und da muss ich sie um absolute Vertraulichkeit bitten, gewisse Zeichen. Und diese Zeichen deuten auf einen religiösen Hintergrund hin. Und auf diesem Gebiet dürften sie eher Spezialist sein als wir.«

Beide Ermittler schauten Kreuzmann an und versuchten eine Reaktion auf diese Aussage zu erkennen. Aber entweder war Kreuzmann unbeteiligt oder er war ein begnadeter Schauspieler, denn er zeigte keinerlei Reaktion. Dem maß Mansfeld aber keine wirkliche Bedeutung bei, denn viele Verdächtige schafften es, ihr Gedanken und Gefühle komplett zu verbergen.

Kreuzmann ließ einige Sekunden verstreichen und nickte dann bedächtig. »Da muss ich ihnen zustimmen. Was das Wort unseres Herrn betrifft, kenne ich mich besser aus als die unzähligen und überbezahlten Theologen der Kirchen. Die meinen, kleine Wettbewerbe im Erraten von Bibelzitaten wären ein Zeichen für wahrlich christliche Bildung, dabei vergessen sie aber immer wieder, dass man das Wort des Herrn nicht nur kennen, sondern auch leben muss. Und in diesem Punkt sind das alles nur Heuchler.« Wieder bekreuzigte er sich.

Die Kirchen und ihr Personal waren nicht gerade ein Spezialgebiet von Mansfeld, also hakte er nach: »Ist das wirklich so schlimm? Ich denke, ein Priester oder Pfarrer muss ein Studium absolvieren und dann allerlei Weihen durchlaufen, die doch sicher keinem unanständigen Menschen zugestanden werden, oder?«

»Richtig, die Herren Pfaffen studieren und währenddessen gibt es diverse Weihen. Damit sollen die angeblich in direkter Nachfolge zu unserem Herrn Jesus Christus stehen. Wie überheblich! Die sollen sich zunächst mal in Demut üben und versuchen, das Wort des Herrn wirklich zu leben.«

»Aber sind es nicht gerade die, sagen wir mal Mitarbeiter der Kirchen, die viel in Jugendarbeit, Sozialarbeit und ähnliches eingebunden sind?«

»Das ist doch nur Heuchelei. Jugendarbeit? Sind die ganzen Skandale etwa an ihnen vorbeigegangen?«

»Natürlich nicht. Aber dennoch wird viel gute und hilfreiche Arbeit geleistet, das muss man, so finde ich, durchaus anerkennen.« Mansfeld ärgerte sich, dass das Gespräch in eine falsche Richtung abdriftete und noch mehr ärgerte ihn, dass er selbst Schuld daran war.

Aber Kreuzmann hatte wohl auch keine Lust auf derartige Grundsatzdiskussionen: »Das mag alles sein und ehrt die Herren Pfaffen, aber wie dem auch sei, sie sind sicherlich nicht zu mir gekommen, um das Verhalten dieser Heuchler zu beleuchten, oder?«

»Richtig, uns geht es um die Morde rund um die Zitadelle. Herr Kreuzmann, was können sie uns zu Freikirchen und deren Erkennungszeichen, dem Fischsymbol sagen?«

»Jetzt wird es interessant.« Kreuzmanns Gesicht zeigte erstmals eine wirklich erfreute Regung, er richtete sich ein wenig auf und verstärkte damit seine ohnehin schon bedrohlich wirkende Präsenz im Raum.

»Eines kann ich gleich klarstellen.«, begann Kreuzmann. »Das Fischsymbol ist keineswegs das Erkennungszeichen der Freikirchen, es ist einfach nur ein christliches Symbol, das von gläubigen Christen verwendet wird. Es entstammt dem Johannesevangelium, in dem es da heißt ›Ich bin das lebendige Brot, das vom Himmel herabgekommen ist. Wer von diesem Brot isst, wird in Ewigkeit leben. Das Brot, das ich geben werde, ist mein Fleisch, für das Leben der Welt.‹. Irgendwann begann dann die Mode, den Fisch oder vielmehr das Fischsymbol als Aufkleber an Autos und ähnlichem zu verwenden. Das uferte dann so weit aus, dass heute selbst gottlose Menschen das Symbol verwenden, ganz ohne zu wissen, was es bedeutet.« Er machte eine kurze Pause und schüttelte dabei mit angewiderter Miene den Kopf. »Ja, das wäre es quasi in aller Kürze.«

»Aber grundsätzlich kann man davon ausgehen, dass die Verwendung des Fischymbols bei einer inszeniert wirkenden Situation auf einen christlichen Hintergrund deutet?«

»Das würde ich grundsätzlich nicht verneinen wollen, wenngleich es natürlich auch alles mögliche Andere bedeuten kann.«

Mansfeld nickte und fragte wollte nun Informationen zu Kreuzmanns Sekte: »Okay, soweit ist das verständlich. Vielen Dank dafür. Wir haben noch ein weiteres Thema. Uns wurde im Rahmen unserer Ermittlungen von einer freikirchlichen Gruppe hier in der Wilhelmstadt berichtet, aus der sich eine weitere Gruppe, namens ›Verbum Domini‹ abgespaltet hat. Dieser Gruppe sollen sie sozusagen vorstehen. Ist das so richtig?«

»Vorstehen? Das klingt lustig.« Kreuzmann machte ein gespielt belustigtes Gesicht. »›Verbum Domini‹ versteht sich als echte Kirche und ist eine echte Kirche. Wir lieben und leben das Wort unseres Herrn Jesus Christus. Und dafür brauchen wir keinen Vorsteher oder Vorsitzenden, wie es beispielsweise die Katholiken mit ihrem Papst brauchen. Wir sind alle gleichgestellt, denn vor Gott ist eben auch jeder Mensch gleich. Es mag bei oberflächlicher Betrachtung vielleicht ein solcher Eindruck entstehen, denn dereinst war ich eine der treibenden Kräfte, als wir uns von den seichten Möchtegernchristen lösten, die zwar Wasser predigten, jedoch Wein soffen.«

»Diese Abspaltung soll, so sagte man uns, nicht ganz ohne Konflikte gelaufen sein.«, merkte Jensen kurz an.

»Trennungen laufen nie konfliktfrei, aber man muss dann auch verzeihen können. Was gewesen ist, ist gewesen. Wir verzeihen, blicken hoffnungsvoll nach vorn und warten ab, welches Schicksal der Herr für uns bereithält.« Wieder bekreuzigte sich Kreuzmann.

»Sind sie oder ist vielmehr ›Verbum Domini‹ eine offizielle Vereinigung, ähnlich wie ein Verein oder so?«

»Wenn sie damit auf eine Registrierung im Vereinsregister oder ähnliches anspielen, dann nein. Wir sind einfach da und es ist die ungebrochene Liebe zu unserem Herrn Jesus Christus, die uns als Gemeinschaft eint.«

Mansfeld wollte laut aufstöhnen. Einerseits, weil ihn das übertrieben gläubige Gerede nervte, andererseits weil sie nicht weiterkamen. Kreuzmann blieb komplett unverfänglich und so wirklich passte er bisher nicht in das Bild eines fanatischen Serienkillers. Also fragte er geradeaus: »Herr Kreuzmann, erlauben sie mir mit Blick auf die Vorfälle an der Zitadelle eine Frage. Ist ihnen jemand bekannt, dem sie diese Taten zutrauen?«

Kreuzmann dachte kurz nach. »Nein, solche Individuen kenne ich ganz sicher nicht. Mein Umfeld handelt stets nach den Grundsätzen der heiligen Schrift und schon deshalb verbietet sich derart Grausiges.«

»Kommen wir noch einmal kurz auf die Gründung von ›Verbum Domini‹ zurück. Sie sagten ja, es wäre kein echter Verein oder ähnliches, aber allein der Tatsache, dass es einen Namen gibt, entnehme ich, dass es doch mehr als nur eine Gruppe sich unregelmäßig treffender Menschen ist. Richtig? Seien sie doch mal bitte so nett und fassen den Vorgang der, ähh, Abspaltung und darauf folgenden Gründung von ›Verbum Domini‹ zusammen.« Mansfeld wechselte das Thema zurück zur Sekte.

»Wirklich viel gibt es da nicht zu erzählen. Schon seit langem gibt es eine Freikirche hier in Spandau. Das ist wichtig, denn viele Menschen wollen ihren Glauben leben, wollen ihr Dasein am Glauben an unseren Herrn Jesus Christus ausrichten, aber sich dennoch nicht in die Hände der staatlich indoktrinierten Großkirchen begeben. Die Katholiken, aber inzwischen auch die Protestanten sind nur noch auf Geld aus. Dafür machen sie gemeinsame Sache mit dem Staat, der ihnen auch noch dabei hilft, immer reicher zu werden. Und das alles unter dem Deckmäntelchen der Sozialarbeit und Nächstenliebe. Gerade bei den Katholiken kommt dann noch der Pope in Rom dazu, der selbstherrlich in seinem Goldpalast sitzt und meint, die Weisheit und das Wissen um den wahren Glauben für sich gepachtet zu haben. Während sich seine Kleriker immer fetter fressen, sich persönlich bereichern und vor allem unzählige Verbrechen begehen, die dann von der Kirche gedeckt und vertuscht werden.« Kreuzmann begann sich in Rage zu reden. Er schien das aber zu bemerken, denn er hielt einen Moment inne und atmete deutlich hörbar durch.

Nach der kurzen Pause sprach er weiter: »Wie dem auch sei, sie wissen sicherlich selbst, was ich meine. Diesen Kirchen wollen nun viele nicht angehören und deshalb gibt es Freikirchen. So dann eben auch, das sagte ich ja schon, in Spandau. Allerdings gab es dort einige Leute, die das Wort des Herrn sehr locker auslegten, was vielen sauer aufstieß. Immer wieder kam es bei Treffen zu hitzigen Diskussionen, denn es bildete sich eine Gruppe, die ein immer sündiger werdendes Leben führte. Und irgendwann reichte es einigen von uns. Wir stellten die Sünder vor die Wahl, sich entweder wieder einem Leben nach der heiligen Schrift zu widmen, oder aus unseren Reihen verstoßen zu werden. Dabei zeigte sich, dass die wahren Gläubigen in der Unterzahl waren und so beschlossen wir, von dannen zu ziehen. Was wir dann auch taten.« Kreuzmann hatte seine Ausführungen mit vielen Gesten unterstützt und legte jetzt seine Hände in den Schoß, um damit zu untermauern, dass er fertig sei.

»Eines verstehe ich aber nicht.«, sagte Mansfeld daraufhin.

»Eine in sich uneinige Gruppe trennen, ist ja das Eine. Aber mich verwirrt, dass sich dann eine der Gruppen einen Namen gibt. Das deutet doch auch darauf hin, dass man sich ein bestimmtes Ziel gegeben hat und der Name dieses Ziel quasi als Banner über die Gruppe stellt, oder?«

»Interessant, was sie in einen einfachen Namen hineindeuten. Aber ja, in gewissem Sinne ist der Name auch eine Zielformulierung, denn ›Verbum Domini‹ bedeutet schlicht und ergreifend ›Das Wort des Herrn‹. Und das ist es, was für uns über allem steht, über uns und unserem Tun, über unserer Umgebung, ja selbst über unserer Existenz.« Wieder einmal bekreuzigte er sich. »Und aus der schmerzvollen Erfahrung der Spaltung unserer geliebten Kirche hier in Spandau, gaben wir uns diesen Namen. Auf diese Weise wollen wir immer wieder daran erinnert werden, dass es nicht die persönlichen Interessen, nicht die einzelnen Individuen sind, die unser Leben bestimmen sollen, sondern einzig und allein das Wort unseres Herrn Jesus Christus.«

Nachdem Kreuzmann während seiner Ausführungen immer mehr gestikuliert, teilweise wild mit den Armen gerudert hatte, lehnte er sich nun zurück und wirkte, als würde er völlig in sich ruhen. Und so sehr seine Religiosität auch ins Fanatische abdriftete, konnte man ihm daraus jetzt wahrlich keinen Strick drehen. Der Glaube war frei und allein der Umstand, dass es jemand damit übertrieb, machte ihn noch lange nicht zum Mörder. Vielleicht war Kreuzmann also auch eine Sackgasse.

Mansfeld überlegte, auf welche Weise er Kreuzmann möglicherweise doch noch aus der Reserve locken, ihn zu einer möglicherweise belastenden Aussage bewegen könnte, aber ihm fiel nichts ein. Deshalb war er Jensen auch recht dankbar, als dieser mit der finalen Frage kam: »Herr Kreuzmann, auch das müssen wir sie fragen. Wo waren sie in den letzten drei Nächten beziehungsweise in den Stunden davor und danach?«

»Auf diese Frage habe ich schon gewartet.« Wieder setzte Kreuzmann sein übertrieben gütiges Gesicht auf. »Am Sonntag war ich zur Predigt, das ist schließlich der Tag unseres Herrn. Für die anderen Tage, oder vielmehr Nächte, habe ich leider kein Alibi. Ich war hier zu Hause und habe viel gebetet und gelesen. Einzig der Herr hat währenddessen über mich gewacht.«

Zu Mansfelds Erstaunen blieb dieses Mal der Blick zur Decke und das demonstrative Bekreuzigen aus.

Jensen blickte irritiert zu Mansfeld, als dieser sagte: »Nun denn Herr Kreuzmann, wir danken ihnen dann für ihre freundlichen Ausführungen. Das war es auch schon so weit. Bleibt nur das Übliche. Wenn ihnen noch etwas einfällt, insbesondere zum Beispiel eine Person, die zu solchen Taten fähig sein könnte, dann melden sie sich bitte bei uns.«

Er legte die obligatorische Visitenkarte auf den Tisch und noch bevor Kreuzmann antworten konnte, stand Mansfeld auf und deutete Jensen, es ihm gleichzutun.

Nach unendlich wirkenden Minuten des Abschieds standen Mansfeld und Jensen wieder auf der Straße und schauten sich an. Jensen sagte: »Weshalb hast du den so schnell von der Angel gelassen? Der ist doch genau der Typ fanatischer Christ, den wir suchen.«

»Was haben wir denn? Einen Gläubigen, der es in unseren Augen mit dem Christentum übertreibt. Einen, der einer sektenähnlichen Gemeinschaft angehört, was aber zunächst auch nicht verboten ist. Und ob es tatsächlich so eine krasse Gruppe ist, wissen wir auch nicht. Das war es dann aber auch schon. Also ist es besser, ihn nicht allzu sehr aufzuscheuchen. Wenn er es tatsächlich ist, dann wird er schon noch einen Fehler machen, aber wenn wir zu direkt auf ihn zugehen, dann zieht er sich möglicherweise zurück und verschwindet komplett. Lass uns also erstmal abwarten, was der Backgroundcheck bringt. Vielleicht lässt sich ja da schon etwas finden, mit dem wir ihn festnageln können. Ansonsten beobachten wir ihn einfach weiter.«

»Hmm, da könntest du richtig liegen.«

»Könnte nicht nur, tue ich auch.« Mansfeld gab Jensen einen freundschaftlichen Klaps auf die Schulter und forderte ihn damit zum Losgehen auf. »Ab ins Kommissariat, es gibt heute noch viel zu tun.«

Montag, 15.15 Uhr, Kommissariat

Der Verkehr am Montagnachmittag war zwar noch nicht an seinem Höhepunkt, aber er genügte, um die Fahrt ins Kommissariat quälend lang erscheinen zu lassen. Während sich Jensen mehr und mehr über andere Autofahrer aufregte und seinem Unmut durch einige heftige Schläge auf das Lenkrad Luft machte, ließ Mansfeld noch einmal den Besuch bei Kreuzmann vor seinem geistigen Auge ablaufen.

»Wir sind schöne Vollpfosten!«, platzte er plötzlich heraus und Jensen sah ihn mit großen Augen an.

»Ja, richtig gehört. Vollpfosten. Wir haben den Kreuzmann befragt, wie die allerletzten Anfänger. Nur auf das Kirchengedöhns geachtet und dabei den Hintergrund vergessen.«

Jensen fragte mit irritierter Stimme: »Hintergrund?«

»Ja klar. Woher stammt der Kreuzmann eigentlich? Lebt der schon immer in Spandau? Hat der nur seine Mietwohnung? Oder gibt es noch irgendwelche Räumlichkeiten seiner, ähh, Sekte? All das wäre nicht ganz unwichtig gewesen.«

»Aber wozu? Willst du in die Sekte eintreten und vorher abchecken, ob beim gemeinsamen Gottesdienst auch genug Platz ist?« Jensen kicherte.

»Nein, aber denk doch mal nach. Die Auffindeorte waren stets nicht die Tatorte, also muss das Gemetzel ja irgendwo stattfinden. Und in einer Mietwohnung ist das nicht mal eben gemacht. Denn selbst wenn das Opfer ganz freiwillig und unauffällig zu Fuß in die Wohnung spaziert, nach der Tat muss es irgendwie rausgeschafft werden. Und das in bisher drei Fällen. Das macht man nicht mal eben nebenbei, ohne dabei beobachtet zu werden. Irgendjemand bringt immer wie durch Zufall den Müll raus, während ein Bösewicht die Teppichrolle mit einer Leiche die Treppe herunterschleppt. Also bildlich gesprochen.«

»Stimmt auffallend. Aber Kreuzmann soll ja ohnehin noch durchleuchtet werden, vielleicht finden wir ja da schon etwas. Und wenn nicht, fahren wir einfach nochmal zu ihm und fragen einfach.«

»Genau. ›Hallo Herr Kreuzmann, haben sie zufällig noch irgendwo versteckte Räumlichkeiten, falls sie mal jemanden abmurksen wollen?‹ Und selbstredend gibt er dann Auskunft.«

»So ja nun nicht.«, antwortete Jensen beleidigt.

»Eben, so geht das nicht. Der beste Zeitpunkt wäre heute das erste Gespräch gewesen, bei dem man ganz beiläufig solche Dinge klären kann. Aber jetzt liegt das Kind ohnehin im Brunnen, hoffen wir also mal, dass wir auch so etwas finden. Wenn er denn überhaupt der Täter ist.«

»Bisher ist er die aussichtsreichste Spur, meinst du nicht auch?«

»Das schon. Aber legen wir uns besser nicht zu früh fest.«

Mansfeld verschränkte die Arme und sah demonstrativ aus dem Fenster. Ein Zeichen für Jensen, dass die Diskussion jetzt beendet war und er nicht mehr angesprochen werden wollte.

Es dauerte noch endlos erscheinende fünfzehn Minuten, bis die beiden endlich auf dem Hof des Kommissariats einparkten.

Nachdem beide ausgestiegen waren, sagte Mansfeld: »Ich gehe noch kurz zum Alten. Das sollte aber nicht lange dauern, ihr könnt also schon mal die Besprechung vorbereiten.«

»Kaffee, Kuchen und Flipchart. Jawohl, Sir!« Jensen ließ grinsend die Hacken zusammen knallen und ging ins Gebäude.

»So in etwa.«, murmelte Mansfeld noch, auch wenn Jensen es nicht mehr hörte.

Mansfeld ging zum Büro von Kriminalrat Koch, klopfte kurz an und trat dann wie üblich ein, ohne eine Antwort abzuwarten. Koch telefonierte gerade und gab Mansfeld mit einer Handbewegung zu verstehen, dass er sich setzen soll. Das Telefonat hatte offenbar nichts mit dem Fall zu tun, also hörte Mansfeld nicht weiter zu, sondern sah sich ein wenig im Büro um. Er war zwar schon unzählige Male hier gewesen, jedoch fiel ihm immer wieder Neues auf. Zuweilen hatte er den Eindruck, dass Koch die uralten Fotos, die die Wand links und rechts der Bürotür zierten, beinahe im Wochentakt austauschte. Jedes Mal gab eins zu entdecken, das vorher noch nicht dort gehangen hatte. Vielleicht redete er sich das aber auch nur ein.

Die Wand direkt hinter Koch wurde ebenfalls durch ein Foto verziert, allerdings ein riesiges, auf eine Fotoleinwand gedrucktes Bild, das eine Szene aus den Alpen zeigte. Oder aus einem anderen Gebirge, das konnte Mansfeld, der seine wenigen und meist viel zu kurzen Urlaube lieber an der Ostsee verbrachte, nicht genau einordnen. Berge und Kühe, wie man sie auf dem Bild sah, assoziierte er grundsätzlich mit den Alpen. Und irgendwie waren die Berge ja auch alle gleich.

In einer Ecke neben dem Fenster stand eine riesige Zimmerpflanze. Mansfeld staunte stets über solch große Pflanzen. Er selbst hatte es inzwischen komplett aufgegeben, einer Zimmerpflanze ein Zuhause geben zu wollen, denn spätestens nach 4 Wochen war auch die widerstandsfähigste Pflanze unter seiner Pflege am Ende und ein Fall für den Kompost.

Gerade hatte Mansfeld seinen Rundumblick beendet und wollte sich dem seltsam anmutenden Muster des Teppichs widmen, als Koch den Hörer auf das Telefon knallte und sich Mansfeld zuwandte.

»Peter, ich hoffe, du hast gute Nachrichten.«, sagte er eher fragend als feststellend.

»Nicht so wirklich, aber es sind einige vielversprechende Ansätze vorhanden.«

»Dieser Sektenführer?« Koch hob eine Augenbraue.

»Genau. Bei dem war ich gerade mit Jensen. Der ist zwar aalglatt und gibt sich als der größte Menschenfreund unter Herrgotts Sonne, aber irgendwas ist da auf jeden Fall faul. Fragte sich nur, ob es dann auch mit dem Fall zu tun hat.«

»Was ist mit den Mitgliedern im Bauausschuss?«

»Die sollten inzwischen alle informiert beziehungsweise gewarnt sein. Aber ob alle erreicht wurden, erfahre ich erst bei der Besprechung, die wir gleich noch machen.«

»Okay.« Koch hielt kurz inne und fixierte mit den Augen einen Punkt irgendwo über Mansfeld. »Da wäre noch was.«

»Was denn?«

»Es droht möglicherweise etwas Ungemach für unseren jungen Kollegen Jen ...«

»Meister!«, platzte ihm Mansfeld ins Wort und machte dabei ein grimmiges Gesicht.

»Richtig, der äußerst charmante Herr Baustadtrat zieht gerade ein paar Strippen, weil er sich vom Kollegen Jensen schlecht und vor allem ›hochgradigst unprofessionell‹ behandelt fühlt. Was ist denn da gelaufen?«

»Das Gespräch ist ein wenig aus dem Ruder gelaufen. Der Meister hat mit seinem üblichen rassistischen Geschwafel begonnen und Jensen konnte es sich nicht verkneifen, dazu ein paar direkte Bemerkungen zu machen. Ich persönlich würde das angeblich unprofessionelle Verhalten eher Zivilcourage nennen, aber ja, ich verstehe schon. Ich habe Ralf auch hinterher schon ein paar Worte dazu gesagt und letztlich war ihm selbst auch sofort klar, dass er da einen gewaltigen Fehler gemacht hat.«

»Ist gut Peter, wenn da wirklich was kommt, dann versuche ich das abzublocken. Schlimmstenfalls muss Kollege Jensen eine schriftliche Stellungnahme verfassen und bekommt ein symbolisches ›Du Du‹.«

Mansfeld nickte nur und damit war dieses Thema abgehandelt.

Koch sagte dann: »Ich habe jetzt leider noch wichtige Termine, kann also nicht mit zu eurer Besprechung kommen. Du müsstest also heute Abend noch einmal kurz herkommen und mir in aller Kürze die Gesamtlage schildern. Passt dir das?«

Diese Ansage klang eher wie ein Rauswurf und Mansfeld nickte nur.

»Und dann ist da noch etwas. Ich konnte einen Kollegen für euch locker machen. Aktuell gibt es ja wegen der Morde im Prenzlberg einen echten Engpass, also nimm einfach, was Du bekommst.«

»Was ich bekomme?« Mansfeld wirkte irritiert.

»Ich konnte nur einen jungen Kollegen locker machen, der gerade mit seiner Ausbildung fertig ist. Für die Feldarbeit ist der noch nicht geeignet, aber damit hast du jemanden, der hier das Büro schmeißt. Mehr ist leider nicht drin.«

»Ein Frischling. Und das bei einem solchen Fall. Ist das dein Ernst?«, fragte Mansfeld.

»Ja, was denn sonst? Ich kann mir keine Mitarbeiter schnitzen.«

»Wir reden hier von einem ziemlich großen Fall, wir haben bisher drei übel zugerichtete Leichen, jede Menge Presseaufmerksamkeit und alles was wir bekommen ist ein Frischling?«

»So sieht es aus. Aber schau dir den Jungen erstmal an, ich glaube, der ist ein ganz patentes Kerlchen. Sein Name ist übrigens Benjamin Blaschke. Kriminalkommissar Benjamin Blaschke. Und ich arbeite daran, ihn fest in dein Team zu bekommen, in der nächsten Personalbedarfsanmeldung ist er schon berücksichtigt. Freu dich also schon mal auf die Schreibarbeit.«

Die angedrohte Schreibarbeit gehörte tatsächlich zu der Art Arbeit, die Mansfeld verabscheute. Beschreibung des Aufgabenkreises hieß sie und dabei musste man sich allerlei Dinge aus den Fingern saugen, die ein Stelleninhaber erledigen musste und die vor allem seine Gehaltsklasse rechtfertigten.

»Wir werden sehen.«, knurrte er nur. Mansfeld stand auf und da sich Koch bereits wieder seiner Arbeit widmete, verließ er ohne weitere Bemerkungen das Büro.

Auf dem Weg zum Besprechungsraum dachte er über den Teamzuwachs nach. Er hätte sich zwar eher eine ganze handvoll erfahrener Ermittler gewünscht, aber tatsächlich konnte ein junger Kollege mit jeder Menge Theoriewissen aus der Schule auch ganz hilfreich sein. Oft brachten die jungen Leute ganz interessante Sichtweisen ein. Er nahm sich vor, möglichst unvoreingenommen zu bleiben und dem neuen Kollegen eine echte Chance zu geben.

Im Besprechungsraum warteten nur bekannte Gesichter auf ihn, also war die Verstärkung noch nicht da. Mansfeld ärgerte sich, nicht nach dem Zeitpunkt gefragt zu haben. Das änderte sich jedoch, als die Tür, kaum dass er sie geschlossen hatte, wieder aufgerissen wurde. Eilig kam ein junger Mann hereingestürmt und stoppte abrupt vor Mansfeld. Angesichts dieses Beinahezusammenstoßes wurde er knallrot. Weder der junge Mann noch Mansfeld sagten ein Wort, sie sahen sich nur an, wobei Mansfeld eine fragende und der junge Mann eine erschrockene Miene machte.

Mansfeld unterbrach das Schweigen: »Na los, einfach noch einmal neu kommen. Mit etwas weniger Schwung. Und dann hat das hier nicht stattgefunden.«

Der junge Mann, ganz offensichtlich der neue Kollege, nickte nur aufgeregt und rannte so schnell wieder aus dem Raum, wie er hereingestürmt war. Mansfeld rief ihm hinterher: »Halt. Das war doch nur rhetorisch gemeint.«

Blaschke hatte gute Ohren, denn prompt hielt er inne, drehte sich um und stotterte: »Aber, ähh, ich, also …«

»Liebe Kollegen!«, sagte Mansfeld, nun an die anderen gewandt. »Darf ich vorstellen, Kriminalkommissar Benjamin Blaschke. Unser neuer Kollege. Behandelt ihn gut, er ist alles, was wir bekommen.«

Blaschke schien erleichtert und stand schlagartig deutlich lockerer im Raum.

»Der bin ich wohl. Also der, der neue Kollege.«, sagte er, noch immer ein wenig stotternd.

Schwarz stand als erste auf, ging ihm entgegen und streckte die Hand aus. »Ich bin die Rita, willkommen im Team!«

Damit schien das Eis endgültig gebrochen zu sein, alle begrüßten ihn und zum Schluss oblag es Mansfeld, noch einige Worte loszuwerden.

»Nun ging das hier ja schneller als gedacht, ich hatte gehofft, dich erst allein sprechen zu können. Aber das holen wir noch nach. Bis dahin auch von mir ein herzliches Willkommen in unserem Team.«

»Ich danke ihnen. Und den anderen natürlich auch.«, entgegnete Blaschke ein wenig unbeholfen.

»Wir duzen uns im Team. Oder hast du damit ein Problem?«

»Oh, nein. Das ist mir sehr recht.« Blaschke nickte mehrfach und drehte sich dann zu den anderen. »Ich bin übrigens der Benni. Die lange Version meines Namens mag ich nicht so sehr, die erinnert die meisten an einen sprechenden Elefanten. Also sagt ruhig Benni zu mir.«

Nach einer kurzen Pause ließ Meinert ein leises: »Töröóö!« hören und es brach Gelächter aus, dem sich auch Mansfeld und Blaschke nicht entziehen konnten.

Einige Augenblicke später räusperte sich Mansfeld deutlich hörbar und schlagartig wurden alle ruhig.

»Wir haben zu tun, also beginnen wir mit den ernsten Dingen.«, sagte er und drehte sich dann zu den Tafeln um, auf denen die wesentlichen Ermittlungsergebnisse notiert waren. Ohne den Blick von den Tafeln abzuwenden, fragte er dann: »Rita, sind inzwischen alle Mitglieder aus dem Bauausschuss erreicht worden und informiert?«

»Nein, wir haben leider noch nicht alle erreicht. Aber wir sind dran und guter Dinge, bis spätestens heute Abend jeden erwischt zu haben.«

Mansfeld drehte sich zurück und sah seine Leute an. »Klaus, sei doch mal so nett und setze den Kollegen Blaschke über den aktuellen Stand der Ermittlungen in Kenntnis.«

Welfert blieb an seinem Platz sitzen, begann aber die Geschehnisse der letzten Tage und die Ermittlungsergebnisse zusammenzufassen. Blaschke hörte aufmerksam zu und nickte hin und wieder. Als Welfert mit seinen Ausführungen zum Ende kam, sagte er schmunzelnd: »Und? Gibt es aus Sicht eines frischen Absolventen der Kriminalistenuniversität etwas, das wir vergessen haben?«

Blaschke dachte kurz nach und sagte dann: »Ja, da gibt es tatsächlich etwas.« Er drehte sich zu Mansfeld und fragte: »Darf ich?«

»Nur zu, jeder, der etwas zur Sache beizutragen hat, sollte es auf den Tisch legen.«

»Ich will nur vermeiden, hier als der Neue irgendwie neunmalklug zu wirken.«

»Keine Sorge, wir alle haben mal angefangen und wir alle wissen, dass wir nicht alles wissen. Also schieß los!«

»Nun, bisher wurden ja ganz offensichtlich in erster Linie die Auffindeorte betrachtet. Was klar ist, denn viel mehr ist ja nicht bekannt. Der oder die Tatorte sind noch unbekannt. Ebenso muss ja erst noch genau geklärt werden, auf welche Weise die Morde selbst durchgeführt wurden, was am Ende ja möglicherweise auch auf den Tatort schließen lässt.«

Blaschke machte eine kurze Pause, die Welfert für einen Einwurf nutzte: »Das wissen wir alles selbst. Aber worauf willst du nun hinaus?«

»Auf folgendes. Wir sollten uns mal genauer anschauen, was der Täter nach der Tat getan hat. Was tat er, um seine Spuren zu verwischen?«

»Und was ist daran so besonders interessant?«, hakte Welfert nach.

»Das Unnötige. Einige Dinge sind notwendig. Spuren verwischen, Fingerabdrücke entfernen, dergleichen Zeug eben. Aber manche Täter tun noch Dinge, die eigentlich unnötig wären und genau daran lassen sich oft Rückschlüsse ziehen. Zumindest solche Rückschlüsse, die in gewissem Umfang auf ein mögliches Täterprofil schließen lassen.«

»Das muss man jetzt wohl nicht verstehen.«, äußerte Welfert in zweifelnder Tonlage und zuckte dabei mit den Schultern.

»Ich versuche das mal kurz zu erklären.«, sagte Blaschke. »Einige Dinge zählen zum ganz normalen Nachtatverhalten, sie sind in jedem Fall notwendig, um die Tat entweder komplett zu verschleiern, oder um die Täterschaft unkenntlich zu machen. Andere Dinge sind eher unnötig, sie sollen meist von Tat oder Täter ablenken. Und hier greift die These, dass bei der Entwicklung derartiger Ablenkungsszenarien eben auch ganz persönliche Verhaltensweisen oder Vorlieben zum Zuge kommen, die eine direkte Spur zum Täter bringen oder zumindest bei der Erstellung eines Täterprofils hilfreich sein können.«

Welfert grinste und fragte spöttisch: »Und was ist bei unseren Fällen so ungewöhnlich erhellend und profilierend?«

Blaschke blieb jedoch ruhig und entgegnete: »Das wissen wir ja noch nicht, immerhin haben wir das Nachtatverhalten ja noch nicht genau analysiert. Aber es nicht zu tun, hielte ich für einen Fehler.«

Mansfeld musste innerlich ein wenig lächeln, denn ihm gefiel das Verhalten des jungen Kollegen. Der versuchte sich vom Start weg einzubringen und wollte möglichst schnell sein während der Ausbildung erworbenes Wissen anwenden. Klar, hier schoss er etwas über das Ziel hinaus, denn letztlich war schon das Verbringen der Leichen zu den Fundorten und auch das Drapieren in den seltsamen Posen, sowie die Markierung mit dem Fisch Nachtatverhalten genug, dass es zu analysieren galt. Aber dennoch könnte es sinnvoll sein, die Auffindeorte noch einmal diesbezüglich zu untersuchen. Wer weiß, ob nicht doch noch etwas gefunden wurde.

Mansfeld nahm sich vor, den jungen Kollegen unter vier Augen auf diese Gedanken hinzuweisen, vor der gesamten Truppe erschien ihm das eher kontraproduktiv.

Welfert holte gerade Luft, um eine Antwort zu geben, als sich Mansfeld in die Diskussion einmischte: »Kollege Blaschke, Benjamin, hat durchaus recht. Aktuell fliegen uns übel zugerichtete Leichen im Tagestakt um die Ohren, da wäre es geradezu dumm, nicht jede Möglichkeit in Betracht zu ziehen, beziehungsweise nicht jeden ermittlungstechnischen Ansatz zu nutzen, den wir kennen. Freut euch also, dass mal ein wenig frischer Wind mit ebenso frischem Wissen von der Uni hier bei uns im Team angekommen ist.«

Niemand antwortete, aber das Nicken, das durch die Runde ging, zeigte ganz offensichtliche Zustimmung, also sagte er weiter: »Rita, Klaus, ihr seid am Mühlengraben bei beiden Funden dabei gewesen, ihr werdet Benni also so genau wie möglich alles schildern, was wir dort vorgefunden und gesehen haben. Notfalls macht ihr zu dritt eine Begehung vor Ort, damit Benni sich ein genaueres Bild machen kann. Ralf und ich werden das dann für den Tatort an der Zitadelle übernehmen. Sind alle einverstanden?«

Wieder ging ein allgemeines Nicken durch den Raum, nur Blaschke wirkte ein wenig überrannt. Aber er sagte nichts, es schien ihm zu vermessen, gleich den ersten Auftrag seines neuen Chefs infrage zu stellen. Außerdem hatte er die Idee selbst eingebracht, also musste er das nun durchziehen.

»Kommen wir zur Sache!«, unterbrach Mansfeld die Stille, die sich recht schnell im Raum ausgebreitet hatte. »Wir haben einige Dinge zu klären. Und wir müssen von unserem letzten Hausbesuch berichten. Ralf, du darfst übernehmen.«

Jensen folgte der Aufforderung, stand auf und trat vor die Ermittlergruppe.

»Wir waren vorhin bei Martin Kreuzmann, dem Guru dieser evangelikalen Truppe, die sich von den Spandauer Freichristen abgespaltet hatte. Meine ganz persönliche Meinung ist, der Typ hat gewaltig ein Ding an der Waffel. Aber gut, jeder darf so leben, wie er will. Kreuzmann jedenfalls lebt nach eigener Aussage streng nach dem Text der Bibel, was auch immer das im Detail bedeuten mag. Selbstredend streitet er auch jegliche Beteiligung an den Taten ab und will lediglich aus der Presse davon erfahren haben. Das muss man ihm zunächst auch glauben, in seiner Wohnung, die wir ohne Diskussionen betreten durften, deutete jedenfalls nichts auf einen Schlächter hin. Dafür auf die religiöse Seite der Geschichte. Sein ganzes Auftreten wirkt ziemlich gestellt, er gibt also durchaus einen prima Verdächtigen ab. Und wir wissen ja noch nicht, ob er neben seiner Wohnung noch andere Örtlichkeiten nutzen kann. Deshalb müssen wir seinen Hintergrundcheck auf jeden Fall auch auf mögliche Immobilien erweitern. Außerdem müssen wir herausbekommen, wo sich seine Sekte trifft. Die werden ja ihre Gottesdienste, so die so genannt werden, kaum über Videokonferenz abhalten. Gemeinsames Ommm und jede Menge

Weihrauch dürften da vermutlich als verpflichtend und gemeinschaftspflegend angesehen werden.«

Jensen verstummte und wegen seiner Abschlussbemerkung ging Gelächter durch den Raum.

»Gut zusammengefasst.«, sagte Mansfeld, um wieder etwas Ruhe in die Reihen zu bekommen. »Als Nächstes wäre da noch der Hintergrundcheck von Frisch. Wir haben vorhin ja dessen Witwe besucht. Sie hat die Nachricht vergleichsweise gefasst aufgenommen, uns dann aber noch ein ziemlich interessantes Detail genannt. Frisch hat vor einige Zeit einen Drohbrief bekommen, dessen Hintergrund wohl auch kirchlich-religiöser Natur war. Leider existiert dieser Brief nicht mehr, eine genaue Untersuchung ist also nicht machbar. Ansonsten war Frisch Mitglied bei den Katholiken, dort jedoch nicht aktiv. Da kann also noch kein wirklicher Zusammenhang konstruiert werden, die Mitgliedschaft im Bauausschuss ist also weiterhin der einzig verbindende Teil in seiner Vita.«

»›Vergleichsweise gefasst‹ ist aber ziemlich untertrieben.«, sagte Jensen daraufhin.

»Ja okay, zuerst kam das übliche Weinen, aber danach hat sie vergleichsweise sachlich auf unsere Fragen geantwortet.«, verteidigte sich Mansfeld daraufhin. »Anja, schau doch mal gemeinsam mit Andreas, an welchen Baustellen der Frisch so alles umtriebig war. Als selbstständiger Malermeister wird er ja zuweilen auch an Baustellen des Bezirkes tätig gewesen sein. Vielleicht finden wir auf diese Weise noch eine weitere Verbindung. Zumindest zu Sommergans, der ja ebenfalls Unternehmer war und möglicherweise von seiner

Arbeit in der BVV insofern profitieren konnte, als dass er dadurch eventuell von anstehenden Auftragsvergaben oder Ausschreibungen durch den Bezirk erfahren hat. Gleiches kann dann auch für Frisch gelten. Ohne den beiden da irgendetwas unterstellen zu wollen.«

Stölzner und Meinert nickten kurz und machten sich dann ein paar Notizen, während Mansfeld weitersprach: »Die Immobiliensache könnt ihr dann auch gleich übernehmen, also private Immobilien von Kreuzmann, sowie alles, was die Sekte angemietet oder gekauft haben könnte.«

»Haben wir von der Sekte so etwas wie eine Mitgliederliste?«, fragte Stölzner daraufhin.

»Nein, wieso?«

»Dann könnten wir gleich noch prüfen, ob sich die Sekte in einer Immobilie trifft, die einem der anderen Mitglieder gehört.«

»Guter Gedanke. Aber wir werden über kurz oder lang ohnehin noch einmal mit Kreuzmann reden müssen, da fragen wir dann mal nach seinen Kumpanen und vor allem ganz offen nach möglichen Räumlichkeiten für Zusammenkünfte.«

Bevor Mansfeld das noch näher ausführen konnte, klingelte sein Telefon. Er entschuldigte sich kurz und nahm das Gespräch an. Als er fertig war, sagte er in den Raum: »Das war der Leichenfledderer. Er hat noch einen wichtigen Termin, kann also erst in einer guten Stunde hier sein. Also schlage ich vor, wir machen hier erstmal Schluss und treffen uns in einer Stunde wieder. Ihr schaut derweil, was ihr in

Sachen Immobilien sowie in Sachen Frisch herausfindet. Ich selbst werde etwas Papierkram machen. Und Benni, du kannst dich ein wenig mit unseren Tafeln vertraut machen. Ralf kann dabei dann deine Fragen beantworten. Sind alle damit einverstanden?«

Wieder nickten alle und Mansfeld bekam langsam das Gefühl, mit einem Haufen Wackeldackel zusammenzuarbeiten. Innerlich grinste er und überließ die Truppe sich selbst, indem er ohne weitere Worte den Raum verließ.

Gemächlich ging er durch den Flur des Kommissariats zu seinem Büro, wo er sich mit einem tiefen Seufzer in seinen Bürostuhl fallen ließ. Missmutig blickte er auf einen Haufen Papiere, der sich in den letzten Tagen und Wochen angesammelt hatte. Das papierlose Büro wurde bei den Berliner Behörden zwar immer wieder als das ganz große Ding propagiert, aber so richtig durchsetzen konnte es sich noch immer nicht. Wenn hier in ein paar tausend Jahren mal Archäologen graben, dachte sich Mansfeld, dann denken die bestimmt auf eine Papierfabrik mit silberblauen Lieferfahrzeugen gestoßen zu sein.

Aber es half ja nichts, das musste erledigt werden. Und Papierkram bot ihm immer eine gute Möglichkeit, sich vom aktuellen Fall abzulenken, um dann hinterher mit freiem Kopf auf die Dinge zu schauen. Er schob ein paar auseinander gerutschte Akten ordentlich zusammen und begann, sie zu sortieren. Noch ein kurzer Blick auf die Uhr und er begann mit der Arbeit.

Montag, 16.30 Uhr, Kommissariat

Eine Stunde später betrat Mansfeld wieder den Sitzungsraum und es wirkte, als wäre er nur wenige Augenblicke draußen gewesen. Alle Mitarbeiter waren vor Ort und jeder befand sich genau dort, wo Mansfeld ihn zuletzt gesehen hatte. Nur der Pathologe Doktor Martin fehlte noch.

»Chef, wir haben gute Nachrichten.«, platzte Jensen als Begrüßung heraus. »Wir haben das Hauptquartier von Verbum Domini ausgemacht.«

»Hehe, mal nicht ganz so schnell mit den jungen Pferden!«, beschwichtigte Schwarz. »Bisher ist es nur eine potenzielle Möglichkeit.«

»Ist ja gut, aber ich würde mein Hinterteil darauf verwetten, dass sich diese seltsame Sekte genau dort trifft. Und obendrein wäre das ein nahezu idealer Ort, um ein paar Menschen abzumurksen. Man ist weit ab vom Schuss, niemand kommt dort zufällig vorbei und hinterher hat man quasi alle Zeit der Welt, um die dabei entstandene Sauerei zu beseitigen.«

»Du kennst dich also auf dem Gebiet der, wie sagtest du, Massenabmurkserei gut aus?«, stichelte Stölzner und staubte damit gleich ein paar Lacher ihrer Kollegen ab.

»Mensch, du weißt doch genau wie ich das meine.«, entgegnete Jensen mit leicht bockigem Unterton.

»Wäre vielleicht jemand so freundlich und verrät mir einfach mal, wovon genau ihr hier redet?«, unterbrach Mansfeld seine Truppe.

Alle Blicken gingen zu ihm und Schwarz war es, die als erste antwortete: »Kreuzmann hat in Seeburg eine alte Scheune. Die war mal Teil eines kleinen Gehöfts, das wurde aber schon vor Jahren in weiten Teilen abgerissen und es steht nur noch die alte Scheune und ein anderes Gebäude. Drumherum sind zwar noch ein paar andere Grundstücke, aber alles ist weit geung auseinandergezogen, um in jedem Einzelnen davon seine Rhue zu haben. Das Ganze dann wunderbar abgelegen im Wald zwischen Seeburg und Engelsfelde. Auf Luftbildern sieht die Scheune auch ziemlich passabel aus, da ist kein Verfall erkennbar. Die könnte also durchaus von der Sekte genutzt werden.«

»Könnte. Konjunktiv. Wir reden hier also zunächst nur von einem Grundbucheintrag und jeder Menge Spekulation, richtig?«

»Richtig.«

»Gut, dann betrachten wir das auch zunächst nur als mögliche Spur. Wir schicken da jemanden vorbei, der sich unauffällig umsehen soll. Rita, du kümmerst dich bitte darum. Und denk auch daran, die Brandenburger Kollegen zu informieren, dass wir über die Landesgrenze kommen. Die sollen sich schon mal darauf vorbereiten, dass möglicherweise etwas mehr Kollegen aus der Hauptstadt in ihrem Revier wildern.«

Schwarz nickte nur und machte sich ein paar Notizen.

»Warum holen wir uns eigentlich nicht gleich einen Beschluss, um das Ding durchsuchen zu können?«, warf Meinert ein.

»Womit willst du das denn begründen? Es gibt weder handfeste Indizien noch einen irgendwie begründbaren Tatverdacht gegen Kreuzmann. Das unterschreibt, völlig zurecht, wie ich anmerken möchte, kein Richter dieser Welt.«, antwortete Mansfeld und versuchte dabei, möglichst nicht belehrend zu klingen, wenngleich ihm das sehr schwerfiel. Denn soviel Verstand, das auch selbst zu wissen, hatte er Meinert eigentlich zugetraut. Man bemerkte langsam, dass den Kollegen die knappe Personaldecke bei inzwischen drei Toten ziemlich nahe ging. Aber bevor sich die Kollegen weiter in irgendwelche Wildwestmethoden hineinsteigern konnten, betrat Gerichtsmediziner Doktor Martin den Raum und zog alle Aufmerksamkeit auf sich.

»Guten Abend zusammen.«, begrüßte er die Ermittler.

Noch bevor irgendjemand antworten konnte, öffnete sich die Tür erneut, diesmal sehr schwungvoll, sodass sie dem Gerichtsmediziner in den Rücken stieß und diesen dadurch einen Ausfallschritt in den Raum machen ließ. Kriminalrat Koch stürmte in den Raum: »Nur ganz kurz meine Herrschaften, im Fall des sogenannten Prenzlbergmörders wurde der mutmaßliche Täter gefasst und hat wohl auch schon ein Geständnis abgelegt. Bis spätestens übermorgen soll die Mordkommission dort deutlich reduziert werden und dann wird hier die Bude voll. Wir bekommen wohl vier Kommissare und zwischen sechs und zehn Leute für die Feldarbeit dazu.«

Er blickte triumphierend in die Runde.

Welfert meinte daraufhin:« Also müssen wir unseren Menschenfischer bis spätestens morgen früh gefasst haben, wenn wir den Erfolg komplett für uns reklamieren wollen, richtig?«

Koch machte ein pikiertes Gesicht: »Herr Welfert, ich bitte sie! Das ist hier kein Wettbewerb und wenn ein oder mehrere Täter gefasst werden, dann ist das in jedem Fall Teamarbeit. Und das Team ist hier immer die Berliner Polizei insgesamt.«

Er setzte noch kurz einen grimmigen Blick nach und verabschiedete sich aus der Runde. Dabei warf er die Tür ein wenig lauter zu, als ihm selbst lieb war, was auch alle Anwesenden mit Erstaunen zur Kenntnis nahmen.

»Das sind doch mal gute Nachrichten.«, unterbrach Mansfeld die Stille, die sich nach Kochs Verschwinden im Raum ausgebreitet hatte.

Den Gesichtern seiner Ermittler entnahm er jedoch, dass sich die Begeisterung in Grenzen hielt. Koch hatte schon recht, es war immer eine Teamleistung, auch wenn sich jeder alleinig für seinen Bereich zuständig sah und Hilfe von anderen Abteilungen beinahe als übergriffig angesehen wurden.

Nun übernahm Doktor Martin das Wort: »Bevor jetzt irgendwelche Wetten darauf abgeschlossen werden, ob und wie der Fall noch vor Eintreffen der Verstärkung gelöst werden kann, möchte ich für ein wenig Erhellung sorgen und mich dann wieder meiner Arbeit zuwenden. Sind alle damit einverstanden?«

Er blickte in die Runde und obwohl niemand direkt antwortete, entnahm der den neugierigen Blicken Zustimmung.

»Und da wir einen neuen Kollegen im Team haben, fasse ich kurz alle drei Fälle zusammen. Peter, ist das so recht?«, fragte er in Mansfelds Richtung.

»Nur zu.«

»Also dann.« Er holte tief Luft und versuchte mit den Augen ein möglich theatralisch-nachdenkliches Gesicht zu machen. Fangen wir beim ersten Opfer an. Jens Schmid, Mitglied der PSD und wie die beiden anderen Opfer im Bauausschuss tätig. Er wurde durch einen gezielten Stich in die Leistenbeuge getötet. Dabei ist allerdings unklar, ob es sich um einen professionellen Täter handelt, oder schlicht um jemanden, dem grob der Verlauf der großen Blutgefäße bekannt ist. Eine besondere chirurgische Präzision ließ sich zumindest nicht erkennen. Opfer zwei ist Walter Sommergans, seines Zeichens bei der DFP. Hier ist die Todesursache nicht abschließend zu klären, da wir bisher nur eine halbe Leiche gefunden haben. Teile des Unterleibes und die Beine fehlen uns noch. Sie wurden neben Teilen des Unterleibes mit einem sehr scharfen und großen Messer entfernt. Es sind jede Menge Schnitte, aber auch Hackspuren zu erkennen, deren Klingenwinkel auf ein sehr großes Küchenmesser oder eine Machete schließen lässt.« Martin machte eine Pause und blickte zu Blaschke. Dem war erwartungsgemäß alles Blut aus dem Gesicht gewichen.

»Ja, junger Kollege. Hier haben sie es gleich vom Start weg mit richtig hartem Tobak zu tun.«

Blaschke jedoch nickte nur und man sah ihm an, dass er sich langsam wieder fing. Deshalb machte Martin auch weiter mit seinem Vortrag: »Opfer Nummer drei ist Achim Frisch, Mitglied der CUD und vermutlich auf die gleiche Weise zu Tode gekommen, wie Jens Schmid. Er hatte dergestalt viele Einstichverletzungen, dass die Todesursächliche nicht genau ermittelt werden kann. Ich würde aber so einiges darauf setzen, dass ein Stich in die Leistenbeuge dafür zuständig war. Wenn wir die fehlenden Teile von Opfer zwei finden, wissen wir da sicherlich mehr. Also zumindest, ob es neben den Fischen noch ein anderes Muster gibt.«

»Waren alle ›Fische‹ gleich?«, fragte Blaschke.

»Gleich? Keine Ahnung, ich kann keinen Hering von einem Hecht unterscheiden.«, versuchte Martin einen Scherz zu landen, der jedoch nur bei Welfert Erheiterung auslöste. Die anderen Ermittler zeigten keine Regung.

»Ja ja, ich verstehe schon.« Martin winkte ab und sprach weiter: »Der erste Fisch, oder vielmehr das einem Fisch ähnlich sehende Schnittmuster war in die Stirn von Opfer Nummer eins geschnitten. Opfer Nummer zwei hatte diesen Fisch senkrecht stehen. Der Grund dafür ist noch unklar, aber ich bin der festen Überzeugung, dass sich irgendein Schlaumeier noch eine treffende Erklärung dafür einfallen lassen wird. Bei Opfer Nummer drei war der Fisch ebenfalls senkrecht. Das würde ich jedoch nicht überbewerten wollen, denn schon allein durch die Position des Täters zur vor ihm liegenden Leiche kann die Schnittführung ändern. Ohne jetzt selbst besagter Schlaumeier sein zu wollen.«

Mansfeld missfiel die Bezeichnung mit den Nummern, immerhin hatten die Opfer allesamt Namen. Dieses altmodische Durchnummerieren hatte für ihn etwas entmenschlichendes, weshalb er es bevorzugte, den Namen zu verwenden.

»Hat die Obduktion denn sonst noch etwas Interessantes ergeben?«, lenkte Mansfeld vom Thema ab, ohne weiter auf seine Gedanken einzugehen. Ihm war bewusst, dass sich viele, und so vermutlich auch Martin, auf diese Weise eine gewisse Distanz zu den Opfern schafften, die in ihrem Job durchaus wichtig war.

»Wenn dich die letzten Speisen der Opfer interessieren, dann ja. Steht aber auch alles im Bericht. Ich sehe hier aber nichts, was bei der Aufklärung hilfreich sein könnte.«

»Hmm. Dann hoffen wir mal, dass Klaus etwas mehr für uns hat.«

»Da kann ich gleich die nächste Enttäuschung herbeiführen. Die Spurensicherung hat so gut wie nichts Verwertbares gefunden. Auffindeorte im Wasser sind aber auch von Natur aus vergleichsweise spurenarm. Tut mir leid. Es kann höchsten noch etwas aus dem Labor kommen, wenn alle DNA-Spuren komplett ausgewertet sind.« Martin zuckte mitleidig mit den Schultern.

Mansfeld gab sich jedoch weiter optimistisch: »Wer weiß, vielleicht sorgt ja das Labor für einen Volltreffer, der die Sache hier schneller beendet als wir bisher denken.«

»Mag sein, aber verlasst euch nicht drauf.«, antwortete Martin. »Und wenn ihr keine Fragen mehr habt, würde ich mich jetzt empfehlen.«

Er blickte in die Runde und als keine Fragen kamen, verließ er wortlos, nur mit einem kurzen Kopfnicken den Raum.

»Auf den ersten Blick klingt es, als hätten wir bisher fast nichts.«, resümierte Blaschke das soeben Gehörte. »Aber streng genommen haben wir sogar eine ganze Menge. Immerhin gibt es ein sehr offensichtliches Muster und immer gleichbleibende Tatbestandteile.«

Welfert wollte gerade abwinken, als Mansfeld bestätigte: »Richtig. Wir haben schon so einiges und wenn wir alle Ansätze verfolgen, wird schon der Richtige dabei sein. Aber Themawechsel. Wir haben noch einiges zu klären. Rita, irgendjemand muss sich um die Scheune von Kreuzmann kümmern. Und umso länger ich darüber nachdenke, umso eher halte ich es für die beste Lösung, wenn du es selbst übernimmst.« Er blickte Schwarz fragend an.

»Jawohl, Sir!«, entgegnete sie und riss die Hand zum militärischen Gruß an die Schläfe.

»Also gut. Weiterhin fehlen ja noch ein paar Mitglieder des Bauausschusses, die noch nicht informiert sind. Andreas, da bleibst du bitte mit Anja dran. Das muss heute noch komplett erledigt werden. Ich habe keine Lust, morgen früh die nächste Leiche zu inspizieren.«

»Wird gemacht. Nur müssen die sich dann natürlich auch der Gefahr bewusst sein und sich entsprechend vorsichtig verhalten.«, sagte Meinert daraufhin.

»Ja sicher. Aber wir unterstellen jetzt einfach mal, dass es sich bei allen um erwachsene Menschen handelt.«

Weiter konnte Mansfeld nicht reden, denn die Tür zum Besprechungsraum wurde aufgerissen und Doktor Martin kam hereingestürmt. »Leute, ihr werdet kaum glauben, was ich gerade auf den Tisch bekommen habe!«, sagte er völlig außer Atem.

»Na los, keine Ratespielchen. Sag es einfach!«, forderte Mansfeld ihn zum Reden auf.

»Die fehlenden Beine von Nummer zwei. Ein paar Wanderer haben die am Rastplatz an der B2 bei den Rieselfeldern gefunden. Gestern schon.« Er machte eine Pause, aber niemand sagte etwas. »Gestern, wundert sich da niemand?«

»Ja nun sag schon, wir sind immer noch bei ›Keine Ratespielchen‹.«, reagierte Mansfeld zunehmend gereizt.

»Orrr, schon gut. Also die Kurzfassung. Der Rastplatz ist Berliner Stadtgebiet, aber der daran angrenzende Wald ist schon Brandenburg. Und die Beine wurden ein Stück in den Wald geschleppt und dort einfach, so sah es zumindest aus, abgeworfen. Die Wanderer, die die Beine gefunden haben, landeten auch gleich richtig bei der Brandenburger Polizei, wo man gleich eine Ermittlergruppe zusammengestellt hat. Die haben dann vergeblich nach dem Rest des Leichnams gesucht, bis jemand von denen auf die Idee kam, mal in Berlin nachzufragen. Und damit wurde die Sache flugs an uns abgegeben. Auch wenn manch einer von den Brandenburgern ein wenig zerknirscht war, denn die hatten sich einen dicken Fall erhofft und mussten den nun ausgerechnet an die Hauptstadt abgeben.«

»Gibt es denn auf den ersten Blick brauchbare Spuren?«, fragte Jensen jetzt.

»Durchaus möglich, die Beine waren mit jeder Menge Blut verschmiert und wir konnten einen Teilabdruck sicherstellen. Also vielmehr hat das schon die Brandenburger Polizei getan. Und jede Menge DNA, bei der aber auch noch die Zuordnung beziehungsweise Auswertung läuft.«

»Und die dauert wieder mal mehrere Tage, richtig?«, fragte Jensen mehr oder weniger unadressiert in den Raum.

Aber Martin konterte: »Das sollte spätestens morgen erledigt sein, denn die Brandenburger haben das ja schon in die Wege geleitet und wir brauchen hier nur die Früchte von deren Arbeit ernten.« Martin blickte sich einmal in Raum um und fuhr dann fort: »Aber das war auch schon alles. Wenn es keine wichtigen Fragen mehr gibt, gehe ich wieder an meine Arbeit.«

Da niemand reagierte, verabschiedete sich Martin und verschwand aus dem Besprechungsraum.

»Zack, weg isser!«, konstatierte Welfert. »Rein, auftrumpfen und wieder raus.«

»So ist unser lieber Doktor Martin eben. Aber immerhin sind jetzt alle Leichen vollständig.«, sagte Mansfeld daraufhin. Und als er Welfert grinsen sah, fuhr er fort. »Und das ist keineswegs witzig gemeint. Immerhin gibt es zu jedem Opfer auch Angehörige und es ist schon allein in deren Interesse, wenn sie Gewissheit über den Verbleib ihrer Liebsten haben. Damit rechnen zu müssen, dass sich irgendwelche Extremitäten sonstwo befinden, wo niemand weiß, was damit angestellt wird oder wurde, ist ja auch eher semi-angenehm.«

Welfert hörte auf zu grinsen und Mansfeld sprach weiter: »Ralf, wir waren ja vor des Doktors forschem Auftritt beim Verteilen der anstehenden Aufgaben, fasse das doch mal bitte kurz zusammen. Der Tag ist nicht mehr lang und wir wollen ihn doch möglichst produktiv zu Ende bringen.«

»Hmm. Da wäre das Informieren der letzten Mitglieder aus dem Bauausschuss. Hier sollten ja Anja und Andreas tätig werden, sofern das nicht der KDD schon erledigt hat. Dann wollten sich Rita und Klaus um die Erkundung von Kreuzmanns Grundstück bei Seeburg kümmern. Was wir beide und Benjamin machen, wurde bisher noch nicht angesprochen, da sprang ja Doktor Martin dazwischen.«

Mansfeld überlegte kurz und antwortete dann: »Benjamin wird sich jetzt durch die kompletten Akten lesen, er muss mit dem Fall vollumfänglich vertraut sein. Und wir zwei beiden Hübschen werden den Job von Rita und Klaus übernehmen. Das Grundstück von Kreuzmann wird jetzt Chefsache. Rita, ihr beiden habt stattdessen ein wenig Recherchearbeit vor euch. Es ist nämlich noch immer nicht geklärt, wie viele hauptberufliche Fischer es in Spandau gibt und was die so für einen Background haben. Das war ja ohnehin schon euer Job. Und ich will Backgroundchecks zu allen Mitgliedern des Bauausschusses. Wer hat welche Nebenjobs, wer steckt in welchen Firmen drin, wer hat wo irgendwelche Grundstücke oder gar Bauland. Also das typische Zeugs, das zu Interessenkonflikten im Ausschuss führen kann. Vielleicht finden wir ja auf diesem Wege noch eine brauchbare Spur.«

Man konnte Rita und Klaus deutlich ansehen, dass sie viel lieber zum Außendienst aufgebrochen wären, aber wenn Mansfeld Arbeit verteilte, dann dachte er sich in aller Regel etwas dabei und duldete auch keine Widerworte. Zumindest dann nicht, wenn sie aus Unmut heraus vorgebracht wurden. Beide nickten also pflichtschuldig und die Ermittlergruppe machte sich an die Arbeit.

Montag, 18.00 Uhr, Gehöft Kreuzmann

Jensen steuerte den Wagen über die Heerstraße aus der Stadt heraus in Richtung Seeburg, während Mansfeld die Umgebung betrachtete. Ihm fiel auf, dass er viel zu selten hier im doch eigentlich sehr nahen Umland war. Landschaftlich war es hier echt schön und von seiner Wohnung aus sogar zu Fuß zu erreichen. Aber ja, dazu braucht man auch Freizeit und diesen Luxus konnte er sich nur sehr selten leisten. Der Gedanke daran ließ kurz seine Ex-Frau vor seinem inneren Auge erscheinen, die ihn ja aus eben diesem Grunde verlassen hatte. Schnell wischte er den Gedanken beiseite.

Jensen unterbrach das Schweigen: »Haben wir uns eigentlich bei den Brandenburgern angemeldet?«

»Angemeldet? Du meinst bei den Kollegen?«

Jensen nickte.

»Nein, das ist noch nicht unbedingt nötig. Das müssen wir nur bei größeren Einsätzen tun, wenn wir zu zweit an die eine oder andere Tür klopfen, dann ist noch alles im Lot. Und mehr als ein wenig Klopfen steht ja nicht auf dem Plan. Ich hatte das vorhin nur erwähnt, damit es nicht vergessen wird, falls mehr draus wird.«

Gerade hatten sie Seeburg wieder verlassen, als Jensen die Fahrt verlangsamte, grübelnd auf eine Waldeinfahrt blickte und dann sagte: »Ob wir hier richtig sind? Diese Rumpelpiste wird doch nicht die Zufahrt sein, oder?«

»Auf jeden Fall fährt hier öfter mal jemand rein, sonst wären da nicht so viele Spuren am Rand zum Asphalt der Landstraße und die Fahrspuren auf dem Waldweg wären auch nicht so deutlich zu sehen.«

Jensen lachte. »Huck! Der Häuptling hat gesprochen.«

»Genau, schon seit früher Kindheit weiß ich, dass auch indianisches Blut in meinen Adern fließt.«, ging Mansfeld auf diesen Scherz ein. »Also zieh die Zügel herum und lass die Pferde unsere Kutsche auf diesen Pfad ziehen.«

Beide kicherten und Jensen fuhr in den Waldweg hinein. Schon nach wenigen Metern zeigte sich, dass sie richtig sein mussten, denn der Weg wurde breiter, verließ den Wald und gab den Blick auf mehrere weitläufig verteilte Gebäude frei.

»Na toll. Da sucht man eine alte Scheune und hat plötzlich ein halbes Dorf vor der Nase. Welcher dieser Höfe gehört nun dem Kreuzmann?« Jensen schaute zu Mansfeld, der jedoch auch keine Antwort parat hatte.

Vor den beiden lag jetzt ein breiter Weg, an dessen Ende eine größere Scheune stand. Links und rechts des Weges standen ebenfalls Scheunen oder Stallgebäude, so genau konnte man das nicht erkennen. Alle Scheunen waren eingezäunt und es gab drei Tore, die jedoch alle verschlossen waren. Keine Menschenseele war zu sehen.

Trotz der bedrückenden Einsamkeit, die über dem Gebäudeensemble lag, wirkte es nicht komplett verlassen. Die Zufahrten waren sauber und auch die Flächen rund um die

Gebäude wirkten nicht verwildert oder übermäßig bewachsen, wie man es von einem fast verlassenen Hof mitten im Wald erwarten würde. Nein, hier gab es ganz offensichtlich regelmäßig Bewegung.

»Drei, ja was sind das eigentlich, Höfe? Welcher davon ist nun der von Kreuzmann?«, fragte Mansfeld und versuchte dabei, irgendwelche Namensschilder oder Hausnummern zu finden, an denen man das feststellen könnte.

»Laut Google Maps muss es der rechte Hof sein. Und ja, ich würde die Dinger schon als Höfe bezeichnen. Auch wenn keine Wohnhäuser dabei sind. Aber hey, ich bin kein Landwirt, deren Fachsprache ist mir also nicht so ganz bekannt.«

»Egal wie es heißt, lass uns einfach mal aussteigen und schauen, ob hier nicht doch irgendwo noch jemand herumlungert, der für uns den Fremdenführer geben will.«

Mansfeld stieg aus dem Wagen und Jensen tat es ihm gleich. Nachdem die Autotüren geräuschvoll geschlossen waren, legte sich gespenstische Stille übe die Szene.

»Hier hat man wirklich seine Ruhe.«, merkte Jensen deshalb an.

»Aber will man das wirklich? Ich meine, hier zwitschert nicht einmal ein Vogel oder summen wenigstens ein paar Bienen.«

»Stimmt auffallend, die typischen Waldgeräusche fehlen komplett. Woran mag das liegen?«

Mansfeld schaute sich noch einmal um und sagte dann mit ernstem Blick: »Keine Ahnung. Vielleicht ist es den Viechern hier auch einfach viel zu weit draußen.«

Jensen schaute ihn kurz fragend an, begriff dann aber und beide prusteten zeitgleich los.

Mansfeld wurde als erster wieder ernst: »Okay, wenn die Vögelchen und die Bienchen schon nicht hier sein möchten, wir müssen es. Denn wir haben etwas zu tun. Schauen wir uns also einfach mal die Grundstücke näher an.«

»Wir hätten uns vielleicht einen Beschluss besorgen sollen, dann könnten wir auch auf die Grundstücke rauf.«, sagte Jensen angesichts der verschlossenen Tore.

»Und mit welcher Begründung? Nur, weil der Kreuzmann hier eine Scheune hat? Oder weil er eine komische, aber eben auch ungefährliche Sekte anführt? Das alles reicht noch nicht dafür aus.«, sagte Mansfeld daraufhin, machte dazu aber ein enttäuschtes Gesicht, als könne er Jensens Gedanken durchaus nachvollziehen.

Die beiden gingen am Zaun entlang und begannen dabei am links liegenden Hof, also genau gegenüber von dem, den sie für Kreuzmanns hielten. Die meisten Gebäude schienen tatsächlich eher als Stall genutzt zu werden, denn entsprechende Spuren, die auf einen Waldweg dahinter führten, sahen nach jeder Menge Kühe aus. Lediglich die jeweils ersten Gebäude von der Landstraße aus gesehen, also das vermutlich Kreuzmann‹sche und das diesem genau gegenüber liegende Gebäude, schienen Scheunen für die Lagerung von Stroh und ähnlichem zu sein. Aber auch die wirkten beide so, als würden sie durchaus aktiv in Benutzung zu sein.

»Schau mal, da oben über dem Tor. Ist das ein Kreuz?«, fragte Mansfeld, während er Jensen auf ein kleines Zeichen aufmerksam machte, das ihm über dem Tor der rechts liegenden Scheune aufgefallen war. Über dem Tor befand sich eine kleine Holzklappe und in die war ein Symbol eingeschnitzt.

»Könnte sein. Aber sehr viel ist davon nicht mehr zu erkennen. Die Farbe blättert da zu sehr ab. Aber was würde das ändern?«

»Es wäre ein deutlicher Hinweis darauf, dass es sich um Kreuzmanns Scheune handelt. Also sozusagen das gesuchte Namensschild.«

»Aber auch das hilft uns jetzt nicht wirklich weiter.«, sagte Mansfeld mit resignierender Tonlage. »Lass uns hier abbrechen. Wir fragen in Brandenburg nach, sollen die im Liegenschaftskataster schauen, welches Grundstück zu Kreuzmann gehört. Rein kommen wir ohnehin erst mit einem Beschluss und den gibt es jetzt ganz sicher noch nicht. Haken wir es einfach als netten Versuch ab, hier vielleicht irgendeine Spur zu finden.«

»Okay. Ich muss nur eben noch fix für kleine Kriminaloberkommissare.«, sagte Jensen. Er ging am Zaun entlang und verschwand zwischen zwei Grundstücken in Richtung Wald.

Mansfeld blieb am Wagen stehen und betrachtete noch einmal Kreuzmanns Scheune, als Jensen neben dieser Scheune auftauchte und durch die Fenster spähte. Der hatte doch nicht etwa?

Doch, er hatte. Jensen war am Waldrand über den dort recht niedrigen Zaun gestiegen und schaute sich die Scheune nun aus direkter Nähe an. Die kleinen Fenster waren zum Glück niedrig genug, um problemlos hindurch zu schauen. Meistens hatten Scheunen ja recht hoch angebrachte Fenster, dies war hier jedoch nicht der Fall. Am ersten Fenster war kaum etwas zu sehen, der dahinter befindliche Raum wirkte wie eine Rumpelkammer. Interessanter war dann das nächste Fenster, denn dahinter befand sich ein sehr gepflegter Raum, der wie eine Kirche eingerichtet war. Neben allerlei Bänken gab es einen kleinen Altar und ein den kompletten Scheunenraum dominierendes Kreuz. Im Hintergrund war eine kleine Tür zu erkennen, ganz ähnlich der Tür zur Sakristei, wie sie Jensen noch aus der Nikolaikirche in Erinnerung hatte. Besonders spannend war dann aber ein kleines Detail daneben, denn dort war eine leicht schräge, nur knapp über dem Boden befindliche Klappe zu erkennen. Diese Klappe sah aus wie ein Kellerzugang, wie man ihn oft als Außenzugang an alten Gaststättengebäuden sah, über den Bierfässer in den Keller und wieder hinausgerollt werden konnten. Jensen fragte sich, wofür man in so einer Scheune einen zusätzlichen Kellerraum benötigte.

Jensen blickte sich gerade nach einem Werkzeug um, mit dem er sich Zugang zur Scheune verschaffen konnte, als er ein deutliches Räuspern vernahm. Er drehte sich um und sah Mansfeld mit finsterem Blick am Zaun stehen.

»Lass es sein! Das wäre jetzt eine ziemlich dumme Idee, wir können Kreuzmann nichts beweisen und nur weil er fanatische Züge hat, dürfen wir noch lange nicht in seine Scheune einbrechen. Komm also am besten ganz schnell wieder runter vom Hof!«, forderte er Jensen auf, seinem Treiben ein Ende zu setzen.

»Peter, du siehst aber nicht, was ich hier sehe. Und das riecht förmlich nach Tatort.«, versuchte sich Jensen zu rechtfertigen.

Mansfeld schüttelte jedoch nur den Kopf und Jensen sah an dessen Blick, dass jetzt jegliche Diskussion unnötig war. Hängenden Kopfes verließ er also das Grundstück auf dem Weg, auf dem er es auch betreten hatte.

Zurück bei Mansfeld sagte er dann: »Du glaubst nicht, was da drin zu sehen ist.«

»Schieß los.«, wurde er nun aufgefordert, zu berichten.

»Da drin sieht es aus wie in einer alten Dorfkirche. Das muss also schonmal ganz klar das Hauptquartier der Sekte sein.«

Mansfeld hatte beim Wort ›Sekte‹ die Augenbrauen zusammengekniffen und damit deutlich seine Missbilligung der Wortwahl gezeigt.

»Okay, dann eben Kirche. Wie auch immer, das ist alles Wortklauberei. Viel interessanter ist, dass da drin auch deutlich ein Kellereingang zu sehen ist.«

Jensen schaute Mansfeld triumphierend an.

»Und? Woran machst du jetzt fest, dass es ein Keller ist? Steht das an der Tür dran?«, hakte Mansfeld nach.

»Nein, aber das ist so eine schräge Bodentür, wie bei alten Kneipen.«

Da klingelte es bei Mansfeld. »Das ist natürlich wirklich interessant. Weshalb hat so eine alte Scheune einen Keller? Die haben doch eher einen Dachboden. So richtig voll Heu und dazwischen einige verrostete Gerätschaften aus dem vorletzten Jahrhundert, die kein Mensch mehr benutzt. Aber ob das für einen Durchsuchungsbeschluss ausreicht? Ich glaube kaum. Da brauchen wir schon etwas Handfesteres.«

»Und genau deshalb wollte ich ja mal einen Blick dort reinwerfen. Nur kurz gucken. Vielleicht ist ja die Tür versehentlich offen und ich höre ganz zufällig Hilferufe.«, versuchte Jensen nun, Mansfeld von einer illegalen Durchsuchung zu überzeugen.

»Nein, so einen Unfug fangen wir gar nicht erst an. Wir sind hier nicht im Fernsehen und wenn wir den Täter haben, sollten auch wirklich alle Beweise gerichtsfest sein. Da können wir uns, so verlockend es auch klingt, derartige Mätzchen nicht erlauben. Sonst hält der Staatsanwalt wieder seine Rede über die Frucht vom verbotenen Baum und schiebt uns die Schuld zu, wenn die Anklage wacklig oder gar unmöglich wird.«

Zähneknirschend stimmte Jensen zu. Mansfeld hatte da natürlich recht, auch wenn man auf diese Weise vielleicht einen schnellen Erfolg verbuchen konnte, waren die möglicherweise gefundenen Beweise dann nicht nutzbar.

Mansfeld nahm Jensens bedrückte Miene zur Kenntnis und versuchte ihn aufzumuntern: »Kopf hoch, Ralf. Wir schauen jetzt einfach, ob sich Kreuzmann nicht auf andere Weise festnageln lässt und wenn wir etwas Handfestes haben, dann gibt es auch einen Beschluss. Und bis dahin passen wir eben besonders gut auf diesen Sektenguru auf.«

Er hatte diesmal absichtlich das Wort ›Sekte‹ verwendet. Denn im Grunde passte das ja auch am besten. Und es war ihm inzwischen ziemlich egal, ob das einen vorverurteilenden oder einfach nur abwertenden Charakter hatte.

»Außerdem gibt es da noch etwas anderes zu beachten.«, sprach Mansfeld dann weiter.

»Ach ja? Was denn?

»Das Thema hatten wir doch vorhin schon. Wo genau befinden wir uns denn hier?«

»Verdammt, die Zuständigkeit. Na toll, dann müssen wir den Brandenburgern die Durchsuchung überlassen und schlimmstenfalls machen die dann Kreuzmann dingfest und wir schauen dumm heraus. Und zwar aus der Wäsche.« Jensen knurrte und machte ein demonstrativ verärgertes Gesicht.

Mansfeld beschwichtigte: »So schlimm ist es ja nicht und im umgekehrten Fall hätten die Brandenburger das Nachsehen. Es ist eben ein Geben und Nehmen und selbst wenn sich hier am Hof das, nennen wir es mal ›große Finale‹ abspielt, werden wir als ermittelnde Behörde auf jeden Fall beteiligt sein.«

»Ich weiß ja, aber es schmeckt mir trotzdem nicht.«

»Na los, ab ins Auto und zurück in die große Stadt mit uns!«, forderte Mansfeld Jensen nun auf, die Rückfahrt anzutreten. »Lass uns dabei mal die Strecke über Engelsfelde nehmen, dann schauen wir uns noch kurz den Rastplatz an, in dessen Nähe die Beine von Sommergans gefunden wurden.«

Jensen nickte bestätigend und die beiden machten sich auf den Weg. Nach weniger als fünf Minuten waren sie am Rastplatz und stiegen aus dem Wagen.

»Das ging ja wirklich fix. Dass es so nah an Kreuzmanns Scheune ist, hätte ich jetzt nicht gedacht.«, sagte Jensen mit erstauntem Blick.

»Nein? Wie weit sollte es denn entfernt sein?«

»Na irgendwie weiter. Aber ja, ich bin selten hier in der Gegend und vor allem bisher noch nie die Verbindungsstraße über Engelsfelde gefahren.« Jensen zuckte mit den Schultern.

Mansfeld stieg jetzt aus und Jensen tat es ihm gleich.

»Richtig viel gibt es hier ja nicht zu sehen.«, merkte Mansfeld an.

»Nun, es ist eben ein Rastplatz, wie es ihn tausende Male im Land gibt. Ein Stück Asphalt, ein paar Sitzbänke und etwas langweiliges Grün. Einzig ein hübsches Dixiklo würde die Stimmung ganz enorm auflockern.« Mit ernster Miene sah er Mansfeld an, beide blickten sich ein paar Sekunden lang in die Augen und dann prusteten sie los.

»Stimmung auflockern.«, wieherte Mansfeld. »Ein Klo.«

Wieder lachten beide und gingen währenddessen ein Stück den langgezogenen Parkplatz entlang. Als sich beide wieder etwas beruhigt hatten, sagte Mansfeld: »Schade eigentlich, so richtig viel sieht man hier ja nicht. Die Kollegen haben gut aufgeräumt.«

»Also wenn die Beine im Wald lagen, dann würde man hier auf dem Rastplatz ohnehin nichts sehen.«

»Stimmt auffallend, die lagen ja ein Stück neben dem Rastplatz. Was in diesem Fall aber die Sache mit dem fehlenden Klo durchaus positiv dastehen lässt.«

Jensen schaute nur fragend.

»Mit einem Klo geht doch hier niemand vom Rastplatz runter. Zumindest nicht ins Gestrüpp. Die meisten Autos hier dürften Leuten gehören, die mit ihren Hunden auf der anderen Straßenseite in den Rieselfeldern Gassi gehen. Nur wenn die selbst mal müssen, dann geht es eben hier ins Dickicht. Was ohne stimmungsauflockerndes Dixi nicht geschehen würde.«

Wieder prusteten beide los, beruhigten sich diesmal aber deutlich schneller und Jensen bestätigte die Überlegungen von Mansfeld: »Richtig, so gesehen war das also durchaus ein Vorteil für uns. Allerdings mag ich mir kaum vorstellen, wie sich die Wanderer gefühlt haben, als sie die Beine fanden. Das ist sicherlich eine ziemlich gruselige Erfahrung.«

»In der Tat. So etwas wünscht man niemandem.«

Mansfeld verstummte kurz und fuhr dann fort: »Aber lass uns hier abbrechen. Es gibt ja doch nichts zu sehen. Aber zumindest wurde mir bestätigt, dass die räumliche Nähe zu Kreuzmanns Scheune nicht nur gefühlt gegeben, sondern tatsächlich vorhanden ist. Ich kann mir bloß absolut keinen Grund vorstellen, weshalb die Beine woanders abgelegt wurden. Mal ehrlich, da macht sich jemand die Mühe, die Leiche einerseits ganz gut versteckt und andererseits inmitten der Spandauer Öffentlichkeit zu platzieren. Und dann wirft er oder sie die Beine einfach hier in den Wald. So ganz ohne räumlichen oder anderen Zusammenhang? Da stinkt doch was.«

Jensen antwortete: »Vielleicht hat der Täter ja einfach nur vergessen, die Beine mit auszuladen und als es ihm auf dem Rückweg einfiel, hat er sie hier schnell abgekippt. Das würde dann auch auf Kreuzmann deuten, denn dann könnte genau dieser Rückweg ja der Weg rüber zu seiner Scheune gewesen sein.«

»Und wieder einmal jede Menge Konjunktiv. Und sag das nicht allzu laut, denn ich würde mich noch nicht auf Kreuzmann festlegen wollen. Und schon allzu oft ist es passiert, dass solche verfrühten Festlegungen auf einen Verdächtigen dazu führten, dass da sogar Indizien von ganz besonders weit hergeholt wurden, nur um einen vermeintlichen Nachweis der Schuld zu führen, was dann vor Gericht krachend scheiterte. Denk nur an den Paketbomber von Ulm. Da wurden selbst Beweise der Unschuld so lange umgedeutet, bis sie als angeblicher Schuldnachweis taugten. Und am Ende gab es einen Freispruch und der wahre Täter ist bis heute auf freiem Fuß. Nein, davor müssen wir uns dringend hüten.«

Mansfeld schaute zu Jensen, der seinem Vortrag mit zweifelndem Gesichtsausdruck gelauscht hatte und nun insistierte: »Aber dennoch gilt ja auch, wenn es aussieht wie ein Zebra und wenn es Streifen hat wie ein Zebra, dann ist es meistens auch ein Zebra und eben keine Giraffe und auch kein Elefant.«

»Stimmt auffallend. Und ich bin da auch vollkommen deiner Meinung, aber ich weigere mich dennoch, deshalb alle anderen Optionen auszuschließen.«

Mansfeld kniff ein Auge zusammen und zog dabei einen Mundwinkel hoch. Als Jensen nicht darauf antwortete, stieg er in den Wagen.

Jensen tat es ihm gleich und während er zum Zündschlüssel griff, fragte er: »Wohin jetzt? Ins Kommissariat?«

»Ja, ich muss dem Alten noch Bericht erstatten. Und vielleicht hat einer der anderen schon etwas Brauchbares herausgefunden.«

»Da hätte doch sicher das Telefon Sturm geklingelt.«, entgegnete Jensen, womit er natürlich recht hatte.

»Auch wieder wahr. Aber egal, fahr einfach los. Es ist schon spät.«

Das Wort ›spät‹ war im Kontext einer Mordermittlung mit nunmehr drei Leichen natürlich sehr relativ, denn in diesem Rahmen konnte ein Tag auch schnell mal 15 und mehr Stunden haben.

Montag, 19.00 Uhr, Kommissariat

Kurze Zeit später bogen die beiden auf dem Parkplatz des Kommissariats ein und wurden dort, als hätte er ihr Eintreffen erahnt, vom Alten erwartet, der ungeduldig vor der Tür hin und her ging.

Sie waren noch gar nicht richtig ausgestiegen, als er schon fragte: »Und, gibt es endlich gute Neuigkeiten?«

»Wir haben ein Zebra.«, scherzte Jensen. Ein Scherz, den Koch jedoch nicht verstand und deshalb fragend zu Mansfeld blickte.

»Was mein junger und ungestümer Kollege sagen will, ist, dass wir eine durchaus brauchbare Spur haben, jedoch noch keine wirklich belastbaren Indizien oder Beweise.«

Mit wenigen Sätzen erzählte Mansfeld nun von Kreuzmanns Scheune bei Seeburg, der räumlichen Nähe zum Fundort der Beine und den sich daraus ergebenen Schlussfolgerungen.

Der Kriminalrat hörte aufmerksam zu und antwortete: »Alles klar, dann weiß ich auch, was mit Zebra gemeint ist. Und tatsächlich, es sieht nach einem Zebra aus.«

Mansfeld und Jensen sahen sich erstaunt an, es hatten wohl beide nicht damit gerechnet, dass der Alte solcherlei Weisheiten kannte. Der jedoch lachte nur, winkte dann ab und verabschiedete sich mit den Worten: »Ruhig weiter wundern, ich muss jetzt allerdings los. Ich habe noch einen Termin bei der Polizeipräsidentin, die sich jetzt, nachdem der Fall mit dem Prenzlbergmörder abgeschlossen ist, persönlich um unseren Fall kümmern möchte. Wenn sich etwas ergibt, bitte sofort anrufen, ansonsten guten Abend und gute Nacht.«

Und noch bevor einer der beiden darauf antworten konnte, verschwand Koch im Dienstgebäude.

Mansfeld war insgeheim froh, dass Koch so schnell wieder verschwunden war und nun einen wichtigen Termin hatte. So blieb ihm eine langatmige Besprechung erspart, in der er die Erkenntnisse des Tages immer und immer wieder durchkauen musste. Denn mit genau so etwas hatte er gerechnet. Immerhin gab es inzwischen drei Leichen und wenn sich sogar die Polizeipräsidentin in die Sache hinein hängte, dann bedeutete das einen Besprechungsmarathon nach dem anderen. Er nahm sich vor, fortan seine Aufenthalte im Kommissariat auf das Notwendigste zu beschränken und sich lieber hinter der Feldarbeit zu verstecken.

Im Besprechungsraum angelangt, fanden die beiden dort erwartungsgemäß nur Schwarz, Welfert und Blaschke vor.

»Lasst mich raten, Anja und Andreas haben sich schon in den Feierabend abgeseilt?«, begrüßte Jensen die drei.

»›Abgeseilt‹ klingt irgendwie ziemlich negativ.«, merkte Schwarz an und grinste.

»Das geht ja auch völlig in Ordnung. Heute war ein langer Tag und es ist niemandem geholfen, wenn ihr alle gleich am Anfang der Ermittlungen verbrennt. Wir machen hier auch gleich Feierabend.«, sagte Mansfeld nun und zog damit die Aufmerksam seiner Ermittler auf sich.

»Rita, habt ihr einen Überblick über die Fischer in Spandau bekommen?«, fragte er.

»Ja, sonderlich viele sind das aber nicht. Es gibt im Bereich der Havel insgesamt acht Berufsfischer. Die fangen übrigens vornehmlich Aal.«

»Gut, je weniger, desto besser. Also Fischer, nicht deren Fangtiere. Ihr beide versucht am besten gleich morgen Vormittag alle acht persönlich zu erreichen. Verabredet euch entsprechend, dann braucht ihr gar nicht erst Zeit mit dem Weg ins Büro zu verschwenden.«

Schwarz und Welfert nickten zur Bestätigung.

»Und du, Benni? Schon durch die Akten durch?«

»Nein, noch nicht ganz. Ich bin aber amtlich erstaunt, wie viel Material sich in der kurzen Zeit hier angesammelt hat.« Er begleitete seine Aussage mit einer ausladenden Geste in Richtung einiger Aktenordner.

»Papier, das Lebenselixier des deutschen Berufsbeamtentums.«, antwortete ihm Mansfeld. Er zuckte kurz mit den Schultern und sagte dann: »Na los, ab nach Hause mit euch. Wir sehen uns morgen früh frisch ausgeruht wieder hier im Besprechungsraum.«

Das ließen sich die Ermittler nicht zweimal sagen und wie ein paar Grundschüler vor den Sommerferien stoben sie aus dem Raum.

Mansfeld setzte sich noch einmal vor die Tafeln und schaute, was bisher zusammengetragen worden war. Es brachte ihn aber auch nicht weiter, umso länger er die Tafeln anstarrte, umso leerer wurde sein Kopf. Also löschte er das Licht und machte sich auf den Heimweg.

Montag, 21.30 Uhr, Altstadt Spandau

Jensen war nach Feierabend noch auf ein schnelles Bier in die Altstadt gegangen und spazierte nun gemütlich nach Hause. Auf dem Marktplatz saßen einige Jugendliche, rauchten und tranken Dosenbier. Der Geruch, der sie umgab, stammte mit Sicherheit nicht von normalen Zigaretten, soviel wusste Jensen. Das war ganz klar Cannabis. Aber ihm war auch bewusst, dass die Jugendlichen auch ganz anderen Blödsinn machen konnten. Und hier sah er nur Konsum. Solange er keine Dealer sah, war es ihm also egal.

Sah man von den Jugendlichen ab, war die Altstadt fast wie ausgestorben. Jensen setzte seinen Weg fort und betrachtete dabei gelangweilt die Schaufenster von Geschäften, deren Waren ihn nicht wirklich interessierten. Als er das Rathaus erreichte, fiel ihm beim Anblick des großen Gebäudes als Erstes wieder der Betrug mit den angemalten Wänden ein. Pffft, von wegen Marmor! Und ein bisschen ärgerte er sich, von diesem Trick erfahren zu haben, denn jetzt könnte er nie wieder den Prunk bewundernd durch das ehrwürdige Gebäude laufen.

Er ging zwischen Rathaus und Jugendamtsgebäude hindurch und betrachtete das dort auf dem Gehweg aus Mosaiksteinchen befindliche Stadtwappen Spandaus. Schade, dass so eine schöne Arbeit auf dem Gehweg war, wo Hinz und Kunz darauf herumtrampelten. Aber er kam nicht dazu, diesen Gedanken zu vertiefen, denn plötzlich biss ihn etwas ins Genick und es wurde dunkel.

Der vermeintliche Biss war ein ausgelöster Elektroschocker und derjenige, der ihn benutzte, war über Jensens unerwartetes Auftauchen gar nicht unglücklich. Ursprünglich wartete er nämlich auf einen der Bezirksverordneten, der noch immer in seinem Büro im Rathaus saß, als er den Kommissar ankommen sah. Und das war eine willkommene Beute, denn der war kein Stück besser als die anderen und ihm vor allem am Nachmittag recht nahegekommen. Hier musste dringend gehandelt werden.

Kaum, dass Jensen auf dem Boden aufgeschlagen war, wurde er auch schon an den Füßen gepackt und schnell in den dunklen Schatten des Parkhauses gezogen. Dort wurde er mit Textilklebeband gefesselt, geknebelt und anschließend in einen Kofferraum gewuchtet.

Noch während der anschließenden Fahrt kam Jensen langsam zu sich, konnte sich aber in der Enge des Kofferraumes nicht bewegen. Nach und nach wurde ihm klar, in welcher Situation er sich befand und er zwang sich dazu, nicht in Panik zu verfallen. Das Atmen fiel ihm schwer, denn durch das Klebeband, dass den Mund komplett verschloss, blieb ihm lediglich die Nase und die trotz aller Selbstdisziplin aufkommende Panik erhöhte seine Atemfrequenz, sodass die Luft langsam knapp wurde. Das wiederum ließ die Panik zunehmen.

Als die Fahrt endete, beruhigte sich Jensen schlagartig, denn nun galt seine ganze Konzentration den Geräuschen, die er von draußen hörte. Es klang wie das Öffnen eines Tores, anschließend fuhr der Wagen langsam einige Meter vor und wieder hörte man das Tor. Hier würde die Fahrt ganz sicher enden und Jensen bereitete sich darauf vor, dass sein kleines Gefängnis gleich geöffnet wird. Und tatsächlich, der Kofferraum wurde geöffnet. Jensen versuchte die Person, die davor stand, zu erkennen, doch bevor er ein Gesicht oder ähnliches wahrnehmen konnte, sah er eine Faust auf sich zukommen und erneut wurde es dunkel.

Montag, 22.00 Uhr, unbekannter Ort

Als Jensen wieder zu sich kam, lag er in einem dunklen Raum auf einem gefliesten Fußboden. Seine Arme waren auf den Rücken gedreht und schmerzten, beim Versuch sie nach vorn zu nehmen, stellte er jedoch fest, dass er noch immer gefesselt war. Nach mehreren vergeblichen Versuchen schaffte er es, sich hinzusetzen. Dabei stellte er fest, dass seine Arme nicht nur auf dem Rück gefesselt waren, es fühlte sich so an, als wäre dies mit seinen eigenen Handschellen geschehen, sondern er war auch an der Wand hinter sich fixiert. Der einzige Lichtblick war, dass Jensen zum Feierabend seine Waffe im Kommissariat eingeschlossen hatte. Nicht auszudenken, was das für einen Schreibkram gegeben hätte, wenn die Pistole als Verlust hätte gemeldet werden müssen.

Jensen lachte kurz in sich hinein, bemerkte dann jedoch, dass seine Situation keine derartigen Belustigungen zuließ. Er war gefangen. Und bei genauer Betrachtung kam hier nur eine Option infrage. Er musste sich in der Gewalt des Menschenfischers befinden. ›Gar nicht gut!‹, ging es ihm durch den Kopf. ›Jensen, jetzt versuch ruhig zu bleiben. Analysiere deine Situation und alle Optionen. Du kommst hier wieder raus.‹

Nur wollte er sich seine eigenen Gedanken nicht glauben, denn wenn er sich umsah, dann war da nur Ausweglosigkeit.

Im Raum war es fast komplett dunkel, lediglich eine grüne Lampe und ein kleines Display eines elektrischen Gerätes – War es ein Kühlschrank? – erlaubten es, die Konturen im Raum schemenhaft wahrzunehmen. Nach und nach gewöhnten sich Jensen Augen an die Dunkelheit und er konnte immer mehr erkennen. Langsam blickte er sich im Raum um. Er sah einen großen Tisch in der Raummitte stehen, an den Wänden standen kleinere Anrichten, dann der Kühlschrank oder was auch immer das war und jede Menge Regale. Dann war da die Treppe, ein uraltes Ding aus Holz, wie aus einem schlechten Film, das so ganz und gar nicht zum gefliesten Fußboden passte. Daneben hing eine Art Kranzug an der Decke. Was er als Nächstes sah, nahm ihm schlagartig die Luft zum Atmen.

In der gegenüberliegenden Ecke des Raumes lag ein Bündel, bei dem es sich zweifelsohne um einen Menschen handelte. Er starrte das Bündel an und sah eine leichte Bewegung. Der Mensch lebte also noch.

Hektisch versuchte Jensen nun, einen Weg zu finden, seine Fesseln zu lösen. Er sah sich jetzt nicht nur für sich selbst, sondern auch für diesen unbekannten Menschen verantwortlich. Aber so sehr er auch an seinen Fesseln zog, sie gaben keinen Millimeter nach. Immer mehr schnitten die Handschellen in sein Fleisch und er merkte, wie die Handgelenke zu bluten begannen. Aber der Schmerz wurde durch Angst unterdrückt, die immer mehr Besitz von ihm ergriff. Panik stieg auf und die damit verbundene, immer schnellere Atmung ließ ihm schwarze und weiße Flecken vor den Augen aufblitzen, die Hände verkrampften und die Panik steigerte sich dadurch noch mehr.

›Reiß dich zusammen!‹, befahl sich Jensen selbst und zwang sich zur Ruhe, zu gleichmäßigem Atmen und langsam verzog sich die eiserne Klammer der Panik um seinen Brustkorb. Gerade wollte er seine Befreiungsversuche erneut aufnehmen, als ein greller Lichtstrahl ins Dunkel des Raumes stach. Und schwere Schritte zu hören waren.

Eine Person kam die Treppe hinab und blieb an deren Fuß stehen. Sie sah sich im Raum um und schien mit dem, was sie sah, zufrieden zu sein. Ein hörbares Knurren sollte dem wohl einen Ausdruck geben, anders konnte Jensen das Geräusch, das die Person dabei von sich gab, nicht interpretieren. Er versuchte ein Gesicht zu erkennen, aber im Gegenlicht war das komplett unmöglich.

Die Person schien kurz unschlüssig zu sein, was sie als Erstes tun sollte, kam dann aber direkt auf Jensen zu. Als sich der Kopf ganz kurz aus dem Gegenlicht bewegte, konnte Jensen das Gesicht erkennen. Aber noch bevor er das, was er sah, mit den Personen oder bisherigen Erkenntnissen zusammenbringen konnte, die sie in diesem Fall bereits gewonnen hatten, kam erneut eine Faust auf ihn zu. Kurz blitzten hunderte Sterne vor seinen Augen auf und dann wurde es erneut dunkel.

Die Person überzeugte sich kurz, dass Jensen auch wirklich bewusstlos war und machte sich dann auf den Weg zu seinem anderen Gefangenen.

Der sollte die Hauptperson dieser Nacht sein. Der Bulle war ein ganz besonders feiner Fang, aber den hob er sich lieber für später auf. Sollte er ruhig noch ein wenig im eigenen Saft schmoren. So ein nettes Bonbon behält man sich außerdem immer für den Schluss auf.

Geplant war er ja nicht, aber nachdem er ihm am Nachmittag schon empfindlich nahe gekommen war, war die unverhoffte Begegnung ein Geschenk des Himmels und konnte den krönenden Abschluss für seine Mission darstellen.

Zunächst jedoch widmete sich die Person dem eigentlichen Plan. Mit dem Kranzug neben der Treppe hievte er das Bündel Mensch hoch und legte es dann auf dem Tisch ab, der sich fast mittig im Raum befand. Der Tisch hatte eine Platte aus Edelstahl, die leicht nach innen gewölbt war. Am unteren Ende befand sich eine Art Ablauf, direkt über einer Fußbodenentwässerung. Ursprünglich hatte die Person diesen Raum eingerichtet, um darin selbst erlegtes Wild fachmännisch zu zerteilen und portionsweise zu verpacken. Aber das Jagdhobby war nicht das Einzige, wofür sich dieser Raum ganz trefflich nutzen ließ. Auch für seine ›große Mission‹ eignete er sich hervorragend.

Da die Person für Jensen ungeplant viel Zeit geopfert hatte, blieb nicht mehr genug davon für den eigentlichen

Plan, weshalb sie es dieses Mal ganz besonders kurz machte. Die Person betrachtete ihr Opfer kurz, nahm dann einen Hammer und einen etwa 35 Zentimeter langen Nagel zur Hand. Mit dem Hammer trieb sie den Nagel mit wenigen Schlägen durch das Herz seines Opfers. Wohl bedacht, den Nagel nicht zu weit zu treiben, um Beschädigungen am Tisch zu vermeiden. Bevor sie den Leichnam für den Transport sorgfältig in ein dickes Leinentuch verpackte, nahm sie ein Skalpell zu Hand. Kurz hob die Person die scharfe Klinge unter die Deckenbeleuchtung, wo sie kurz aufblitzte, bevor sie dann ihrer eigentlichen Bestimmung folgen durfte. Die Person schnitt mit schnellen, geübt wirkenden Bewegungen ein Symbol in die Stirn des Opfers. Einen Fisch.

4

Es wurde langsam hell und damit war nur noch wenig Zeit, das Vorhaben unbeobachtet zu Ende zu bringen. Denn mit der Helligkeit lichtete sich auch schnell wieder der immer noch allgegenwärtige Nebel, der ihm derzeit noch eine gute Deckung bot.

Er befand sich auf der Spreeschanze, kurz vor der Stelle, an der die Spree in die Havel mündet. Wieder hatte er eine Sackkarre dabei, um ein großes Paket in Richtung Ufer zu bringen. Direkt an der Spreemündung stand ein großes Schild, dass Schiffe auf den Abzweig hinwies und genau dieses Schild war das Ziel. Hier würde jeder das großartige Werk sehen.

Viele Augen würden es gierig betrachten, Smartphones würden Fotos und Videos machen und ein jeder würde sich den ganz großen Wurf erhoffen. Ein teuer an die Presse verkauftes Foto. Das würde alles geschehen, bevor die Bullen die Chance haben, die gesamte Gegend abzuriegeln. Die Berichte über sein Werk würden sich wie ein Lauffeuer durch die Stadt bewegen und sie würden schon verstehen. Die Klugen auf jeden Fall. Und der dumme Plebs? Wer interessierte sich schon für diese Würmer! Würmer, die sich am bloßen Anblick seines Werkes aufgeilten und trotzdem nichts erkannten.

Am Schild angekommen entpackte er das Bündel und zog sein Opfer an den Schultern so weit an das Schild, dass es direkt davor zum Sitzen kam. Der ursprüngliche Plan hatte vorgese-

hen, das Opfer hängend am Schild zu befestigen, aber anders als bei den letzten beiden Opfern konnte hier kein Wasser dabei helfen, die schwere Last hoch genug zu heben. Und die Zeit war knapp. Zu knapp, um es auch ohne eine solche Hilfe zu versuchen.

Er war sich jedoch sicher, dass die Inszenierung ihre Wirkung auch so nicht verfehlen würde. Jeden Morgen war am gegenüberliegenden Lindenufer Hochbetrieb. Jede Menge Jogger, Menschen, die ihre Hunde Gassi führten und Arbeiter, die das Ufer als grüne Abwechslung zu den verdreckten Straßen für den Weg zu ihren Beschäftigungsorten nutzten.

Darüber hinaus gab es auch jede Menge Angler, die sich aber zum Glück bisher noch unter die nahegelegene Charlottenbrücke zurückgezogen hatten und somit keine Gefahr für ihn darstellten.

Als das Opfer in richtiger Pose am Schild saß, nahm er ein Teppichmesser und schnitt ihm die Bekleidung ab. Dabei ging er nicht zimperlich vor und fügte ihm noch zahlreiche Schnitte in Oberkörper und Armen zu.

Das hatte jedoch nicht die erhoffte Wirkung, denn da das Opfer schon tot war, wurde auch kein Blut mehr durch den Körper gepumpt und trat somit auch nicht aus den Schnittwunden aus. Aber auch das machte nichts, denn einerseits sah man deutlich den Nagel und das aus dessen Eintrittswunde geflossene Blut auf der Brust des Opfers. Andererseits hatte diese nunmehr ziemlich improvisierte Szene auch ihre Ursache darin, dass er die Gelegenheit beim Schopf gegriffen hatte, diesen neugierigen Schnüffler einzukassieren. Und allein der war viel mehr wert, als jedes bisschen zusätzliches Blut bei diesem Typen hier. Beim Bullen würde Blut fließen, soviel war sicher. Und nicht wenig, das stand ebenfalls fest. Fest, wie das Amen in der Kirche.

Schnell raffte er noch die zerschnittene Bekleidung seines Opfers zusammen. Daran könnten sich verräterische Spuren befinden und diese galt es zu vermeiden. Klar, nicht mehr lange und die Spatzen würden seinen Namen von den Dächern pfeifen, Bewunderer würden ihn für die Ewigkeit festhalten und seine Mission stünde in den Geschichtsbüchern. Aber bis dahin war Vorsicht das Gebot der Stunde, denn eine zu frühe Aufdeckung brachte den Plan, das große Ganze in Gefahr.

Er blickte sich ein allerletztes Mal verstohlen um, konnte zum Glück weit und breit keinen Zeugen entdecken und verließ den Ort mit zügigen Schritten.

Dienstag, 06.00 Uhr, Kommissariat

Mansfeld hatte in der letzten Nacht erstaunlich gut geschlafen und nicht viel Zeit darauf verschwendet, sich Gedanken über den Fall zu machen. Die Fähigkeit, sich und seine Gedanken komplett von laufenden Fällen zu entkoppeln, war nicht vielen gegeben und er war froh, dass er sie hatte. Auf diese Weise konnte er auch während langer und harter Ermittlungen hinreichend genug abschalten und entspannen. Was auch nötig war, denn allzu schnell lief man Gefahr, sich selbst in ein Burn-out hinein zu manövrieren.

Frisch und ausgeschlafen tauchte er also trotz der noch sehr frühen Stunde im Kommissariat auf und kurz bevor er den Besprechungsraum erreichen konnte, lief ihm der Alte über den Weg.

»Peter, das passt ja bestens. Komm mal gleich mit in meine gute Amtsstube.«, sagte Koch mit einem Lachen im Gesicht, winkte dabei und vergoss beinahe den Kaffee, den er in der Hand hielt.

Wenn der Alte so gut gelaunt war, dann musste das Meeting mit der Polizeipräsidentin ja richtig gut gelaufen sein. Was auch Mansfeld zugutekam, denn ein schlecht gelaunter Chef war nie angenehm und gerade Koch konnte da besonders unangenehm und vor allem ungerecht werden.

Im Büro angekommen bot Koch ihm einen Platz in einer kleinen Sitzecke an, die aus einem kleinen Beistelltisch und zwei einfachen Sesseln bestand. Auch das deutete auf besonders gute Laune hin, denn anderenfalls hätte er sich hinter seinem Schreibtisch verschanzt und Mansfeld nur den Besucherstuhl angeboten.

»Peter, ich wollte nur schnell von meinem gestrigen Meeting berichten.«, begann Koch zu reden.

»Das dachte ich mir schon. Deshalb gleich mal die Frage, wird die Chefin direkt in die Ermittlungsleitung einsteigen, oder ist ihr ›Führungsinteresse‹ eher aus der Ferne gemeint?«

»Letzteres. Du musst also nicht befürchten, dass sie uns hier auf die Pelle rückt und jeden einzelnen unserer Schritte akribisch überwacht. Aber dennoch ist der Fall sozusagen Chefsache. Ich muss ihr jeden Tag Bericht erstatten. Sie bekommt zwar auch aus der Staatsanwaltschaft entsprechende Berichte, aber sie meinte, ganz frische Berichte vom Fußvolk wären deutlich genauer. Bis zu den Berichten der Staatsanwaltschaft geht wohl zu viel verloren.«

»Mich wundert ja, dass die Staatsanwaltschaft an sie berichtet. Wäre es nicht eher umgekehrt?«

»Streng genommen schon, aber sie hat einen guten Draht zu Kehlheim und der schickt ihr seine Berichte immer direkt in Kopie. Das war mir aber klar, weshalb ich mich schon ein wenig gewundert hatte, dass ich bei ihr antreten durfte. Aber sie hat wohl beim Fall des Prenzlbergmörders bemerkt, dass diese Informationen einer gewissen Verzögerung unterliegen und ist damit bei der Innensenatorin in ein ziemlich böses Fettnäpfchen getreten. Das will sie nun vermeiden und deshalb gleich von Anfang an aus erster Hand informiert werden. Schon allein, weil dieser Fall ja durchaus das Potenzial hat, ein großes Politikum zu werden. Immerhin läuft nicht jeden Tag ein fundamentalistischer Serienkiller durch die Hauptstadt.«

Mansfeld erhob beide Hände: »Moment! Soweit sollten wir noch nicht gehen. Klar, wir haben drei Leichen und damit, sofern es wirklich der gleiche Täter oder die gleiche Täterin war, einen Fall von Serienmord, aber der ganze Tanz kann genauso gut an dieser Stelle sein Ende haben.«

»Täterin? Du meinst, es wäre eine Frau, die sich hier im Namen Gottes oder in wessen Namen auch immer durch Spandau mordet?« Koch schaute Mansfeld mit einer Mischung aus Erstaunen und Entsetzen an.

»Nein, aktuell schauen wir ja verstärkt auf diesen Kreuzmann, aber du weißt es doch selbst, man sollte sich nie zu früh festlegen. Gerade bei einem Fall mit derart viel Presseöffentlichkeit sollten wir nichts außer Acht lassen. Sonst stehen wir nachher schneller selbst am Pranger als uns lieb ist.«

»Genau, der Kreuzmann. Habt ihr denn inzwischen irgendwas, womit wir einen Beschluss für seine Scheune erwirkt bekommen?«

»Schön wäre es, aber der ist aalglatt und allein die Tatsache, dass die Beine ganz grob in geografischer Nähe zu seiner Scheune gefunden wurden, nimmt uns kein Richter als hinreichendes Indiz ab. Da müssen wir schon mehr finden. Wir wollen den aber heute noch einmal in die Mangel nehmen, wer weiß, was dabei dann rauskommt.« Mansfeld lehnte sich zurück und verschränkte dabei die Finger über dem Kopf.

»Seid mir bloß vorsichtig mit dem!«, mahnte Koch. »Wenn der wirklich so ein Sektenguru ist, wie du mir erzählt hast, dann traue ich dem auch das große Besteck zu, falls er wirklich unschuldig ist. Das wäre dann für uns beide sehr unangenehm. Da könnten sich ganze Kübel voll Scheiße über uns auftun.«

Koch hatte zwar nicht ganz unrecht, jedoch würden besagte Kübel vornehmlich ihn selbst treffen. Mansfeld war sich sicher, dass Koch nur Angst vor einem damit einhergehenden Karriereknick hatte. Was durchaus verständlich war.

»Aber wie dem auch sei. Es gibt auch gute Nachrichten!« Koch machte eine verheißungsvolle Pause. »Die Arbeiten beim Prenzlbergmörder sind so gut wie erledigt und jetzt wird mit Personal auf uns geworfen, dass die Schwarte kracht.«

Eine solche Ausdrucksweise war Mansfeld gar nicht von Koch, der sonst sehr gewählte Worte nutzte und dabei auf umgangssprachliches und Sprichwörter verzichtete, gar nicht gewohnt.

»Sie SoKo Zitadelle wird also verstärkt?«

»Genau. Rechne mal entgegen den gestrigen Ankündigungen gleich mit wenigstens 25 zusätzlichen Ermittlern für die Feldarbeit. Auch bei der Kriminaltechnik kommt ihr auf die Vorfahrtstraße. Die bekommt die Anweisung, für eure Belange alles stehen und liegenzulassen.«

Endlich. Mansfeld atmete innerlich auf, denn das bisherige Vorgehen mit der handvoll Ermittler aus dem direkten Team war alles andere als üblich. Bei größeren Fällen waren durchaus auch mal bis zu 80 und mehr Ermittler normal. Zwar erhoffte er sich inzwischen eine recht schnelle Aufklärung, aber für die lückenlose Dokumentation der Geschehnisse würden trotzdem jede Menge Leute erforderlich sein.

»Perfekt. Das freut mich. Wann geht es denn genau los?«

»Ich habe die Kollegen für morgen früh zehn Uhr herbeordert. Vorher ist leider nichts drin. Dann kannst du bis dahin noch dein Kernteam entsprechend briefen. Die werden sich bestimmt über die Verstärkung freuen.«

»So wie sich meine Truppe gestern bei der Ankündigung von Verstärkung geäußert hatte, wollen die den Täter lieber allein dingfest machen. Von wegen Lorbeeren und …«

»Papperlapapp!«, unterbrach ihn der Alte. »Hier ist kein Platz für solcherlei Befindlichkeiten.«

»Keine Sorge, das wissen die durchaus. Und für den Rest werde ich schon sorgen«, beschwichtigte Mansfeld, was der Alte mit einem bestätigenden Nicken zur Kenntnis nahm.

»Dann mal los, viel Erfolg für den Tag und vergiss nicht, mich durchweg auf dem Laufenden zu halten.« Mansfeld gelobte pflichtschuldigst Gehorsam. Da nun alles gesagt war, verließ Mansfeld das Büro und macht sich auf den Weg zu seinem ursprünglichen Ziel, dem Besprechungsraum.

Dort angekommen stellte er fest, dass er nicht der einzige Frühaufsteher aus dem Team war, denn Blaschke stand schon vor den Tafeln und wirkte hoch konzentriert. So konzentriert, dass er Mansfelds Eintreten zunächst gar nicht bemerkte. Erst nachdem sich Mansfeld kurz geräuspert hatte, wurde er auf ihn aufmerksam und begrüßte ihn stammelnd: »Oh, Kollege Mansf … Peter.«

»Guten Morgen Benni. So früh schon hier? Bist du aus dem Bett gefallen?«

»Aus dem Bett? Ich?« Verwirrt blickte er Mansfeld an, bis der Groschen fiel. »Oh, natürlich. Nein, ich stehe fast jeden Tag so früh auf.«

»Alles gut, Gleitzeit macht es ja möglich. Konntest du dich denn inzwischen hinreichend in den Fall einarbeiten?«, fragte Mansfeld nun.

»Ja und nein. So ganz verstehe ich noch nicht, was der Täter oder die Täterin genau mit den Inszenierungen sagen will. Die sind zwar alle irgendwie gleich, aber doch wieder enorm verschieden. Ich kann da weder ein Muster noch eine klare Botschaft erkennen.«

»Spätestens, wenn wir den oder die haben, werden wir Genaueres erfahren. Klar, wenn wir genau wissen, was der eigentliche Plan ist, dann kriegen wir den Fall schneller gelöst, aber solche Details erfährt man meistens erst in den abschließenden Vernehmungen der Täter.«

»Und dann ist da noch die Sache mit dem Geocaching. Die aufgeworfene These, dass der Täter selbst Geocacher wäre und die Leiche absichtlich dort unter der Bücke platziert hätte, damit sie Geocacher finden, sehe ich als enorm unwahrscheinlich an. Ich mache selbst hin und wieder Geocaching und der Cache unter der Brücke ist ein sogenannter T5er. Die sind nur sehr schwer und mit Spezialausrüstung zu machen. Da kommen also nicht jeden Tag etliche Leute vorbei, um mal schnell zu suchen und einen einfachen Punkt abzugreifen.«

Mansfeld dachte kurz über das soeben Gehörte nach. Er entgegnete dann: »Das klingt erstmal, auch wenn ich dieses Spiel absolut nicht verstehe, schlüssig. Dafür war das aber die bisher einzige Begründung, weshalb ausgerechnet diese Stelle ausgewählt wurde. Immerhin wurden alle anderen Leichen sehr öffentlich zur Schau gestellt. Frag mal die Kollegen vom KDD, die sich mit der Absicherung der Tatorte befassen und Schaulustige fernhalten durften. Das steht doch in krassem Gegensatz zu diesem dunklen Ort unter der Brücke.«

»Da habe ich leider auch keine schlüssige Erklärung parat. Ich kann mir aber vorstellen, dass es möglicherweise auch mit der Stadtgeschichte zu tun hat. Die Zitadelle und das Batardeau am Mühlengraben sind ja schon durchaus historische Spots in Spandau. War denn dort, wo heute die Brücke steht, mal irgendein besonderes Bauwerk?«

»Benni, ich weiß es nicht, aber du wirst das heute sicherlich als Erstes in Erfahrung bringen.« Mansfeld grinste Blaschke an.

»Okay, wird gemacht Chef!«

Mansfeld Klopfte Blaschke anerkennend auf die Schulter. »Sehr, sehr gut! Diese Idee gefällt mir noch viel mehr als die Sache mit diesem Schatzversteckspiel. Vor allem, weil sie alle Auffindeorte miteinander vereint.«, lobte er Blaschke.

Noch bevor Blaschke der Situation angemessen genug erröten konnte, stürmte der Rest des Teams in den Besprechungsraum. Alle, bis auf Jensen.

»Wo habt ihr denn Ralf gelassen?«, fragte Mansfeld in die Runde.

Schwarz antwortete als Erste: »Ralf? Der war nirgends zu sehen. Ich dachte, der wäre schon hier bei dir.« Sie drehte sich noch einmal um und schaute die Kollegen an. Von denen kam jedoch auch nur Schulterzucken.

»Der taucht schon noch auf. Fangen wir einfach an, denn es gibt viel zu berichten. Aber bevor ich eine Neuigkeit zum Besten gebe, kann Benjamin euch von seiner These bezüglich der Wahl der Auffindeorte berichten.«

Noch während Blaschke den anderen seine Theorie genauer erläuterte, was ihm als Neuling bei den erfahrenen Ermittlern durchaus anerkennendes Nicken einbrachte, klingelte Mansfelds Telefon. Die Anruferkennung verriet, dass es der KDD war.

Er zog sich in eine andere Ecke des Besprechungsraumes zurück und nahm das Gespräch an: »Mansfeld. Was gibt es?«

»Peter, Dieter hier, vom KDD.« Dieter Godzkowski, der Schichtleiter des Nachtdienstes.

»Was gibt es denn, dass du persönlich anrufst?«

»Wir haben noch einmal die ganze Gegend um die Charlottenbrücke erkundet und dabei eine Kamera gefunden, die sich am Musikladen in der Moritzstraße befindet. Die wurde dort montiert, weil es immer mal wieder Einbrüche gegeben hat. Und jetzt halt dich fest, die speichern die Aufnahmen eine Woche lang und zur fraglichen Zeit waren die Kameras eingeschaltet.«

»Und, nun? Mach es mal weniger spannend.«

»Und nun haben wir eine ganz brauchbare Aufnahme gefunden. Im passenden Zeitraum hat die Kamera nämlich exakt eine einzige Person aufgenommen. Die kann man zwar nicht klar erkennen, aber es gibt da eine Eigenart, die solltest du dir am besten selbst anschauen. Ich schicke dir das Video direkt per Mail.«

»Mach das. Und vielen Dank dafür!«

»He he, wir machen nur unseren Job. Aber gern. Bis die Tage.«

Godzkowski legte auf und Mansfeld betrachtete noch eine Weile grübelnd sein Telefon. Eine Aufnahme mit einer erkennbaren Besonderheit. Ob das der Durchbruch war?

Er schaute zu seinen Ermittlern, wo Blaschke mit seinen Ausführungen gerade zum Ende gekommen war.

»Leute, der KDD hat da wohl etwas für uns gefunden.«, verkündete er und ging zum nächstgelegenen Computer, um sich dort anzumelden. Quälend lange dauerte es, bis sein Profil geladen war und er seine Post abrufen konnte. Die Mail mit dem Video stand an oberster Stelle einer ganzen Reihe ungelesener Nachrichten. Mansfeld konnte es nun kaum erwarten, die Anlage zu öffnen und klickte in seiner Hektik mehrfach daneben, bis das Video endlich startete. Schnell maximierte er das Fenster, damit auch die anderen genug sehen konnten.

Im Video sah man – zunächst gar nichts. Der Gehweg am Mühlengraben lag einsam und verlassen in der Morgendämmerung und dem langsam verschwindenden Morgennebel. Ab und zu hüpfte ein Vogel am Rand des Weges über die Wiese, ansonsten tat sich gar nichts.

»Ja wollen die mich hier verarschen?«, brach es zornig und etwas lauter als geplant aus ihm heraus, also plötzlich jemand im Bild auftauchte.

Tatsächlich, die Person im Video war nicht zu erkennen. Sie war dunkel gekleidet und trug eine Kapuze über dem Kopf, die das Gesicht teils verdeckte und teils verdunkelte. Und dann erkannte Mansfeld, was Godzkowski mit der offensichtlichen Eigenart meinte. Die Person im Video hinkte. Und genau dieses Hinken hatte Mansfeld vor gar nicht allzu langer Zeit gesehen.

»Kennt jemand das komische Hinkebein da?«, fragte Welfert, leicht belustigt, in die Runde.

Mansfeld fuchtelte nur mit der Hand, um die Truppe damit zur Ruhe aufzufordern. Fieberhaft dachte er nach, bis der erhoffte Geistesblitz kam. Der Diakon.

»Das ist der Gehilfe von Pfarrer Kaufmann. Dieser Diakon … dingsbums … Wilhelm. Karl Wilhelm, so heißt der.«, trumpfte er auf und drehte sich zu seinen Leuten um.

»Sicher?«, frage Stölzner nach. »Immerhin gibt es tausende und mehr gehbehinderter Menschen in Berlin. Und man erkennt ja nicht wirklich viel im Video. Das könnte sozusagen jeder sein, sogar meine Großmutter. Okay, vielleicht nicht die, aber ihr wisst ja sicherlich, was ich meine.« Zweifelnd schaute sie Mansfeld an.

»Das mag stimmen, aber die räumliche Nähe ist schon sehr auffällig, meinst du nicht auch? Erst hinkt der, zeitlich durchaus passend, am Auffindeort einer Leiche vorbei, die von einem möglicherweise fundamentalistischen Christen getötet wurde, kurze Zeit später treffen Ralf und ich in der örtlichen Kirche mit ihm zusammen. Und die Kirche liegt da ja auch gleich ums Eck. Für mich ist das schon sehr auffällig.«

»Und wie soll Hinkebein die ganzen Leichen schleppen können?«, warf Welfert in den Raum.

»Eine Gehbehinderung ist doch keine Schwäche. Und vor allem sind es doch gerade Gehbehinderte, die die Nachteile der eingeschränkten Beinfunktion durch besondere Stärke in den Armen wettmachen.«, antwortete Mansfeld, sich nun an die Hoffnung klammernd, hier einen Volltreffer gelandet zu haben.

»Peter, du und solche Vorurteile? So kennt man dich doch sonst nicht.«, Stölzner sah Mansfeld mit einem Anflug von Enttäuschung im Blick an und sagte dann weiter: »Aber gehen wir mal davon aus, dass deine Idee stimmt. Der Diakon hat kirchlichen Hintergrund, was diese Menschenfischergeschichte passend erscheinen lässt. Allerdings ist er ja nicht katholisch und die fanatischen Kreuzzügler erwartet man doch eher in diesem Bereich, oder?«

»Fanatiker gibt es überall. In jeder Religion. Das sollte man nicht an irgendwelchen Glaubensrichtungen festmachen.«, beharrte Mansfeld weiter auf seiner Idee.

»Und was machen wir dann mit diesem Kreuzmann?«, fragte Meinert dazwischen. Und sagte dann weiter: »Wir können ja mal checken, ob sich dieser Diakon und Kreuzmann kennen. Vielleicht führt der feine Herr Diakon ja ein Doppelleben aus bravem Helfer in der Kirche der Reformer und mordendem Mitglied in der Sekte der Fanatiker. Sozusagen.«

Bevor sich nun auch die anderen zu ereifern beginnen konnten, warf Mansfeld den Anker. »Stopp. Wir sind ja noch immer beim ›könnte‹. Anja hat vollkommen recht, es gibt wirklich verdammt viele Menschen, die ein Bein hinterherziehen. Und wenn ich mir die Sache genauer überlege, dann weiß ich gerade nicht einmal mehr genau, welches Bein der Diakon hinterher zog. Ich glaube, ich hatte mich da eben ein wenig zu schnell festgelegt. Wir dürfen zum jetzigen Zeitpunkt noch keine Option ausschließen und genau das kann geschehen, wenn wir uns zu sehr auf diesen Diakon konzentrieren.« Er hielt kurz inne und sprach dann weiter: »Okay, Anja und Andreas, ihr beide tragt alles zusammen, was ihr über diesen Wilhelm finden könnt. Und anschließend schleppt ihr ihn hierher, um ihn zu befragen. Denkt aber dran, er wird als Zeuge befragt. Also keinen unnötigen Druck, keine Unfreundlichkeiten und keine Vorwürfe. Versucht einfach aus ihm herauszukitzeln, welchen Weg er für gewöhnlich zur Arbeit nimmt. Vielleicht kommt er ja jeden Tag dort vorbei und wir reden hier nur über einen Zufall. Fragt ihn, ob ihm da etwas aufgefallen ist, das Übliche also. Aber das muss ich euch ja nicht sagen.«

»Nein.«, antwortete Stölzner. »Das kriegen wir schon hin. Wir werden dann auch gleich mal die Fühler in Richtung Freikirchen ausstrecken, möglicherweise hat er ja tatsächlich etwas mit dem Verein von Kreuzmann zu tun.«

»Macht das.«

Stölzner und Meinert trabten umgehend ab, und gerade als Mansfeld auch den anderen Ermittlern Aufträge zuteilen wollte, klingelte erneut sein Telefon. Und wieder war es der KDD.

»Dieter, du schon wieder? Was verschafft mir die Ehre eines erneuten Anrufes?«, meldete sich Mansfeld mit kumpelhaftem Ton.

»Dieter hat Feierabend. Lutz hier. Aber das spielt auch keine Rolle, denn es ist ja vermutlich recht egal, wer die Leiche des Tages ankündigt, oder?«

»Leiche des Tages?« Mansfeld schluckte.

»Richtig gehört. Auch heute Morgen wurde wieder eine Leiche gefunden und die Auffindesituation allein sagt schon, dass die zu eurem Fall gehört. Und den Rest erklärt wie gehabt der Fisch.«

»Und wo ist es diesmal?«

»An der Spreemündung. Ihr kommt durch das Gewerbegebiet gegenüber der Zitadelle dorthin. Einfach reinfahren und nach ganz hinten durch, während wir hier telefonieren, ist die übliche Tatorttruppe schon unterwegs, ihr braucht also nur nach jeder Menge blau-silberner Firmenwagen Ausschau zu halten. Dann könnt ihr das nicht verfehlen.«

»In Ordnung, wir sind unterwegs.«, antwortete Mansfeld und legte dann grußlos auf.

»Wieder eine Leiche?«, fragte Schwarz nun.

»Richtig. An der Spreemündung. Also nichts wie hin. Rita, Du und Klaus nehmt einen eigenen Wagen, Ralf und ich fahren allein. Dann sind wir alle beweglicher, falls sich noch etwas ergibt.«, ordnete Mansfeld an.

»Ralf? Der ist noch nicht aufgetaucht. Vergessen?«

»Stimmt auffallend. Wo ist der nur?« Mansfeld nahm sein Telefon und versuchte Jensen anzurufen. Es klingelte mehrfach, bis sich irgendwann die Mailbox meldete.

»Nur die Mailbox. Egal, den wecken wir später. Jetzt haben wir keine Zeit zu verlieren. Benni, hast du schonmal eine Leiche gesehen?«

Blaschke wurde blass und verneinte die Frage.

»Dann wird es heute wohl eine Premiere. Jensen ist nicht da und ich brauche jemanden an meiner Seite. Also endet der Innendienst. Du kommst mit mir.«

Blaschke konnte es kaum fassen. Gerade erst von der Polizeischule gekommen, wurde er einem so großen Fall zugewiesen. Was für ihn schon einen Hauptgewinn darstellte. Da hatte es ihn auch nicht gestört, dass er vornehmlich für den Schreibkram im Innendienst abgestellt war. Aber jetzt durfte er direkt zu einem Tatort und das auch noch gemeinsam mit dem leitenden Ermittler. Die Freude darüber konnte er kaum verhehlen und sie fiel auch Mansfeld auf.

»Hättest du keine Ohren, würdest du jetzt im Kreis lachen. Aber mach dir nichts draus, ich habe auch mal angefangen und ich war ähnlich drauf, als ich das erste Mal mit ins Feld durfte. Dieses grenzdebile Grinsen hatte da bisher noch jeder im Gesicht.« Mansfeld lachte kurz. »Also genieße einfach die Freude. Aber versuch bitte, wenigstens nachher vor Ort ein ernstes Gesicht zu machen. Und baue möglichst keinen Unfall, wenn ich mit im Auto sitze.«

»Ach, s-s-s-soll ich etwa f-f-fahren?«, stotterte Blaschke.

»Aber sicher doch. Ich selbst bin aus dem Alter raus. Und wie würde das auch aussehen, wenn der leitende Ermittler den Neuling durch die Gegend kutschiert? Na los, keine Angst, du schaffst das schon.« Mansfeld verlor keine weiteren Worte und machte sich auf den Weg zum Parkplatz, wo Schwarz und Welfert bereits auf die beiden warteten.

Alle stiegen in die Wagen und fuhren los. Mansfeld wollte Blaschke nicht unnötig nervöser machen, als der ohnehin schon war und so plauderte er ganz entspannt vom Wetter und anderen Belanglosigkeiten. Die Strategie ging auf, denn Blaschke wurde zunehmend ruhiger und saß immer weniger verkrampft auf seinem Sitz. Bis die kleine Kolonne die Spreemündung erreicht hatte, hatte sich dann auch Blaschke komplett beruhigt und wirkte nun wieder so professionell, wie er es noch am frühen Morgen war und Mansfeld war mit sich zufrieden. Dieser Blaschke schien ein wirklich patenter Kerl zu sein. Schon die Idee, die Auffindeorte an bauliche oder geschichtliche Gegebenheiten zu koppeln beziehungsweise deren Verbindung darin zu suchen, war richtig gut.

Nur Jensen bereitete ihm ein wenig Kopfschmerzen. Es war so ganz und gar nicht dessen Art, zu verschlafen oder aus anderen Gründen zu spät zum Dienst zu erscheinen. Ganz besonders dann nicht, wenn sie mitten in einem Fall steckten. Er probierte es noch einmal telefonisch, aber es ging wieder nur die Mailbox ran. ›Mein lieber Ralf, was stimmt da nicht?‹, fragte er sich.

Dienstag, 07.30 Uhr, Spreemündung

»Guten Morgen Klaus!«, begrüßte Mansfeld den Leiter der Spurensicherung, der schon ungeduldig auf die Ermittler wartete.

»Hallo Peter. Wird das jetzt zu einem morgendlichen Ritual?«

»Hoffentlich nicht. Das ist jetzt schon die vierte Leiche, das nimmt langsam gruselige Züge an.« Mansfeld atmete hörbar durch. »Aber lassen wir die Philosophie, kommen wir zu den Fakten. Wissen wir schon, um wen es sich bei der Leiche handelt? Gibt es Zeugen?«

»Ja und nein. Also keine Zeugen. Dafür wissen wir, wer es ist. Ein Kollege der ersteintreffenden Streifenwagenbesatzung hat den gekannt. Es handelt sich um einen gewissen Matthias Jabs. 42 Jahre alt, nicht verheiratet, Lehrer für Deutsch, Geschichte und Sport. Der Kollege kennt ihn aus seinem Angelverein.«

»Wenn er nicht verheiratet ist, gibt es dann andere Angehörige, die informiert werden müssen. Und die uns vor allem ein wenig mehr über ihn erzählen können?«

»Angeblich nicht. So wie der Kollege sagte, lebt Jabs allein und hat keine Angehörigen mehr.«

Das machte die Sache natürlich nicht einfacher. Ein weitgehend unbekanntes Opfer ist zumeist nicht sonderlich hilfreich bei den Ermittlungen.

»Dann werden wir uns am besten im Angelverein und auch in der BVV umhorchen. Und dass er zur BVV gehört, dürfte vermutlich außer Frage stehen, richtig?«, stellte Mansfeld eher fest, als dass er es fragte.

Wohlfahrt hatte auch das schon im Vorfeld geklärt.

»Ja, ist er. Obendrein im Bauausschuss. Auch wenn das wohl ebenfalls nicht mehr erwähnt werden muss. Und wie das erste Opfer, dieser Jens Schmid, bei den Sozialdemokraten. Damit ist mein Wissen über Jabs aber auch erschöpft, mehr wurde mir noch nicht erzählt.«, schloss Wohlfahrt seine Ausführungen.

»Vielen Dank, Klaus. Das hilft uns schon enorm weiter. Und den Kollegen von der Streife können wir heute im Laufe des Tages immer noch befragen. Vielleicht weiß der ja ein wenig mehr zu berichten, wenn er den ersten Schreck ein wenig verdaut hat.«

Mansfeld blickte Blaschke an, der eifrig mitschrieb, was gesagt wurde. Er nahm das wohlwollend zur Kenntnis und war sich sicher, dass alle wesentlichen Informationen ihren Weg aus Blaschkes Notizbuch auf die Ermittlungstafeln im Kommissariat finden würden.

Diese Beflissenheit stand Blaschke quasi mitten ins Gesicht geschrieben. Das gefiel Mansfeld. Vielleicht entwickelte sich hier ja ein guter Nachfolger für Jensen, wenn der irgendwann ›nach oben weg‹ befördert wurde.

»Übrigens, das mit dem Angelverein sollte nicht an die Presse.«, sagte Mansfeld mehr zu sich selbst, als zu Wohlfahrt, der jedoch hatte das durchaus gehört.

»Stimmt. Dann drehen die Presseheinis erst recht durch. Näheres kann ich dir übrigens nicht sagen, der Kollege ist ziemlich durch und wird gerade von den Sanis behandelt. Aber klar, wenn man einen Vereinskameraden auf solche Weise zugerichtet auffindet, dann ist ein Schock nicht ungewöhnlich.« Wohlfahrt wies auf einen Rettungswagen der Feuerwehr, auf dessen hinterem Trittbrett, in eine Rettungsdecke gehüllt, der junge Kollege aus dem Streifenwagen saß.

»Ist nicht deren Ernst, oder?«, fragte Mansfeld ganz entsetzt.

»Was denn?«

»So etwas sieht man doch nur in schlechten amerikanischen Filmen. Der arme Kollege, der entweder gerade die Welt im Alleingang gerettet oder eben eine Leiche gefunden hat, sitzt in die Rettungsdecke gehüllt auf dem Tritt der Sanis. Boah, noch mehr Klischee ist kaum möglich. Fehlt eigentlich nur noch, dass jetzt plötzlich Dunkelheit einbricht, damit die Blaulichter besser zur Geltung kommen.«, erklärte Mansfeld, noch immer kopfschüttelnd, seine Frage.

»Das mit der Dunkelheit musst du jetzt aber doch etwas genauer erläutern.«, entgegnete Wohlfahrt, dessen Filmgeschmack den Konsum amerikanischer Actionfilme nicht zuließ.

»Na das ist so ein typisches Filmding. Irgendetwas, was die Anwesenheit von Feuerwehr und/oder Rettungsdienst, gern auch in Verbindung mit der Polizei, erforderlich macht, geschieht am hellerlichten Tag. Beispielsweise ein schwerer Verkehrsunfall oder ein Hausbrand. Und der nächste Take wird dann abends aufgenommen, wenn entweder irgendein Opfer auf einer Trage in den Rettungswagen geschoben wird oder eben der Protagonist auf dem Hecktritt sitzt. In die Decke gehüllt und gern auch mit einem Plastikbecher voll Kaffee in der Hand. Und rundherum Dunkelheit und die sich immer noch drehenden Blaulichter.«

Wohlfahrt schüttelte nur verständnislos den Kopf: »Du solltest dringend die Art Filme überdenken, die du konsumierst.«

Wohlfahrt drehte sich um und marschierte in Richtung Spreemündung los, dabei winkte er Mansfeld und Blaschke über die Schulter hinter sich her.

Während das Trio zur Leiche ging, sagte Blaschke: »Chef, I feel you. Mir ist ähnliches durch den Kopf gegangen. Bis hin zum Kaffee in der Dunkelheit.«

Mansfeld quittierte das mit einem zufriedenen Knurren und konzentrierte sich nun voll und ganz auf das, was sich ihnen direkt am Wasser bot.

Die Leiche saß leicht zusammengekauert unter einem Schild und hatte einen gewaltigen Nagel in der Brust stecken, aus dessen Eintrittswunde jede Menge Blut gelaufen war. Dazu gab es zahlreiche Schnitte an den Armen und am komplett entkleidetem Oberkörper, die jedoch deutlich weniger blutig waren, als ihre Größe vermuten ließ.

»Das sieht beinahe aus wie eine Kreuzigung. Nur eben nicht an Händen und Füßen, sondern mitten durch die Brust.«, sagte Mansfeld, während Blaschke noch mit seiner Fassung rang. Anstelle einer Antwort schlug er sich jedoch nur die Hand vor den Mund und rannte mehrere Meter weit weg, bevor er sich in großem Schwall erbrach.

Die erfahrenen Beamten lächelten darüber nur und Doktor Martin, der gerade an der Leiche beschäftigt war, verlor einige lobende Worte: »Nicht schlecht. Seine erste Leiche, da ist das Kotzen ja noch erlaubt. Aber ganz brav, schön weit weg und nicht direkt auf den Tatort gereihert. Das ist doch mal vorbildlich und mehr, als man von den meisten Frischlingen erwarten darf.« Er lächelte kurz zu Mansfeld und wand sich dann wieder seiner Arbeit zu.

»Ebenso guten Tag, werter Herr Doktor!«, brachte ihm Mansfeld dann in Erinnerung, dass sie sich noch nicht einmal begrüßt hatten.

»Huch. Guten Tag Peter. Das war natürlich nicht persönlich gemeint.«, entschuldigte er sich umgehend.

»Hast du denn schon eine Kleinigkeit für uns?«, brachte Mansfeld das Thema direkt wieder zurück auf die Leiche.

»Ja. Männliche Leiche, 42 Jahre alt, namentlich bekannt durch einen Kollegen vom Streifendienst. Der Tod wurde vermutlich durch einen großen, etwa 35 Zentimeter langen Nagel herbeigeführt, der durch das Herz getrieben wurde.

Das, mein lieber Peter, ist aber noch reine Vermutung, genaues ergibt wie gehabt erst die Obduktion. Aber als erste Einschätzung kannst du das verwenden und wohl auch ganz gut damit arbeiten.«

»Ja, vielen Dank. Aber eine Frage noch. Diese ganzen Schnittwunden, die wurden post mortem beigebracht, richtig?«

»Gut erkannt. Anderenfalls wäre hier deutlich mehr Blut. Es ist sogar möglich, dass sie dem Opfer erst hier vor Ort zugefügt wurden. Ob das allerdings einen bestimmten Grund hatte oder einfach nur ›aus Spaß‹ geschah, vermag ich nicht zu sagen.«

»Ich traue dem Täter ja inzwischen ziemlich viel zu, aber keine Schnippeleien einfach nur aus Spaß. Bisher wirkte alles gut durchdacht und geplant, da passt wahlloses Schneiden nicht ins Schema.«

»Deswegen sagte ich ja auch, ich kann nicht genau sagen, ob es einen Grund dafür gibt und schon gar nicht, welcher das sein könnte.«, antwortete der Gerichtsmediziner mit leicht gereiztem Unterton.

»Ist ja auch in Ordnung, das war nicht persönlich gemeint. Ansonsten habe ich hier genug gesehen und ich schätze mal, mein junger Kollege ebenso. Von meiner Seite aus gehört die Leiche jetzt dir. Hast du schon eine Ahnung, wann die Obduktion stattfinden wird?«

»Die werde ich gleich als Erstes machen. Die Frau Polizeipräsidentin macht Druck, dieser Fall ist wohl inzwischen Chefsache und hat deshalb absoluten Vorrang. Auch wenn mir das gar nicht schmeckt, denn andere Fälle sind ebenso wichtig. Und es schmeckt mir ganz und gar nicht, wenn die Frau Präsidentin vorzuschreiben meint, wie meine Arbeit zu priorisieren ist.«

Doktor Martin guckte grimmig, worauf Mansfeld sagte: »Da geht es den Menschen wie den Leuten. Uns sitzt sie auch im Nacken. Oder vielmehr dem Alten, der dann den Druck wiederum ungefiltert an uns weiterreicht. Und wo ich gerade von ihm rede, da hinten kommt er auch schon angelaufen. Und Staatsanwalt Kehlheim gleich mit dabei. Dann werde ich mal zum Rapport antreten.«

Mansfeld ging zu Blaschke, der am Havelufer an ein Geländer gelehnt stand, während langsam wieder die Farbe in sein Gesicht zurückkehrte. Als er Mansfeld bemerkte, sagte er: »Das tut mir echt leid, aber ich konnte es nicht mehr unterdrücken.«

»Halb so wild, das passiert vielen am Anfang. Aber du hast toll reagiert und bist weit genug weg. Andere verunreinigen gleich noch den Tatort und zerstören damit schlimmstenfalls wichtige Spuren. Sogar Doktor Martin hat dich für deine Umsicht gelobt.«

Blaschke nickte nur und ließ den Kopf ein wenig hängen. Mansfeld hatte Mitleid mit ihm, weshalb er ihn zu beruhigen versuchte: »Benjamin, es gibt keinen Grund, sich für irgendetwas zu schämen. Du hast heute deine erste Leiche gesehen und das war ganz sicher nicht das Übliche. Sonst sind es meistens irgendwelche uralten Leutchen, die im Bett liegen. Schlimmstenfalls irgendwo in einer dreckigen Ecke der Wohnung. Vergiss einfach mal nicht, dass dies hier ein richtig dickes Ding ist und vermutlich, oder eher hoffentlich, siehst du so etwas nie wieder.«

Mansfeld hielt kurz inne und Blaschke sah ihn fragend an.

»Ganz einfach. Die meisten denken, das Leben als Kriminalpolizist ist wie im Film. Ständig hat man knifflige Fälle zu lösen, indem man durch knietiefes Blut watet und am Ende in atemberaubenden Verfolgungsjagden den Täter dingfest macht. Oder es kommt ein Kommissar vom Kaliber eines Hercule Poirot und sagt am Ende einfach ›ich glaube, ich weiß, wer der Täter ist‹ und schwupp, der Fall ist gelöst. Genau das ist es aber nicht. Die meiste Zeit deines künftigen Berufslebens wirst du es mit ganz profanen Tötungsdelikten zu haben. Da hat jemand seinen pflegebedürftigen Vater verhungern lassen, da hat jemand einen anderen mit Gift um die Ecke gebracht. Solche ›einfachen‹ Morde.«

Dabei malte Mansfeld ganz deutlich mit beiden Händen Anführungszeichen in die Luft.

Er sprach weiter: »Kurzum, die meiste Zeit wirst du tausend klitzekleine Beweise auswerten, um dann den Täter zu finden oder es ihm nachzuweisen. Und wenn das nicht reicht, sind eben die nächsten tausend klitzekleinen Beweise dran. Das, was wir hier haben, ist die große Ausnahme. Ein riesiger Fall mit spektakulären Auffindeorten, der im Fokus der Presse steht. Und du bist mittendrin. Das ist mehr als 99% aller Ermittler je erleben und du hast es gleich beim ersten Fall. Und das ist sicher sehr aufregend, aber eben auch erschreckend und muss psychisch verarbeitet werden. Halte dir das alles einfach vor Augen und erwarte nicht zu viel von dir selbst. Sei einfach weiter menschlich und da gehört dann eben auch mal ein gepflegtes, kleines Kötzerchen dazu.«

Den letzten Satz begleitete er mit einem kumpelhaften Schlag auf Blaschkes Schulter und einem Augenzwinkern.

Blaschke nickte und gab damit zu verstehen, dass er verstanden hatte, was Mansfeld ihm zu sagen versuchte.

»Das stimmt. Nach der ersten Euphorie, bei euch im Team dabei sein zu dürfen, kam tatsächlich etwas Angst.«

»Und die ist völlig normal. Wenn du darüber reden willst, komm einfach zu mir ins Büro. Oder wenn dir das zu persönlich ist, dann gibt es auch die Einsatznachsorge. Da sitzen die Profis für solche Belange und es ist absolut kein Zeichen von Schwäche, sich an diese Kollegen zu wenden. Klar so weit?«

»Yes, Sir!« Blaschke schlug lachend die Hacken zusammen und signalisierte damit, dass dieses Thema jetzt abgehakt war.

Anschließend gingen die beiden hinüber zu Koch und Kehlheim. Mansfeld erstattete seinem Chef und dem Staatsanwalt möglichst umfassend Bericht und ließ auch nicht unerwähnt, dass der Leiche dieses Mal etliche der vielen Wunden möglicherweise erst am Auffindeort zugefügt wurden.

Koch fasste zusammen: »Also gut, damit haben wir hier einen Leichenfund, der eindeutig dem sogenannten Menschenfischer zuzuordnen ist, also zu unserem Fall gehört. Und weiterhin zieht sich zwar die Zurschaustellung der Leichen an öffentlichen Orten wie ein roter Faden durch den gesamten Fall, jedoch gibt es bei jeder Leiche eine leicht geänderte Vorgehensweise. Damit hat der Täter also entweder einen Plan, den wir nicht erkennen oder er probiert sich noch aus und entwickelt sich weiter. Ist das soweit richtig?«

»Exakt. Wobei der Plan für uns vermutlich die bessere Option sein dürfte, denn der beinhaltet ja oft auch eine feste Anzahl Opfer. Nicht dass dies besonders gut wäre, aber ein wahllos Tötender, der sich noch ausprobiert und weiterentwickelt, stellt die weitaus größere Gefahr dar. Er könnte nämlich schlimmstenfalls erst dann ein Ende finden, wenn er geschnappt wird.«

»Peter, dann sieh zu, dass ihr den gestoppt kriegt. In presto subito galoppi!«

»Wir sind dran.«

»Noch etwas anderes, weshalb ist eigentlich der Kollege Blaschke mit dir unterwegs? Hat Ralf denn freiwillig das Feld geräumt?«

Mansfeld zuckte kurz mit den Schultern: »Ralf ist heute noch nicht aufgetaucht und bisher auch telefonisch nicht erreichbar gewesen. Ich probiere es gleich noch einmal und wenn ich ihn nicht erreiche, fahren wir zu ihm nach Hause. Nicht, dass ihm irgendwas passiert ist.«

»Das klingt wirklich nicht nach ihm. Aber es wird schon nichts sein, hoffen wir einfach das Beste.«, sagte Koch.

»Genau, und rechnen mit dem Schlimmsten.«

Mansfeld und Blaschke verabschiedeten sich und gingen zurück zum Wagen.

Was ist eigentlich mit Rita und Klaus?«, fragte Blaschke.

»Die beiden kümmern sich um die Aussage des Kollegen, der die Leiche kannte und versuchen danach, noch ein paar Zeugen aufzutreiben.«

»Okay. Das hatte ich gar nicht mitbekommen.«

»Da gab es auch nichts mitzubekommen. Du hast also nichts verpasst. Die beiden sind aber Profi genug, um zu wissen, was zu erledigen ist. Denen muss ich da nichts mehr sagen.«

»Verstehe.«, sagte Blaschke daraufhin nur kleinlaut.

Als Mansfeld seinen knurrenden Magen bemerkte, fragte er Blaschke: »Hast du heute schon gefrühstückt?«.

»Ja, zweimal. Einmal rein und einmal wieder raus.«

»Stimmt, da war ja noch was. Ich nehme mal an, dann hält sich dein Appetit jetzt auch in Grenzen, oder?«

»In deutlichen Grenzen.«

»Alles klar, aber ich muss mir was besorgen, sonst verhungere ich.«

Als die beiden im Wagen saßen, nahm Mansfeld noch einmal sein Telefon zur Hand und versuchte, Jensen zu erreichen. Aber wieder ohne Erfolg.

»Noch immer nichts von Ralf. Also erst kurz beim Bäcker halten und danach direkt zu ihm.« Mansfeld beschrieb Blaschke den Weg und die beiden fuhren los.

Dienstag, 08.00 Uhr, unbekannter Ort

Als Jensen ein zweites Mal zu sich kam, tobte in seinem Kopf ein Tornado. Er versuchte, seine Sinne zusammenzunehmen und suchte zunächst nach der anderen Person im Raum. Die war jedoch nicht mehr zu entdecken.

Er hielt kurz inne, um anhand von möglichen Geräuschen herauszufinden, wo er sich befand. Aber es war totenstill. Kein Geräusch wies auf einen bestimmten Ort hin, lediglich absolute Stille.

Jensen versuchte, sich an das Gesicht zu erinnern, das er vor dem Faustschlag gesehen hatte, aber es war wie weggeblasen.

Die Handschellen hatten sich kein Stück gelöst, im Gegenteil, sie fühlten sich sogar noch etwas fester zugedrückt an. Sein Zeitgefühl hatte ihn komplett verlassen und er wusste weder, wie lange er schon hier in diesem Raum gefangen gehalten wurde, noch ob überhaupt Tag oder Nacht war.

Ihm wurde die absolute Ausweglosigkeit seiner Situation klar und zunächst versuchter er zu erkennen, ob sich die andere Person noch im Raum befand. Er versuchte sich leicht aufzurichten, dabei sah er plötzlich Sterne und erneut verlor er das Bewusstsein.

Dienstag, 08.00 Uhr, Wohnung KOK Ralf Jensen

Mansfeld war beim Bäcker nur kurz aus dem Auto gesprungen und hatte sich ein belegtes Brötchen gekauft. Das aß er auf dem Weg zu Jensen, denn nun wollte er keine Zeit mehr verlieren. Es war extrem ungewöhnlich, dass Jensen weder zum Dienst aufgetaucht noch telefonisch erreichbar war, hier stank etwas zum Himmel. Aber gewaltig.

An Jensens Wohnung angekommen klingelte er Sturm und klopfte so heftig er konnte gegen die Tür. Aber Jensen öffnete nicht. Mansfeld und Blaschke schauten sich ratlos an, bis Blaschke sagte: »Holen wir die Feuerwehr?«

»Sehr gute Idee!« Kaum hatte Mansfeld geantwortet, hatte er auch schon sein Telefon in der Hand und wählte den Feuerwehrnotruf.

Sehr schnell war jemand dran: »Notruf Berliner Feuerwehr, wo genau ist der Notfallort?«

Mansfeld gab die Adresse durch und verlangte ein großes Fahrzeug, um die Tür geöffnet zu bekommen. Der Kollege am Notruf machte es ihm aber nicht sonderlich einfach, sondern begann, jede Menge Fragen zu stellen. Mansfeld beantwortete die Fragen immer ungeduldiger, aber irgendwann sagte ihm der Mitarbeiter vom Notruf, dass umgehend zwei Fahrzeuge in Bewegung gesetzt würden. Ein Löschfahrzeug zum Öffnen der Tür und ein Rettungswagen, falls tatsächlich ein medizinischer Notfall vorliegen würde. Und danach sah es aktuell ja aus.

»Boah, ich dachte, der hört nie mit seiner Fragerei auf.«, echauffierte sich Mansfeld im Anschluss an das Notrufgespräch.

»Das ist aber normal. Wir waren im Rahmen der Ausbildung mal in der Feuerwehrleitstelle. Die haben dort ein Abfragesystem, das ganz genau eingehalten werden muss. Der Disponent ruft je nach Meldebild ein bestimmtes Protokoll auf und dann sind ihm die Fragen genau vorgegeben. Er klickt einfach auf die jeweils gegebene Antwort und am Ende steht dann fest, ob und vor allem was alles losgeschickt wird.« Blaschke bekam leuchtende Augen, als er seinem Chef hier tatsächlich noch etwas sagen konnte, was der nicht wusste.

»Ich finde es trotzdem blöd. Wenn es eilig ist, sind die Fragen doch nur unnötig zeitraubend.«

»Ganz und gar nicht. Denn dadurch wird sichergestellt, dass auch immer genau die richtigen Kräfte losgeschickt werden. Und darüber hinaus werden von allen Disponenten in jedem Fall immer die gleichen Fragen gestellt, die Qualität ist also durchweg gleichbleibend. Und Rechtssicherheit für die Disponenten fällt dann nebenbei auch noch an.« Wieder leuchteten Blaschkes Augen auf.

»Das mag ja alles stimmen. Aber hey, ich bin Hauptkommissar, wenn ich ein Löschauto brauche, dann kann ich das wohl sagen.«

»Genau, und den Rettungswagen hättest du vor lauter Schreck ganz vergessen.«, trumpfte Blaschke auf.

»Tatsächlich.« Jetzt wurde Mansfeld kleinlaut, denn er erkannte, dass die Fragerei also doch ihre Berechtigung hatte. Viel weiter kamen die beiden jedoch nicht, denn plötzlich stürmten ein paar Kollegen der Feuerwehr die Treppe hinauf.

»Haben sie uns gerufen?«, fragte einer von ihnen.

»Ja. Wir sind von der Kriminalpolizei und hier wohnt einer unserer Kollegen. Der ist weder zum Dienst erschienen, noch telefonisch erreichbar.«

»Dürfen wir mal?«, fragte nun ein anderer Feuerwehrmann, ein echter Hühne von einem Kerl und trat an die Tür. Das tat er nicht nur sprichwörtlich, denn er ließ einen schweren Einsatzstiefel mehrmals heftig gegen die Tür krachen. Mansfeld dachte schon, die Tür würde direkt aus den Angeln brechen. Aber wieder tat sich nichts.

»Sind sie denn sicher, dass der Kollege drin ist?«, fragte diesmal eine Feuerwehrfrau, die aber ebenfalls die schwere Kleidung trug, also im Einsatzdienst tätig war.

»So sicher wie man sein kann, wenn ein zuverlässiger Kollege verschwunden ist. Seinen Wagen habe ich unten vor dem Haus ebenfalls gesehen. Aber ich nehme das auf mich, macht bitte die Tür auf.«

Die Feuerwehrleute stellten eine rote Werkzeugkiste auf den Boden und entnahmen ihr einige Drähte und Haken und machten sich damit am Schloss zu schaffen.

»Immer erst die sanfte, materialschonende Tour.«, erklärte einer von ihnen. Aber die Tür ließ sich auf diese Weise nicht öffnen. Die Feuerwehrfrau hatte ein langes Gerät in der Hand, dass an ein Brecheisen erinnerte und nun zum Einsatz kam. Sie hielt es knapp oberhalb des Schlosses an den Türrahmen und einer der Feuerwehrleute schlug es mit seinem Handbeil hinein. Einmal gehebelt und die Tür flog krachend aus den Angeln. »Universalschlüssel Marke Halligan, der öffnet noch jede Tür.«, kommentierte sie mit breitem Grinsen das Geschehen.

Mansfeld und Blaschke wollten gerade an den Feuerwehrleuten vorbei in die nun offene Wohnung stürmen und nach Jensen schauen, als sie zurückgehalten wurden.

»Moooment! Zuerst stellen wir Einsatzstellensicherheit her, dann dürft auch ihr rein.«

Zerknirscht warteten die beiden einen Moment ab, aber noch bevor sie in die Wohnung konnten, meldete einer der Feuerwehrleute die Wohnung als komplett verlassen und leer.

Das war Rückschlag und gute Nachricht zugleich. Rückschlag, weil Jensen damit immer noch verschwunden war, gute Nachricht, weil er nicht verletzt in seiner Wohnung lag.

»Hat euer Kollege denn vielleicht eine Freundin, bei der er die Nacht verbracht hat und sich da vielleicht noch ein wenig vergnügt?«, fragte der Staffelführer der Feuerwehr mit anzüglichem Grinsen. Das Grinsen ließ er aber ganz schnell wieder sein, als ihm klar wurde, wie unangebracht es an dieser Stelle war.

»Nein, da ist mir nichts bekannt.«, sagte Mansfeld, der das gar nicht weiter registriert hatte.

»Tja, tut uns leid. Mehr können wir auch nicht machen. Wir sind dann mal weg, die Einsatzstelle wird vom Streifenwagen übernommen, der gerade eingetroffen ist. Die kümmern sich dann auch um die Wohnungssicherung. Und euch viel Glück bei der Suche nach dem Kollegen!«

Die Feuerwehrleute verließen mit polternden Schritten das Haus.

Mansfeld und Blaschke schauten sich an und Blaschke sagte: »Und nun?«

»Ich habe absolut keine Ahnung. Hoffen wir einfach mal das Beste. Und vielleicht hat der Kollege von der Feuerwehr ja recht und Ralf ist einfach bei einem netten Mädel, bei dem er die Zeit vergessen hat.«, sagte Mansfeld, der sich damit selbst ein wenig Zuversicht einreden wollte.

»Hat Kollege Jensen denn irgendeine Stammkneipe oder ähnliches? Dann könnte man dort mal fragen, ob er gestern gesehen wurde.«, überlegte Blaschke.

Mansfeld dachte kurz nach und stellte dann für sich selbst fest, dass er Jensen zwar wirklich gut kannte, jedoch lediglich auf dienstlicher Ebene. Von seinem Privatleben wusste er so gut wie gar nichts. Er hatte sich schlicht nie dafür interessiert, schon allein um Dienst und Privatleben strikt getrennt zu halten. Ein Fehler, wie sich nun, zumindest in dieser Situation, zeigte.

»Ich habe absolut keinen Schimmer.«

»Vielleicht weiß ja einer der anderen Kollegen etwas.«

Mansfeld nestelte erneut sein Telefon hervor und rief als erstes Schwarz an.

Das ging am schnellsten, denn er kannte ihre Nummer auswendig. Einige Monate zuvor hatte er eine kurze und heftige Affäre mit ihr. Er war sich dabei nicht einmal sicher, ob ihm wirklich etwas an ihr lag, oder ob er sich einfach nach der Trennung von seiner Ex beweisen musste, dass es auch andere Frauen in seinem Leben geben konnte. Schwarz hatte zu diesem Zeitpunkt oft Streit mit ihrem Mann und bei einer langwierigen Ermittlung, die beide oft bis in die späten Abendstunden im Kommissariat festhielt, ergab irgendwann eins das andere und die beiden landeten in Mansfelds Schlafzimmer.

Das alles währte aber nur wenige Wochen. Dann wurde beiden klar, dass diese Liaison beendet werden muss. Mansfeld wollte das kollegiale Verhältnis nicht in Gefahr bringen und Schwarz raufte sich mit ihrem Mann wieder zusammen. Einvernehmlich, ja eigentlich ohne wirklich darüber zu sprechen, beendeten sie alles. Oder ließen es ausschleichen. Heute waren sie wirklich gute Freunde und Schwarz war eine von Mansfelds größten Stützen im Team.

Schwarz ging nach dem dritten Klingeln ran. Allerdings hatte sie, ebenso wie Mansfeld, absolut keine Ahnung von Jensens Privatleben. Welfert, der gerade bei ihr war, wusste ebenfalls nichts und äußerte halb scherzhaft, dass er immer dachte, Jensen hätte ausschließlich das dienstliche Leben.

Ein Anruf bei Stölzner brachte ebenfalls keine brauchbaren Erkenntnisse und somit waren sie keinen Schritt weiter.

»Los, fahren wir zurück ins Kommissariat. Dort sehen wir weiter. Und vielleicht ist Ralf bis dahin wieder aufgetaucht.«

Als die beiden das Haus verließen, prüfte Mansfeld noch einmal kurz Jensens Wagen, der vor der Haustür stand. Der Wagen war jedoch unversehrt und verschlossen. Ganz so, wie ihn Jensen vermutlich dort abgestellt hatte. Das nährte die These vom Kneipenbesuch. Den dürfte Jensen dann zu Fuß angegangen sein, damit er den Wagen dann nicht an der Kneipe stehen lassen muss. Oder es war doch eine Freundin. Entweder eine mit eigenem Wagen, in dem die beiden fortgefahren sind, oder eine, die fußläufig zu erreichen war.

Aber diese Frage konnte wohl nur Jensen selbst beantworten. Mansfeld war zunehmend besorgt und rechnete inzwischen mit dem Schlimmsten. Er versuchte aber, sich das nicht anmerken zu lassen.

Dienstag, 08.45 Uhr, Kommissariat

Als Mansfeld und Blaschke das Kommissariat erreichten und in den Besprechungsraum kamen, war der wie ausgestorben.

»Nanu! Wo sind denn alle hin? Habe ich irgendwas verpasst?«, fragte Mansfeld verwundert.

»Nein, hast Du nicht.«, polterte Meinert an Mansfeld vorbei in den Raum und ließ sich mit lautem Schnaufen in einen der Bürostühle fallen.

»Wir haben nur eben kurz den Rita und Klaus über die Schulter geschaut.«, sagte nun auch Stölzner, während sie sich ebenfalls an Mansfeld vorbei in den Raum schob und neben Welfert Platz nahm.

Mansfeld blieb wie angewurzelt stehen und blickte die beiden nur verwirrt an.

»Bitte?«

»Mensch Peter, kam der Auftrag nicht direkt von dir?«, fragte Stölzner erstaunt.

»Auftrag? Welcher Auftrag denn?« Jetzt war Mansfeld endgültig verwirrt.

»Die Zeugenvernehmung dieses Kollegen vom Streifendienst.«

»Aaaahh!« Jetzt war auch bei Mansfeld der Groschen gefallen. Er hatte den beiden noch an der Spreemündung gesagt, dass sie schnellstmöglich den Kollegen befragen sollen.

»Ist der denn schon hier? Ich hätte gedacht, dass der erst noch ins Krankenhaus kommt und dort mit Beruhigungsmitteln vollgepumpt wird. So wie der vorhin durch den Wind war.«

»Nein, er hatte sich wohl recht schnell wieder im Griff und ist direkt selbst zu uns gekommen. Rita und Klaus haben ihn dann übernommen und sprechen gerade mit ihm. Drüben im Vernehmungsraum 3.« Stölzner zeigte dabei mit dem Finger grob in die Richtung, in der sich der besagte Vernehmungsraum tatsächlich befand.

»Die 3, das ist gut.«, antwortete Mansfeld nur kurz und machte dabei ein grübelndes Gesicht. Lange überlegte er jedoch nicht und sagte dann: »Benni? Fertig gekritzelt?«

Damit meinte er den Übertrag der Notizen an die Ermittlungswand. Damit hatte Blaschke nämlich, exakt so wie von Mansfeld vorausgesehen, direkt bei der Ankunft begonnen.

»Augenblick, gleich.« Blaschke schrieb noch einige Kleinigkeiten an die Wand und drehte sich dann um. »Jetzt.«

»Los komm, wir schauen mal, was der Kollege zu berichten weiß.«

Blaschke machte große Augen. »Ist es wirklich sinnvoll, dem gleich zu viert gegenüberzustehen?«

»Nein, wir machen es einfach mal wie im Film.«

Blaschke verstand zwar offensichtlich noch immer nicht, folgte Mansfeld aber ohne weitere Worte.

Der Vernehmungsraum 3 war der größte Vernehmungsraum im Kommissariat und als einziger mit einem Venezianischen Spiegel ausgestattet. Durch diesen Spiegel konnte man aus einem Nebenraum der Vernehmung beiwohnen, ohne aus dem Vernehmungsraum gesehen werden zu können.

Und damit hatte Blaschke wohl nicht gerechnet.

»Wow, so etwas gibt es wirklich?«, staunte er.

»Nun sag bloß, du hast das noch nie gesehen?«

»Nein, alle Praktika habe ich bisher auf eher kleinen Abschnitten gemacht, da sind die Vernehmungsräume nichts anderes als leergeräumte Büros. Und da große Büros ungern hergegeben werden, sind es dann immer die ganz kleinen. Deshalb war ich ja auch so verwundert, ich dachte, wir gehen direkt mit rein.«

Blaschke sah sich im Beobachtungsraum um und fragte dann: »Kann man uns drinnen hören?«

»Nein, wir haben hier zwar ein Mikro, aber das muss extra aufgemacht werden. Wir können aber mithören.«

Mansfeld drückte kurz auf einen Knopf und sprach dann ins Mikrofon. Dabei gab er nur in kurzen Worten bekannt, dass die Vernehmung beobachtet und mitgehört wird. Das war so Vorschrift, denn der oder die Vernommene muss über die zusätzlichen Augen und Ohren informiert sein. Darüber hinaus musste das mit ins Protokoll bzw. auf die Bandaufnahme, die bei solchen Vernehmungen, auch wenn es sich dabei nur um Zeugenbefragungen handelte, immer gefertigt wurde.

Schwarz drehte sich daraufhin zur Seite, nickte kurz und winkte dann lächelnd in Richtung Spiegel. Nun machte Mansfeld die Lautsprecher an und es konnte alles gehört werden, was innerhalb des Vernehmungsraumes gesagt wurde. Meinert war gerade dabei, dem Kollegen kurz zu erläutern, was Mansfelds Ankündigung genau zu bedeuten hat und dass dies durchaus üblich sei. Und keineswegs ein Zeichen von Misstrauen.

Schwarz und Welfert plauderten mit dem Kollegen ganz locker über dessen dienstliche Laufbahn, seine Familie und seine Mitgliedschaft im Angelverein. Und damit kamen sie dann auch irgendwann auf Jabs zu sprechen.

Mansfeld wurde ein wenig ungeduldig und sagte, mehr zu sich selbst als zu Blaschke: »Nun los, kommt schon auf die Kirche. Da muss doch irgendwas sein.«

»Frag doch selbst.«, meinte Blaschke nur.

»Nein, die Vernehmung wird durch Rita und Klaus geführt, da rede ich nicht dazwischen. Auch wenn es mächtig juckt. Das gehört sich nicht nur nicht, es ist auch ziemlich ungeschickt.«

»Richtig. Da war ja noch die Sache mit …« Blaschke unterbrach sich selbst mitten im Satz, denn ihm fiel ein, was er seinerzeit in Sachen Gesprächsführung mit Zeugen und

Verdächtigen gelernt hatte. Und eine Einmischung von Dritten wurde stets als sehr negativ gesehen, denn der Vernehmungsführer hat für gewöhnlich eine ganz bestimmte Strategie und die sollte man tunlichst nicht gefährden.

Aber fast wie auf Kommando wurde es spannend und Meinert war es, der das Thema in die ersehnte Richtung lenkte.

»Kollege, wie war das eigentlich mit Jabs und der Kirche? Weißt du zufällig, ob er Mitglied ist oder vielmehr war?«, fragte er den Kollegen vom Streifendienst.

»Das weiß ich zufällig ganz genau. Er war kein Mitglied, ganz im Gegenteil. Wegen dieses religiösen Schnickschnacks hatte er erst vor einigen Monaten seine Freundin zum Teufel gejagt.«

»Ernsthaft? Was genau ist denn da vorgefallen?«, wollte Schwarz nun wissen.

»So ganz genau weiß ich das gar nicht, aber er hatte mir mal in einer ruhigen Minute erzählt, dass sie wohl völlig durchgeknallt sein soll. Angeblich war sie in irgend so einer, wie Matze sagte ›seltsamen, sektenähnlichen Fanatikergemeinde‹.«

»Matze?«

»Matthias Jabs. Genannt Matze.«

Welfert wurde rot.

»Sorry, da habe ich wohl gerade einen kleinen Aussetzer gehabt.«, verteidigte er sich, obwohl das gar nicht nötig war.

Schwarz machte mit der Befragung weiter: »Weißt du denn zufällig, was das genau für eine Sekte oder was auch immer war? Hat sich Herr Jabs denn dazu weiter eingelassen? Oder blieb es bei dieser vagen Beschreibung?«

»Ohje. Da hat er sogar jede Menge gesagt. Mal überlegen, ob ich das noch zusammenkriege.« Kurz überlegte er, dann fuhr er fort: »Angefangen hatte es damit, dass mir aufgefallen war, dass Matze nur noch allein auftauchte. Normalerweise war er doch recht häufig in Begleitung seiner Freundin im Vereinsheim. Nicht zum Angeln, das war ihr wohl zu langweilig, aber am Wochenende machen wir öfter einen geselligen Abend und da war sie oft dabei. Bis sie irgendwann nicht mehr mitkam. Irgendwann saß ich dann mit Matze in meinem Kahn auf der Havel, wo wir angelten und dabei über Gott und die Welt redeten. Und da habe ich ihn dann eben drauf angesprochen. Erst wollte er nicht so richtig raus mit der Sprache, aber dann sprudelte es plötzlich. Sie hätte sich wohl ›krass fundamentalisiert‹, wie er es ausdrückte. Bis dahin war sie wohl in einer von diesen unabhängigen Freikirchen, also nicht die ganz großen, mit dem Papst und so. Das war wohl alles noch im Rahmen, aber dann gab es da wilde Geschichten von Abspaltungen oder Trennung. Ein ziemliches hin und her, so ganz genau kriege ich das jetzt auch nicht mehr zusammen. Es hat mich auch nicht wirklich interessiert, ich wollte ja nur wissen, was mit seiner Perle los war. Tja, die muss dann eben wohl in so einer Gruppe gelandet sein, die ziemlich krass auf Bibelkurs ist. Fast so, wie man es von diesen evangelikalen Christen in den Staaten kennt. Oder schlimmer noch, keine Ahnung, Matze hat es jedenfalls als ziemlich extrem beschrieben. Und damit ging dann natürlich das volle Programm einher, inklusive Jungfräulichkeit bis zur Ehe und so. Wobei sie das wohl vorher auch schon so gesehen hat und es kein echtes Problem für Matze war. Aber dann war es wohl so, dass sie ihr Leben komplett auf die Bibel ausgerichtet hat. Und damit konnte Matze nun gar nichts anfangen. Irgendwann ist er mal dem Sektenführer oder Kirchenoberhaupt begegnet. Das gab dann wohl den Ausschlag, sich zu trennen. Der muss ziemlich krass drauf gewesen sein und Matze meinte, dass er gegen so einen charismatischen Typen ohnehin keine Chance hat. Ich fragte dann noch, ob seine Perle was mit dem angefangen hat. Immerhin war ja da noch die Sache mit der Jungfräulichkeit. Aber das war es wohl nicht. Matze meinte nur, er müsse mit dem konkurrieren, was Achtung und Zuneigung betrifft und darauf hatte er keinen Bock. Also hat er sich von ihr getrennt und sie hat das wohl nicht einmal böse genommen, sondern ist einfach gegangen.«

Mansfeld, aber auch den anderen Ermittlern, klingelten die Ohren. Der Kollege vom Streifendienst hatte ohne Punkt und Komma geredet und jetzt galt es das zu verdauen, was er gesagt hatte.

Mansfeld hob eine Hand und streckte den Zeigefinger aus, um damit dann auf die Tischkante zu schlagen. »Das ist sie. Das ist die Verbindung.« Er blickte Blaschke an, der nicht ganz zu verstehen schien.

»Die Verbindung zu diesem Kreuzmann. Das spricht doch alles Bände. Freikirchengemeinde, dann Abspaltung, charismatischer Anführer. Das alles passt wie die Faust aufs Auge zu Kreuzmann und da es wohl nicht sonderlich viele fundamentalistische Kirchengruppen in Spandau gibt, haben wir hier wohl einen Volltreffer. Zumindest sollte das ausreichen, um endlich einen Durchsuchungsbeschluss für Kreuzmanns Liegenschaft in Seeburg und für seine Wohnung hier in Spandau zu bekommen.«

Schnell gab er im Vernehmungsraum bekannt, dass die Vernehmung ab sofort wieder ohne Zaungäste stattfindet und stürmte aus dem Beobachtungsraum. Blaschke, der nicht so richtig wusste, was er tun soll, folgte ihm einfach unaufgefordert.

Nach einem hektischen Lauf durch das Dienstgebäude standen beide vor dem Büro des Alten. Mansfeld klopfte stürmisch an und wartete wie üblich keine Antwort ab, öffnete direkt die Tür und trat ein. Koch saß an seinem Schreibtisch und blickte erschrocken auf.

»Peter? Was ist los?«

»Wir haben eine ganz heiße Spur. Dieser Kreuzmann. Und jetzt brauchen wir einen Beschluss.«, antwortete Mansfeld japsend, noch immer völlig außer Atem.

»Nun hol mal tief Luft und erzähl dann alles ganz langsam und von vorn.«

»Von vorn ja, langsam nein. Dazu ist keine Zeit.«

Mansfeld fasste die Geschehnisse des Tages in knappen Sätzen zusammen. Die Leiche hatte Koch noch selbst am Tatort in Augenschein genommen, aber die Sache mit Jensen war ihm neu. Als ihm Mansfeld die Aussage des Kollegen vom Streifendienst in groben Zügen wiedergab, horchte auch Koch auf.

»Das klingt wirklich nach diesem Typen. Augenblick.«

Koch nahm den Telefonhörer in die Hand und drückte auf eine Kurzwahltaste.

»Franz? Wir brauchen einen Beschluss für diesen Kreuzmann. Wohnung und alle auf ihn registrierten Grundstücke. Insbesondere das in Seeburg.«

Koch verstummte kurz und sprach dann weiter: »Ja, haben wir. Ich erkläre dir das gleich in Ruhe, bereite nur schonmal alles vor. Ich schicke die Truppen in Stellung, damit wir direkt loslegen können, wenn eine Unterschrift vorhanden ist.« Wenige Augenblicke später legte er auf.

»Wir kriegen den Beschluss. Und jetzt nochmal die Sache mit Ralf. Bist du sicher, dass da was passiert ist?«

»So sicher, wie ich eben sein kann.«, antwortete Mansfeld.

»Sein Auto steht unversehrt und verschlossen vor der Tür, die Wohnung war abgeschlossen. Eine Freundin ist keinem aus dem Team bekannt und selbst wenn er gestern, was ganz und gar nicht seinem üblichen Verhalten entspricht, in einer Kneipe versackt ist, wäre er längst hier. Egal, wie desolat sein Zustand auch sein möge. Nein, ich bin sehr sicher, dass ihm etwas zugestoßen ist.«

»Und du meinst, dieser Kreuzmann hat ihn in seiner Gewalt?«

»Das liegt doch auf der Hand. Vielleicht hat er uns ja gestern auch beobachtet und will Ralf deswegen ausschalten.«

Mansfeld erzählte nun von Jensens Versuch, in die Scheune von Kreuzmann zu gelangen und dass er nur mit Mühe davon abgehalten werden konnte.

Koch bedachte dieses Geständnis mit einem bösen Blick, sagte jedoch nichts weiter dazu.

»In Ordnung, also Zugriff mit SEK.«, sagte Koch daraufhin.

»Wohnung und Scheune in Seeburg werden zur gleichen Zeit geöffnet, wir brauchen also jede Menge Leute. Aber hier ist möglicherweise ein Kollege in Gefahr. Peter, bereite deine Leute vor, wir gehen da so schnell wie möglich rein. Ich gehe derweil mit Franz zum diensthabenden Richter und erkläre dem die ganze Situation. Damit werden wir den Beschluss schon bekommen. Kehlheim klang da eben auch recht zuversichtlich, also wird das schon.«

Mansfeld und Blaschke machten sich auf den Weg in den Besprechungsraum, wo jetzt neben Stölzner und Meinert auch Schwarz und Welfert saßen.

Stölzner sagte: »Peter, da seid ihr ja. Habt ihr den gleichen Gedanken wie wir gehabt? Was den Kreuzmann betrifft?«

Mansfeld sah in acht erwartungsvoll auf ihn gerichtete Augen.

»Ich schätze schon. Und jetzt für euch noch eine Info, das ist vorhin ein wenig untergegangen und bisher habe ich noch ein wenig Resthoffnung gehabt. Ralf ist verschwunden und ich habe die Vermutung, unser werter Herr Menschenfischer aka Kreuzmann hat ihn in seiner Gewalt. KSK sieht das auch so und holt gerade gemeinsam mit Kehlheim einen Beschluss für alles, was irgendwie dem Kreuzmann gehören könnte. Wir werden zwei Teams bilden und zeitgleich in der Wilhelmstadt und in Seeburg reingehen. Dabei nehmen wir dann so viel SEK mit, wie wir in der Kürze der Zeit auftreiben können.«

Die Worte verfehlten ihre Wirkung nicht, alle vier standen einfach nur da und wirkten fassungslos.

Als erste meldete sich Schwarz zu Wort: »Ralf ist ernsthaft in der Gewalt von diesem Schlächter?«, fragte sie mit echtem Entsetzen in der Stimme.

»Danach sieht es zumindest aus.«, antwortete Mansfeld und berichtete dann, was Blaschke und er nach der Tatortbegehung unternommen hatten, um Jensen zu finden.

»Alter Verwalter, ich glaube, du liegst da vollkommen richtig. Einfach so zu verschwinden, das sieht ganz und gar nicht nach Ralf aus. Der ist doch hier mit seinem Job verheiratet. Und nach dem, was der Kollege von der Streife erzählt hat, deutet wirklich alles auf Kreuzmann hin.«, platzte es aus Meinert heraus.

Darauf begannen alle zu reden und es gab ein wildes Durcheinander der Stimmen, sodass Mansfeld kurz etwas lauter werden und seine Ermittler zur Ruhe rufen musste.

»Kommt wieder runter, wir müssen den Zugriff planen. Ich selbst leite das Ganze, wobei ich denke, dass KSK mit von der Partie sein wird, ebenso Kehlheim. Die beiden werden vermutlich direkt bei Kreuzmann anklopfen wollen, übernehmen also den Zugriff in der Wilhelmstadt. Rita und Klaus, ihr schnappt euch Benjamin und nehmt ihn mit. Ihr seid Team Wilhelmstadt. Benjamin, Rita wird dich instruieren, wie du dich zu verhalten hast. Mach alles exakt so, wie sie es dir sagt und alles wird gut. Anja und Andreas, ihr seid in Seeburg mit dabei, wo ich dann den Zugriff übernehme. Alles andere läuft wie üblich. Und ich will alle mit Schutzkleidung und funktionsfähiger Waffe, ist das klar?«

Eifriges Nicken ersetzte nun das erwartete Durcheinander der Antworten.

»Na dann los, Ausrüstung holen und überprüfen, wir treffen uns in zehn Minuten auf dem Parkplatz. Bis dahin dürften auch die Truppenteile vom SEK eingetroffen sein.«

Die Ermittler machten sich auf den Weg zu ihren Schränken, um die Schutzwesten und Helme zu holen, ihre Waffe trugen alle bei sich. Auch Mansfeld holte seine Schutzweste, allerdings nicht aus dem Schrank, sondern aus dem Kofferraum.

Er hatte sie stets dabei, denn zu seiner Anfangszeit bei der Kriminalpolizei war er in einen Schusswechsel geraten.

Dabei wurde er an der Schulter verwundet. Zwar nicht ernsthaft, aber es war auf jeden Fall mit jeder Menge Schmerzen, langem Krankenhausaufenthalt und viel Physiotherapie verbunden. Damals lag eine langwierige Ermittlung hinter ihm, ein Täter hatte gleich drei Personen getötet und dabei jede Menge Spuren hinterlassen. Allerdings führten die Spuren zu unterschiedlichen Personen und jedes Mal, wenn er dachte, den richtigen Täter zu haben, stellte sich das als Sackgasse heraus. Als dann der richtige Täter ermittelt werden konnte, gingen die Pferde mit ihm durch und in seinem Eifer, den Täter nun endlich hinter Schloss und Riegel zu bringen, ging er ohne Schutzweste vor. Kurz bevor der Zugriff erfolgen konnte, bemerkte der Täter die Polizisten und eröffnete das Feuer. Ein Kollege kam dabei ums Leben, zwei, unter anderem Mansfeld, wurden dabei verletzt. Seither hatte er seine Schutzweste immer dabei und zog sie lieber einmal zu oft als zu wenig an.

Beim Gedanken an damals schmerzte seine Schulter, weshalb er sich jetzt auf das SEK konzentrierte. Das war nämlich inzwischen eingetroffen und der Einheitsführer kam auf ihn zu. Es handelte sich um Arnold Rehberg, einen alten Bekannten von ihm.

»Mensch Peter, dass wir zwei beiden noch einmal zusammenarbeiten, wer hätte das gedacht.«

Er lachte und schlug Mansfeld freundschaftlich auf die Schulter.

»Hallo Arnold. Schön, dass du dabei bist. Aber der Anlass ist diesmal besonders unfein.«

»Ich habe schon gehört, einer von deinen Männern ist möglicherweise in der Gewalt des Verdächtigen, bei dem es sich um niemand Geringeren als den aus Funk und Fernsehen bekannten Menschenfischer höchstselbst handelt. Richtig so weit?«

»Leider. Aber warten wir kurz auf den Alten, dann müssen wir nicht alles zweimal erzählen.«

Während die beiden zum Führungsfahrzeug des SEK gingen, wechselten sie noch kurz ein paar persönliche Worte. Zwei alte Freunde, die sich lange nicht gesehen hatten. Es wirkte fast schon so, als würde plötzlich wieder Normalität einkehren. Dieses Gefühl änderte sich jedoch, als die beiden ihr Ziel erreichten, denn zeitgleich tauchte Koch mit Kehlheim dort auf und beide machten sehr ernste Gesichter.

»Der Zugriff kann erfolgen, wir haben Durchsuchungsbeschlüsse für Kreuzmanns Wohnung in der Spandauer Wilhelmstadt inklusive aller dazu angemieteten Keller und Vorratsräume, für seine Scheune in Seeburg, sowie alle weiteren umfriedeten Gebäude auf dem gleichen Flurstück in Seeburg. Die Kollegen im Umland sind informiert und lassen uns freie Hand, verzichten also auf ihr Recht, das Ding selbst durchzuziehen. Und als Bonbon obendrauf haben wir einen Haftbefehl für Kreuzmann.«

Koch wedelte mit ein paar Bögen Papier herum, um seinen Worten entsprechenden Nachdruck zu verleihen.

»Mit welcher Begründung gab es denn den Haftbefehl?« Mansfeld macht ein ungläubiges Gesicht. Für gewöhnlich gab es Haftbefehle nur sehr schwer und das, was den Durchsuchungsbeschluss rechtfertigte, war in den meisten Fällen noch lange kein Haftgrund.

»Hier hat wohl der Umstand geholfen, dass Ralf möglicherweise in seiner Gewalt ist. Kreuzmann soll sich nicht abseilen können, denn niemand weiß bisher, ob der nicht noch andere Liegenschaften hat. Und wenn Ralf woanders festgehalten wird, könnte es gefährlich werden, wenn Kreuzmann auf freien Füßen bleibt.«

Damit hatte Koch durchaus recht. Sollte Jensen ganz woanders, auf einem bisher unbekannten Grundstück Kreuzmanns festgehalten werden, könnte er dann als Reaktion auf die Durchsuchungen für unschöne Tatsachen sorgen. Und das musste unbedingt vermieden werden.

Damit war das Thema aber auch abgehakt und konnte ohnehin nicht weiter vertieft werden, denn jetzt übernahm Rehberg das Wort.

»Konzentrieren wir uns auf das Wesentliche. Da wir an zwei Orten gleichzeitig zugreifen, wird Kollege Maranz die Teamleitung für das zweite Zugriffsteam übernehmen.«

Damit hatte er einen Kollegen vorgestellt, der sich kurz zuvor zur kleinen Gruppe gesellt, bisher aber nicht nichts gesagt hatte.

»Hallo zusammen. Ihr könnt gern Peter zu mir sagen, Maranz ist aber auch in Ordnung.«

»Dann bleiben wir bei Maranz, denn wir haben hier noch einen Peter am Start.«

Mansfeld sah das als Aufforderung an, reichte Maranz die Hand und sagte dabei: »Mansfeld. Auch Peter.«

Maranz nahm die Hand und schüttelte sie kurz. Damit war die Vorstellungsrunde beendet und Rehberg übernahm wieder.

»Wir haben zwei Zugriffsgruppen hier, ich selbst werde gemeinsam mit dem Kollegen Koch den Zugriff hier in der Wilhelmstadt leiten. Wir gehen aktuell davon aus, dass wir hier auch Kreuzmann vorfinden werden und dann festnehmen. Die zweite Gruppe übernehmen die beiden Peter.«

Er grinste kurz in die Runde.

»Beide Gruppe werden sich dabei zunächst nur in die Nähe der Zugriffsorte begeben und dann zeitgleich vorgehen. Da wir vermutlich keine oder nur unzuverlässige Funkverbindung haben werden, wird alles telefonisch koordiniert. Die Verbindung halten dabei Maranz und ich, Kollege Koch bestimmt den exakten Zeitpunkt des Zugriffes. Soweit alles klar?«

»Ja, alles klar.«, antwortete Mansfeld. »Und meine Leute sind ebenfalls schon eingeteilt und sollten inzwischen bei den Zugriffsteams sein. Bis auf einen Kollegen haben alle schon an solchen Zugriffen teilgenommen, der Frischling wird von Kollegin Schwarz gebrieft. Der ist aber ein helles Köpfchen, da mache ich mir keine Sorgen. Von unserer

Seite ist also hinreichend Personal dabei und alle wissen, wie sie sich zu verhalten haben.«

»Na dann los!«, gab Rehberg den Befehl zum Aufbruch.

Alle gingen zu ihren Fahrzeugen und nur kurze Zeit später setzten sich zwei Fahrzeugkolonnen zu ihren Einsatzorten in Bewegung.

Dienstag, 12.00 Uhr, Wilhelmstadt und Seeburg

Als erstes erreichte die Gruppe um KSK ihr Ziel in der Wilhelmstadt. Die Beamten sammelten sich auf dem Parkplatz eines Getränkemarktes in der Beyerstraße. Jeder saß still in seinem Fahrzeug und konzentrierte sich auf die anstehenden Ereignisse. Lediglich Schwarz und Blaschke redeten leise und besprachen alle Verhaltensweisen bei der Begleitung eines SEK-Zugriffes. Auch mögliche Abbruchszenarien erläuterte Schwarz dabei umfassend.

Das alles half Blaschke aber nur wenig dabei, seine Aufregung zu mildern. Er fühlte sich zum Platzen gespannt und betete innerlich auf Knien dafür, nichts zu vermasseln. Es wäre wohl nichts peinlicher, als ein Neuling im Team, der einen Zugriff versaut. Was er ursprünglich als Lottogewinn gesehen hatte, die Zuteilung zu einem wirklich großen Fall als ersten echten Einsatz, nahm er zunehmend als Last wahr. Eine Last, die fast schon zu groß für ihn zu werden schien. Er gab sich innerlich einen Ruck. ›Los Blaschke, sei keine Memme. Du hast das alles gelernt, du weißt, wie es läuft und worauf zu achten ist. Du bist einer der Besten. Jetzt sei also ein Mann und zieh das durch!‹, sprach er innerlich mit sich selbst und versuchte auf diese Weise, seine Anspannung ein wenig zu senken.

Nur etwa 10 Minuten später hatte auch die zweite Gruppe ihr Ziel erreicht und nahm auf der Landstraße, ganz in der Nähe von Kreuzmanns Gehöft Aufstellung. Maranz nahm sein Telefon in die Hand und rief bei Rehberg an.

»Wir sind bereit.«, sagte er wortkarg und wartete auf eine Antwort.

Rehberg verständigte sich kurz mit Koch, der den Befehl zum Zugriff gab.

»Grünes Licht.«, gab er Maranz zu verstehen, dass der Zugriffsbefehl erfolgt war.

»Verstanden, grünes Licht. Ab jetzt dreihundert Sekunden, dann greifen wir zu.«

»Dreihundert, so recht. Viel Glück und kommt alle gesund wieder zurück!«, gab Rehberg noch zu verstehen, dass nun fünf Minuten verstreichen würden, bis beide Teams synchron zuschlagen würden und legte auf.

Jetzt lief die Zeit und beide Einheitsführer gaben ihren Teams mit kurzen Befehlen die nötigen Aufträge. Welche Wege die Kollegen dabei zu nehmen hatten, wo der Zugriff gesichert werden musste und wo es unklare Situationen geben konnte, war bereits im Vorfeld geklärt worden. Jetzt musste der Plan nur noch vom Planungstisch in die Realität umgesetzt werden.

Fahrzeuge wurden langsam umgesetzt und in Stellung gebracht, schwer bewaffnete Beamte huschten lautlos davon und verschwanden aus dem Sichtbereich. An beiden Zugriffsorten stieg die Anspannung und nach Ablauf der fünf Minuten gaben Rehberg und Maranz fast sekundengenau gleichzeitig den Befehl zum Zugriff.

Ohne dass es deutlich lauter wurde, stürmten die Beamten in der Wilhelmstadt in die Wohnung von Kreuzmann, die mit einer kleinen Ramme geöffnet wurde. Das kurze Krachen war dabei das einzig wirklich hörbare Geräusch. Laut wurde es erst, als Stimmen erhoben wurden: »Polizei, keine Bewegung!«, rief es aus einem der hinteren Zimmer der Wohnung.

»Was wollt ihr von mir? Hey, ich habe nichts ge- …«, war deutlich die Stimme von Kreuzmann zu hören, bevor sie in einem Stöhnen erstarb.

Ein Beamter hatte ihn in seine Gewalt gebracht und zu Boden gerungen. Jetzt kniete der Beamte auf Kreuzmanns Schultern und fesselte ihm die Hände mit dicken Kabelbindern. Nur kurze Zeit später verkündeten die Beamten des SEK Sicherheit und Koch betrat gemeinsam mit den Ermittlern die Wohnung. Blaschke hielt sich dabei, wie von Mansfeld angewiesen, immer direkt hinter Schwarz.

Interessiert sahen sich die Ermittler in der Wohnung um und kamen dann in den Raum, in dem Kreuzmann gefesselt noch immer auf dem Boden lag. Als er Koch bemerkte, begann er mit gequälter Stimme seinen Unmut über den Zugriff kundzutun.

»Was habe ich getan, was werfen sie mir vor?«, fragte er. Und sagte dann weiter: »Und kann dieser Goliath endlich von mir heruntergehen? Ich bekomme kaum Luft.« Und mit Blick auf die Kabelbinder: »Außerdem trage ich ja diese tollen Schmuckstücke, welche Gefahr soll da von mir ausgehen?«

Das stimmte und so gab Koch dem SEK-Beamten mit einem Zeichen zu verstehen, dass er von Kreuzmanns Schultern herunterkommen konnte. Das tat er auch und hievte Kreuzmann dann mit nur einer Hand auf einen in der Nähe stehenden Stuhl.

»Danke.«, sagte Kreuzmann. »Darf ich jetzt erfahren, was sie mir überhaupt vorwerfen? Was soll dieser ganze Zirkus hier?«

»Herr Kreuzmann, zunächst das Förmliche.«, sagte Koch und begann dann, Kreuzmann über die Festnahme und die damit verbundenen Rechte aufzuklären. Blaschke beobachtete diese Szene mit leuchtenden Augen, denn jetzt wirkte es doch wie im Film, so wie man sich als kleiner Junge eine echte Festnahme vorstellte und er war live dabei.

Koch vergewisserte sich noch, dass Kreuzmann die Belehrung verstanden hatte und erklärte ihm dann, was man ihm vorwarf.

Wie zu erwarten war, stritt Kreuzmann alles ab.

»Gott unser Herr ist mein Zeuge, ich habe nichts von dem getan, was sie mir vorwerfen.« Er wollte sich bekreuzigen, was jedoch an seinen auf dem Rücken gefesselten Händen scheiterte. Also blickte er nur theatralisch zur Zimmerdecke, ganz so, als wolle er seinen Worten damit etwas Nachdruck verleihen.

Welfert wollte gerade an Koch vorbeigehen und sich Kreuzmann schnappen, als ihn Schwarz zurückhielt.

»Mach jetzt keinen Scheiß. Wenn der dichtmacht, hat es sich für Ralf geschissen.«, zischte sie ihm leise zu.

Koch hatte das aber trotzdem bemerkt und wandte sich nun an Welfert.

»Kollege, nur die Ruhe. Wir nehmen Herrn Kreuzmann jetzt zur Vernehmung mit, dann sehen wir weiter. Es ist niemandem, auch nicht dem Kollegen Jensen, geholfen, wenn wir jetzt vom Protokoll abweichen. Auch Herr Kreuzmann hat Rechte und die sollen und werden wir ihm auch zugestehen. Haben wir uns da verstanden?«

»Ja.«, sagte Welfert zerknirscht, während er es kaum schaffte, Koch dabei in die Augen zu sehen.

»Bringen sie Herrn Kreuzmann aufs Kommissariat.«, wies Koch daraufhin einen der inzwischen ebenfalls an der Einsatzstelle anwesenden Beamten der Schutzpolizei an. Ohne weitere Kommentare wurde Kreuzmann abgeführt.

Die kurze Szene war umgehend vergessen und die Ermittler begannen damit, systematisch die Wohnung von Kreuzmann zu durchsuchen, wobei besonderes Augenmerk auf Papiere zu möglichen weiteren Grundstücken gelegt wurde. Es ging schließlich um Jensen und für den Fall, dass er nicht in Seeburg war, musste schnellstmöglich herausgefunden werden, wo ihn Kreuzmann noch gefangen halten könnte.

Während Schwarz und Welfert den Schreibtisch von Kreuzmann genauer aufs Korn nahmen, räusperte sich plötzlich einer der anwesenden uniformierten Kollegen hörbar. Als sie ihn anschauten, raunte er ihnen zu: »Spurensicherung im Anmarsch.«

Dankbar nickten beide, stellten sich kerzengerade hin, nahmen die Arme auf den Rücken und versuchten ein ernstes Gesicht zu machen. Sie wirkten dabei wie zwei Vorschüler, die bei einem Streich erwischt wurden, aber die Kollegen von der Spurensicherung hatten nichts von der Durchsuchung des Schreibtisches mitbekommen. Diese durchzuführen war nämlich ihr Job, auch wenn sie wussten, dass Ermittler gern ihre Finger in solch interessante Möbelstücke steckten. Grundsätzlich war es auch in Ordnung, denn der Durchsuchungsbeschluss erlaubte den Ermittlern, alles auf links zu drehen. Nichtsdestoweniger war es aber die Spurensicherung, die gerade in Mord- oder Entführungsfällen die Durchsuchung übernahm. Und wenn dann unvorsichtige Ermittlerhände Spuren vernichtet oder auch einfach nur kontaminiert hatten, waren schnell wichtige Beweismittel zum Teufel.

Das wussten natürlich auch Schwarz und Welfert, die nun der Spurensicherung das Feld überließen, nur beobachtend dabei standen und sich hin und wieder ein Fundstück zur Begutachtung reichen ließen, sobald es von der Spurensicherung aufgenommen und verpackt worden war.

In Seeburg kam währenddessen ebenfalls eine Ramme zum Einsatz, als die Scheune geöffnet werden sollte, die Mansfeld und Jensen tags zuvor als möglichen Versammlungsort von Kreuzmanns Sekte identifiziert hatten.

Mit lautem Krachen zersplitterte die Tür und einer der Flügel fiel dabei aus dem Rahmen. Endgültig zerstört wurde der Türflügel dann, als etliche schwere Stiefel der SEK-Beamten darüber polterten und alle in die Scheune stürmten.

Mansfeld hatte die Beamten zuvor noch über den möglichen Kellerraum und dessen Lage informiert. Ein Zweierteam stürmte deshalb direkt auf den beschriebenen Ort zu, den Mansfeld in seiner Erinnerung aus Jensens Erzählungen für die Position der Kellerklappe hielt. Und genau dort befand sich auch der gesuchte Zugang.

Nachdem im eigentlichen Scheunenraum, der offenbar tatsächlich als Gebetsraum oder ähnliches verwendet wurde, Sicherheit geschaffen war, sollte der Keller geöffnet werden. Weitere vier Beamte des SEK kamen hinzu und sicherten, während die beiden zuerst zum Kellerzugang gestürmten Beamten gleichzeitig beide Flügel öffneten. Mit lautem Krachen flogen die Flügel auf und sofort waren sechs Waffen auf das schwarze Loch gerichtet, das sich jetzt vor den Beamten auftat.

Vorsichtig betätigte einer der Beamten einen Schalter, der sich direkt neben dem Zugang befand. Es dauerte zwei oder drei Sekunden, bis ein Licht im Keller aufflackerte und den Raum in schwaches Neonlicht tauchten.

Vorsichtig und stets auf Sicherung bedacht, gingen die Beamten nun in den Kellerraum hinab. Mansfeld, der die Szene aus etwa acht Metern Entfernung beobachtete, hielt kurz die Luft an. Bis dann ein Ruf aus dem Kellerraum zu hören war.

»Sicherheit! Hier ist alles sauber, keine Personen anwesend.«

Enttäuschung und Erleichterung zugleich waren es, die von Mansfeld Besitz ergriffen, denn es bedeutete zwar, dass

Ralf nicht dort gefangen gehalten wurde. Aber es bedeutete zugleich, dass der Verbleib von Ralf weiterhin ein Rätsel bleiben würde, wenn nicht das Team in der Wilhelmstadt mehr Erfolg hatte.

»Nehmt trotzdem alles auseinander. Wir müssen absolut sicher sein, dass es keine versteckten Räume gibt. Und alles, was auch nur ansatzweise so aussieht, als würde es hier zum Grundstück gehören, wird ebenfalls umgekrempelt.«, befahl Maranz indessen seinen Leuten, keinen Stein auf dem anderen zu lassen.

Mansfeld hingegen verließ die Scheune wieder, nahm sein Telefon und rief bei Koch an. Es dauerte einen Moment, bis Koch endlich ans Telefon ging: »Peter, habt ihr Ralf gefunden?«, fragte er direkt, nachdem er das Gespräch angenommen hatte.

»Nein, leider nicht. Und deiner Frage entnehme ich, dass ihr ebenfalls erfolglos geblieben seid?«

»Was Ralf betrifft, ja. Aber wir haben Kreuzmann und schaffen den gerade direkt ins Kommissariat. Und dann bleibt der so lange im Verhör, bis er alles ausgepackt hat und Ralf wieder wohlbehalten unter uns ist.«

»Wie hat er sich denn verhalten? Hat er etwas zu den Vorwürfen gesagt?«

»An sich war er ganz entspannt. Soweit man entspannt sein kann, wenn gerade jede Menge SEK in die Wohnung geplatzt ist. Die erhobenen Vorwürfe streitet er erwartungsgemäß komplett ab.«

»Lass mich raten, er hat sogar ein Alibi. Wir müssen nämlich nur den lieben Gott fragen, der kann das unter Garantie bezeugen.« Mansfeld kicherte leise über seinen Scherz.

»Richtig, genau der soll ihm das Alibi geben. Aber nun genug, wir haben noch jede Menge zu tun und sollten die Einsatzstellen zügig erledigt haben, damit wir uns aufs Verhör konzentrieren können. Hier in der Wilhelmstadt sind wir auch fast fertig. Wie sieht es bei euch aus?«

Mansfeld brummelte zunächst nur, während er den Zeitaufwand abzuschätzen versuchte. »Ich gehe mal davon aus, dass ich selbst noch mindestens eine Stunde hier bleiben muss. Dann übergebe ich an Anja und Andreas, die den Rest schaukeln werden.«

Koch und Mansfeld verabredeten sich zur Vernehmung von Kreuzmann und legten dann auf. Beide hatten vor Ort noch genug zu erledigen und wollten jetzt keine Zeit mehr verlieren.

Kurz darauf tauchte Maranz bei Mansfeld auf und berichtete, dass die weiteren Gebäude auf dem Grundstück lediglich ein altes und ziemlich verfallenes Stallgebäude, sowie ein Werkzeugschuppen waren. Der Werkzeugschuppen machte dabei den Eindruck, als hätte man ihn ebenso lange nicht benutzt, wie den Stall. Beide wurden intensiv durchsucht und dort gab es keinerlei Anzeichen auf versteckte Räume. Damit war die Durchsuchung weitgehend beendet und für das SEK der Einsatz erfolgreich erledigt. Maranz verabschiedete sich noch kurz und zog sich dann mit seinen Leuten zurück. Blieben Mansfeld und seine Ermittler, eine handvoll Schutzpolizisten sowie die ebenfalls am Einsatz beteiligten Kollegen von der Spurensicherung.

Die Durchsuchungen waren in Mansfelds Augen ein kompletter Reinfall, denn zu wissen, wo Ralf nicht war, half in der aktuellen Situation nicht weiter. Innerlich wurde er zunehmend wütend, wobei sich sein Zorn eher gegen sich selbst richtete, weil er einfach keine passende Idee hatte. Keine Idee, wo sich Ralf noch befinden, wo Kreuzmann ihn gefangen halten konnte. Nun blieb tatsächlich nur noch die Vernehmung von Kreuzmann und die stand für ihn nun ganz oben auf der Prioritätenliste.

Er ging zu Stölzner und Meinert, die gerade mit einem Kollegen von der Spurensicherung sprachen.

»Anja, Andreas? Habt ihr kurz einen Augenblick?«

»Aber für dich doch immer Chef!«, antwortete Meinert mit einem für die aktuelle Situation etwas zu fröhlichen Tonfall.

»Ich bin hier so weit durch und fahre jetzt ins Kommissariat. Dort werde ich dann gemeinsam mit dem Alten die Vernehmung von Kreuzmann machen. Ihr kommt hier doch auch allein klar, oder?«

Beide nickten und Stölzner entgegnete: »Fahr mal, wir haben hier alles im Griff. Die Spurensicherung wird auch noch ein ganzes Weilchen brauchen und wir werden bleiben, bis auch dieser Teil erledigt ist. Vielleicht finden wir dabei ja noch etwas Interessantes oder gar etwas, das uns zu Ralf führt.«

Und Meinert ergänzte noch: »Nehmt den Kreuzmann ordentlich in die Mangel, wer unseren Kollegen entführt, hat keine Milde verdient.«

»Und dann stehen kurz darauf hunderte Menschenrechtler bei uns vorm Kommissariat und demonstrieren. Nein danke, dafür haben wir einfach nicht genug Zeit.«, antwortete Mansfeld noch, während er sich schon abwinkend auf den Weg machte.

Da Mansfeld mit dem SEK nach Seeburg gefahren war, hatte er keinen eigenen Wagen dabei und ließ sich deshalb schnell von einem der Schutzpolizisten in dessen Streifenwagen ins Kommissariat bringen.

Dienstag, 15.30 Uhr, Kommissariat

»Kreuzmann sitzt schon in der 3 und wartet.«, begrüßte ihn Koch, als Mansfeld im Kommissariat auftauchte.

»Hat er bisher schon irgendwas gesagt? Nach einem Anwalt verlangt? Oder nach einer Bibel?«, grummelte Mansfeld.

»Nein, aber wir haben ihm eindringlich dazu geraten, einen Rechtsbeistand hinzuzuziehen. Er redet aber pausenlos davon, dass Gott alles bezeugen kann und er als totale Unschuld vom Lande ohnehin bald wieder nach Hause geschickt wird.«

Mansfeld überlegte Kurz. »Lassen wir ihn noch einen Moment schmoren.«, sagte er dann. »Ich trinke erstmal in Ruhe eine Tasse Kaffee und versuche, mich ein wenig zu beruhigen. Nicht, dass ich nachher noch einen auf Ennigkeit mache.«

»Ennigkeit?«, fragte Koch mit hochgezogenen Augenbrauen.

»Na die Daschner-Geschichte, damals in Frankfurt.«

»Ach das. Jetzt ist der Groschen gefallen. Und nein, mit solchem Unfug fangen wir besser gar nicht erst an.« Koch erhob beide Arme wie zur Abwehr. »Also gönn Dir die kurze Pause und sag einfach Bescheid, wann es losgehen soll.«

Wolfgang Daschner war 2002 stellvertretender Polizeipräsident in Frankfurt. Bei einem Entführungsfall hatte die Frankfurter Polizei zwar einen geständigen Täter, der jedoch weigerte sich zu verraten, wo sich sein Opfer befand. Und so wies er den Hauptkommissar Ortwin Ennigkeit an, dem Täter mit allerlei Schmerzen und mehr zu drohen.

Der tat dies dann auch und daraufhin verriet der Täter den Ort, an dem sich sein, leider zu diesem Zeitpunkt schon totes, Opfer befand. Für Daschner und Ennigkeit hatte das einen Prozess wegen Verdachts auf Verleitung eines Untergebenen zu einer Straftat für Daschner und wegen Verdachts auf Nötigung im Amt gegen Ennigkeit zur Folge. Ein Prozess, der mit einem Schuldspruch endete. Und auf so etwas hatte Mansfeld nun ganz und gar keine Lust. Nicht einmal nur wegen sich selbst, auch wegen Kreuzmann. Denn, und das stand für Mansfeld so fest wie das Amen in Kreuzmanns Kirche, auch ein Täter hatte Rechte. Rechte, die er als Polizist ebenso zu achten und zu schützen hatte, wie die Rechte der Opfer.

Jetzt musste er also seinen inneren Zorn verrauchen lassen, bevor er sich an die Vernehmung von Kreuzmann machte und dafür war eine Tasse Kaffee bestens geeignet. Da er keine Lust hatte, sich dazu in sein Büro zu setzen, ging er in den Besprechungsraum.

Dort traf er auf Blaschke, was ihn durchaus verwunderte.

Mansfeld fragte: »Benni, was machst du denn hier? Seid ihr in Kreuzmanns Wohnung schon fertig?«

»Nein, Rita und Klaus sind noch dort und unterstützen die Kollegen von der Spurensicherung. Ich wurde nur vom Chef hierher beordert, damit ich an der Vernehmung von Kreuzmann teilnehmen kann.«

»Chef? Der Chef bin ich. Wenn du Koch meinst, dann ist das der Alte oder KSK. Dann weiß auch jeder, wer gemeint ist.«

»KSK?« Blaschke blickte ihn fragend an.

»Kriminalrat Siegfried Koch«, antwortete Mansfeld grinsend.

»Das liegt doch aber eigentlich auf der Hand.«

»Jetzt, wo du es sagst, schon. Aber gut, ich merke es mir für die spätere Verwendung.«

»Und noch etwas, ihm gegenüber sollte keiner der beiden Begriffe verwendet werden. Das dürfen nur ganz wenige Leute tun. Allen anderen wird ohne Vorwarnung direkt und ohne Narkose der Kopf abgerissen. Da ist der Alte nicht zimperlich.«

Blaschke riss entsetzt die Augen auf.

»Benjamin, das war Scherz.«

»Äh, oh, ja. Klar eigentlich. Aber das kam eben so todernst rüber, da dachte ich … also … ähh … ich weiß nicht einmal was ich dachte.«, stammelte Blaschke.

Lachend winkte Mansfeld ab.

»Lass mal gut sein, das passt schon alles. Jetzt ist aber kurz eine Kaffeepause angesagt und dann grillen wir Kreuzmann auf ganz kleiner Flamme.«

Mansfeld nahm seine Tasse, ging zu den Tafeln mit den Ermittlungsergebnissen und schaute planlos darauf.

Blaschke gesellte sich zu ihm und sagte: »Irgendwie ist alles ganz klar und deutlich. Und irgendwie auch nicht. Und ganz besonders irgendwie passt die Sache mit Kollegen Jensen, ähh, Ralf dort hinein.«

»Wie es zu Ralf kam, vermag ich auch nicht zu sagen. Da hat vielleicht die Gelegenheit den Dieb gemacht. Denn der Plan wirkt ja zumindest bisher ganz so, als kämen ausschließlich die Mitglieder des Bauausschusses als Opfer infrage. Da passt ein Polizist nicht wirklich ins Schema. Obendrein war Ralf ja nicht einmal Mitglied in der BVV, wenn er mal überhaupt in irgendeiner Partei ist.«

»Hmm.« Blaschke fiel keine passende Antwort ein.

»Lass dich jetzt aber mal nicht verrückt machen. Niemals über zu viele Dinge gleichzeitig nachdenken. Jetzt ist Kreuzmann dran und mit etwas Glück können wir noch heute Abend unserer lieben Polizeipräsidentin den Täter auf einem Silbertablett servieren.«

Mansfeld stellt seine inzwischen leere Kaffeetasse auf einen der Tische hinter sich und ging dann, Blaschke hinter sich herwinkend, hinaus. Auf dem Weg zum Vernehmungsraum kam er am Büro von Koch vorbei, wo er kurz den Kopf durch die Tür steckte und den Beginn der Vernehmung ankündigte. Koch sprang auf und folgte den beiden.

Doch noch bevor das Trio den Vernehmungsraum erreichen konnte, tauchten die vier Ermittler auf, die bis dahin noch an den Einsatzstellen verblieben waren.

»Rita, ihr schon wieder hier?«, fragte Mansfeld.

»Ja, Klaus und ich waren in Kreuzmanns Wohnung soweit fertig. Die Spurensicherung braucht zwar noch einige Zeit, aber wir würden da nur im Weg stehen. Gleiches gilt für Anja und Andreas, die beiden haben wir dann eben auf dem Hof aufgegabelt.«

»Gut. Ich übernehme gemeinsam mit Kriminalrat Koch die Vernehmung von Kreuzmann und Benjamin wird dabei zusehen und lernen. Später wird wohl noch Kehlheim dazustoßen. Ihr vier setzt euch bitte noch einmal an die Dossiers zu den Mitgliedern des Bauausschusses. Versucht Verbindungen zu finden, oder irgendetwas, das zum Fall passen kann. Wir sind uns zwar bei Kreuzmann sehr sicher, aber ich will vermeiden, dass wir etwas übersehen.«

»Okay, so etwas in der Art hatten wir jetzt ohnehin vor.«, entgegnete Schwarz und die vier Ermittler gingen ohne weitere Worte in Richtung Besprechungsraum los.

Mansfeld freute sich innerlich, wie gut Rita alles im Griff hatte. Sie war eine sehr erfahrene Ermittlerin und immer öfter verstanden sie sich ohne Worte, wusste Schwarz schon, was als nächstes getan werden soll, noch bevor Mansfeld es aussprechen konnte.

Koch schlug sich derweil mit der Hand vor die Stirn.

»Kehlheim, den habe ich komplett ausgeblendet. Ich war so auf die Vernehmung fixiert, dass ich den komplett verdrängt habe. Hast du denn schon mit ihm gesprochen?«

»Ja, ich habe ihn eben noch kurz angerufen, aber er hat noch einen dringenden Termin bei der Justizverwaltung. Sobald er dort fertig ist, kommt er hierher und begleitet die Vernehmung.«, antwortete Mansfeld.

Koch atmete deutlich hörbar auf.

»Ein Glück. Das hätte ja Ärger gegeben, immerhin ist Kreuzmann ja festgenommen, wird also nicht mehr als Zeuge vernommen. Da sollte der Staatsanwalt zumindest Bescheid wissen und die Chance haben, sich zu beteiligen.«

»Klar, aber Kehlheim ist doch bei solchen Dingen sehr entspannt und vertraut uns für gewöhnlich.«

»Das schon, aber wer weiß, unter welchem Druck er gerade steht. Ihm sitzen mit Sicherheit nicht weniger Vorgesetzte im Nacken als uns.«

»Und genau deshalb hast du ja so besonders gute Ermittler wie mich, die dann an alles denken.«, sagte Mansfeld jetzt mit einem Lachen und schob Koch und Blaschke den Gang weiter in Richtung Vernehmungsraum.

Alle drei gingen zunächst in den Nebenraum, um Kreuzmann einen Moment zu beobachten. Kreuzmann saß kerzengerade an einem Tisch, der mittig im Raum stand. An den beiden langen Seiten des Tisches standen jeweils zwei Stühle. Eine Seite für die vernehmenden Beamten, die andere für den zu Vernehmenden und dessen Rechtsbeistand. Neben der Tür stand ein Justizwachtmeister mit verschränkten Armen und regungslosem Gesichtsausdruck.

Kreuzmann betete offenkundig, dazu hatte er die Hänge gefaltet und seinen Blick gesenkt. Genau verstehen konnten ihn die drei Beobachter aber auch über die Mithöranlage nicht, da die Worte nur leise gemurmelt wurden.

Koch sagte: »Der wird eine harte Nuss. Um es mal mit seinen Worten zu sagen, ›Gnade uns Gott, dass wir ihn rechtzeitig zum Reden bewegt bekommen‹, sonst kann es für Ralf eng werden.«

»Wenn er ihn hat.«, warf Blaschke ein.

»Sprich nicht das aus, wovor ich mich gerade am meisten fürchte. Das würde nämlich einen weiteren Spieler auf dem Feld bedeuten. Und der wäre bis dato unbekannt.«

»Das klingt nicht gut.«

»Eben. Aber aktuell deutet ja wirklich alles auf Kreuzmann hin. Konzentrieren wir uns also auf ihn. Darüber hinaus sind die anderen jetzt mit den Dossiers zu den anderen potenziellen Opfern befasst und finden da vielleicht etwas. Und im Grunde hast du ja recht, man darf sich nicht zu sehr auf einen Verdächtigen einschießen. Dabei verliert man schnell die Umgebung aus den Augen und im schlimmsten Fall kommt es zur self-fulfilling prophecy, einer selbsterfüllenden Prophezeiung. Ganz so, wie es ja leider im Fall des Maskenmannes in Bad Saarow war. Aber während einer Vernehmung müssen wir, schon um gegenüber dem Verdächtigen nicht zweifelnd zu wirken, grundsätzlich annehmen, den Richtigen zu haben.«

Der Fall des Maskenmannes in Bad Saarow und Storkow hatte 2011 für allerlei Aufregung gesorgt. Die Polizei hatte ziemlich schlampig ermittelt und sich dann komplett auf einen Verdächtigen, der einen zugegebenermaßen sehr seltsamen Lebensstil hatte, konzentriert, dass er dann in einem reinen Indizienprozess sogar schuldig gesprochen wurde. Und das, obwohl ein anderer deutlich besser zu allem passte, was man vom Täter wusste. Der wiederum war selbst Polizist, der nebenbei in illegale Geschäfte verwickelt war. Die Ermittlungen wurden dann aber von ziemlich hoher Stelle beeinflusst und am Ende kam es dann zur Verurteilung. Eine Verurteilung, bei der bis heute nicht sicher ist, ob auch tatsächlich der Richtige hinter Gittern saß.

Mansfeld schaute kurz Koch an und dann wieder Blaschke.

»Benni, nimm es nicht persönlich, aber du bleibst erstmal hier. Ich gehe da mit Kriminalrat Koch allein rein. Schau einfach zu und lerne.«

Blaschke hatte zwar schon dem Gespräch zwischen Mansfeld und Schwarz entnommen, dass er nur Zaungast sein würde, aber dennoch war ihm die Erleichterung anzusehen, die ihn gerade überkam. Er hatte nämlich schon bei der Abfahrt aus Kreuzmanns Wohnung befürchtet, auch bei der Vernehmung selbst aktiv beteiligt zu sein. Womit ihm die Sache tatsächlich über den Kopf wachsen würde, er hatte schließlich noch zu verdauen, dass er gleich bei seiner ersten echten Ermittlung so einem dicken Brocken zugeteilt worden war. Hastig nickte er deshalb und versprach, genau aufzupassen.

Koch holte währenddessen tief Luft und drückte dann die Klinke zum Vernehmungsraum herunter. Bevor er die Tür aufzog, blickte er Mansfeld an, der die stumme Frage verstand und nickte. Das war das Zeichen, dass es losgehen konnte. Beide gingen in den Raum und nahmen gegenüber von Kreuzmann Platz.

Dienstag, 18.00 Uhr, Kommissariat

»Ach, erfahre ich jetzt endlich, was genau mir vorgeworfen wird? Diese lächerliche Geschichte mit etlichen Morden und einer Entführung kann ja nur ein Scherz sein. Ein ziemlich schlechter obendrein.«, fragte Kreuzmann, ohne dabei die Stimme auch nur ansatzweise zu erheben. Er sprach mit ruhiger und monotoner Stimmlage. Im Grunde ganz genau so, wie man es sich bei einem tief in sich selbst ruhenden Sektenguru erwarten würde.

In Mansfeld erzeugte dieses Auftreten beginnende Zweifel an der Richtigkeit ihres Verdachtes. Konnte jemand, der selbst in einer solchen Situation soviel Frieden und Ruhe ausstrahlte, wirklich ein grausamer Mehrfachmörder sein, der obendrein die Chuzpe besaß, einen Polizisten zu kidnappen? Als sich Mansfeld bei seinen Zweifeln ertappte, wischte er sie beiseite. ›Peter‹, sagte er sich, ›jetzt mach keinen Scheiß. Genau das will der doch mit diesem Zirkus erreichen.‹

Mansfeld blickte kurz zu Koch, der bei solchen Verhören gern ihm das Wort überließ und eher stille Beisitzer war, der nur in ganz wenigen Momenten aus sich herauskam und eine Frage einstreute. Das bewirkte, dass der oder die Verhörte sich zunächst voll und ganz auf Mansfeld konzentrierte, dann aber durch die wenigen Zwischenfragen immer wieder zu Koch blickte. Und dadurch dann aus dem Konzept geriet und weich gekocht wurde, wie es im Polizeijargon hieß.

Mansfeld schaltete die Tonaufzeichnung ein und nannte alle Anwesenden, einschließlich des Justizwachtmeisters, mit vollem Namen und vergaß auch nicht, Blaschke im Nebenraum zu erwähnen. Er betonte noch einmal deutlich, dass ab sofort jedes im Raum gesprochene Wort aufgezeichnet wird und wandte sich dann an Kreuzmann.

»Herr Kreuzmann, ihnen wurden die ihnen zustehenden Rechte verlesen und sie haben zum Ausdruck gebracht, sie vollumfänglich verstanden zu haben. Auf Rechtsbeistand haben sie verzichtet. Ist dies weiterhin der Fall?«

»Aber selbstverständlich. Ich sagte bereits, der Herr allein ist mein Zeuge und er wird mein Schicksal mit weiser Hand führen und lenken. Was auch immer mir geschieht, der Herr hat es so für mich vorgesehen und dem ergebe ich mich pflichtschuldigst. Wie könnte ich kleine Seele mir auch anmaßen, die Entscheidungen des Herrn infrage zu stellen?«

Damit Kreuzmann jetzt nicht mit einer langen Predigt begann und sie zum christlichen Glauben zu bekehren versuchte, unterbrach er ihn: »Das haben wir nun so weit verstanden. Sollten sie im Verlauf der Vernehmung dennoch einen Anwalt wünschen, sagen sie uns bitte umgehend Bescheid, dann wird die Vernehmung unterbrochen und wir besorgen ihnen einen.«

Kreuzmann nickte langsam und Mansfeld kommentiert die Tondokumentation: »Der Verdächtige Kreuzmann nickt und bestätigt damit, die Belehrung verstanden zu haben.«

»Dann packen sie doch bitte mal auf den Tisch, welcher Taten sie mich denn überhaupt verdächtigen, wenn ich hier schon als Verdächtiger bezeichnet werde.«, sagte Kreuzmann, jetzt schon mit etwas forscherer Tonlage.

»Sie haben von den sogenannten Menschenfischermorden gehört?«, fragte Mansfeld.

»Ja, aber sie wollen doch nicht allen Ernstes behaupten, ich wäre dieser ominöse Menschenfischer.«, entrüstete sich Kreuzmann.

»Doch, genau das denken wir derzeit. Die Indizien sprechen dafür.«

»Mein lieber Herr Oberpolizist«, entgegnete Kreuzmann süffisant, »ich führe ein durch das Wort des Herrn geleitetes Leben streng nach den Regeln der heiligen Schrift. ›Du sollst nicht morden‹ ist dabei eines der zentralen Gebote, die für mich und mein ganzes Leben höheres Gewicht haben, als jedes weltliche Gesetz es jemals haben wird. Das Leben betrachte ich als heilig und ich soll auf alle Ewigkeit verdammt sein und im Fegefeuer schmoren, wenn ich auch nur eine Fliege töte. Ihre Indizien in allen Ehren, aber sie werden sie wohl falsch interpretiert haben. Ich kann einfach nicht der Täter sein, schon allein weil mich das sechste Gebot daran hindert.«

»Des fünften.«, warf Koch leise brummend ein.

»Ja, bei euch Katholiken. Und nur bei euch. Aber egal, ob fünftes oder sechstes Gebot, nicht zu morden ist für mich heilige Christenpflicht.« Trotzig verschränkte Kreuzmann die Arme und ließ sich in die Stuhllehne fallen.

Mansfeld wollte gerade wieder das Wort übernehmen, als es kurz an die Tür klopfte und direkt danach ein junger Polizist den Raum betrat.

»Kriminalrat Koch?«, fragte er.

»Das bin ich.« Koch sah den Polizisten fragend an, der gehetzt und immer noch ganz außer Atem antwortete.

»Herr Kriminalrat, sie und der Herr Hauptkommissar Mansfeld sollen unbedingt zum großen Saal kommen. Die Polizeipräsidentin hat eine Pressekonferenz zu den Durchsuchungen in Seeburg und Spandau angesetzt, an der sie beide teilnehmen sollen. Und die beginnt in zehn Minuten.«

Mansfeld und Koch sahen sich an und schüttelten beide gleichzeitig den Kopf.

»Das ist ja mal Timing. Und dann auch noch ganz ohne Absprache. Was denkt die eigentlich, wer sie ist?«

»Die Polizeipräsidentin.«, antwortete Mansfeld nur kurz und erhob sich. Bevor die beiden den Raum verließen, wurde die Vernehmung für vorläufig beendet erklärt und die Tonaufzeichnung gestoppt.

Auf dem Flur machte Koch dann seinem Unmut richtig Luft:

»Die hat doch einen echten Knall. Wir stecken hier inmitten einer wichtigen Vernehmung, wenn nicht gar der wichtigsten Vernehmung im ganzen Fall und sollen stattdessen lieber mit der Presse reden. Soll vielleicht noch einer dieser Schmierfinken die Vernehmung für uns übernehmen? Und alles nur, weil sich Madame wohl mal wieder ein wenig profilieren möchte. Hö hö, kaum sitzt der Prenzlbergmörder in Haft, haben wir schon den nächsten Serienkiller auf dem Weg nach Tegel. Wichtig, wichtig.«

»Siegfried«, unterbrach ihn Mansfeld und hob dabei beschwichtigend die Hände. »Wir bringen das jetzt ganz flott hinter uns. Währenddessen können Rita und Klaus das Verhör übernehmen. Die beiden sind Profi genug, um das auch hinzukriegen. Gerade Rita hat da ein echtes Händchen. Und mit etwas Glück können wir nach der PK direkt losziehen und Ralf befreien. Denn das sehe ich bei der Vernehmung ohnehin mit der höchsten Priorität, die Morde sind da eher zweitrangig.«

Koch holte tief Luft und nickte dann: »Hast ja recht, Peter. Also los!«

Mansfeld schaute kurz im Besprechungsraum vorbei, um Schwarz und Welfert in Sachen Vernehmung Bescheid zu geben. Beide schauten zunächst verwundert, dass die Pressekonferenz so kurzfristig angesetzt worden war, freuten sich dann aber auch darüber, das Verhör führen zu dürfen.

»Was macht eigentlich Benjamin, wo ist der denn abgeblieben?«, fragte Schwarz noch.

»Ach du Schande. Den haben wir vollkommen verdrängt. Der wird noch im Nebenraum der drei sitzen und darauf warten, dass es weitergeht.« Mansfeld wurde leicht rot.

»Das arme Kerlchen. Völlig vergessen und fern der Heimat sitzt er nun da. Aber gut, gleich hat er ja wieder eine Vorstellung in seinem Privatkino.« Schwarz lachte und auch Welfert musste dabei grinsen.

»Ich sehe schon, auch bei euch ist er in guten Händen und kann viel lernen. Dann zeigt dem Frischling mal, wie so eine Vernehmung richtig läuft, dann kann er die Nächste allein übernehmen und wir können uns alle mit einer Tasse Kaffee zurücklehnen und hinterher einfach nur die Lorbeeren einstreichen.«, setzte Mansfeld lachend hinterher.

»Das klingt nach einem passablen Plan, den unterstütze ich.«, meldete sich jetzt auch Welfert zu Wort. Aber ehe noch mehr Scherze auf Blaschkes Kosten gemacht werden konnten, rief Koch vom Flur aus in den Besprechungsraum: »Peter, wird es heute noch etwas?«

»Bin schon unterwegs.«, antwortete er und wollte sich gerade auf den Weg machen, als sein Telefon klingelte. Ein Blick auf die Anruferkennung zeigte, dass es Stölzner war. Er ging ran: »Anja, mach schnell, ich habe gerade keine Zeit.«

»Ich wollte nur Bescheid geben, dass wir gerade auf dem Weg ins Kommissariat sind. Wir haben nichts weiter gefunden und wollen uns jetzt wieder um Jabs‹ Hintergrund kümmern. Außerdem ist ja auch noch dieser Diakon Karl Wilhelm offen, bei dem sind wir heute früh nicht weitergekommen. Da gibt es also auch noch einiges zu tun.«

Richtig, die Ermittlungen zum vierten Opfer waren durch die Ereignisse der letzten Stunden arg ins Hintertreffen geraten und die hinkende Person auf dem Überwachungsvideo musste auch noch genau identifiziert werden. Mansfeld ohrfeigte sich innerlich, weil ihm das untergegangen war.

»Super, macht das so. Und wenn ihr Hilfe braucht, schnappt euch Blaschke, der ist aktuell nur Zaungast bei Kreuzmanns Vernehmung. Ich selbst bin jetzt mit dem Alten zur Pressekonferenz und danach wieder beim Verhör dabei.«

»Eine Pressekonferenz? Wie kommt es denn dazu?«

»Das kam eben, aus heiterem Himmel und von ganz oben. Zum Glück hier im Haus. Mit hätte noch gefehlt, jetzt zum Platz der Luftbrücke zu müssen.« Er legte auf.

Am Platz der Luftbrücke befindet sich das Berliner Polizeipräsidium und die meisten großen Pressekonferenzen finden dort statt. Lediglich die kleineren, vornehmlich bei eher unbedeutenden Fällen wurden im jeweiligen Kommissariat durchgeführt. Und jetzt von Spandau bis nach Tempelhof zu fahren, hätte einen enormen Zeitverlust bedeutet.

Mansfeld wandte sich noch kurz an die beiden anderen.

»Rita, Klaus, ich verlasse mich auf euch. Und denkt dran, das Wichtigste ist im Moment der Verbleib von Ralf. Wir müssen aus diesem Kreuzmann rausgequetscht bekommen, wo sich Ralf befindet. Gebt euer Bestes.«

Ohne eine Antwort abzuwarten, war Mansfeld nun aus dem Raum verschwunden. Schwarz und Welfert sahen sich kurz an und machten sich dann auf den Weg zum Verhör. Dies war eine einmalige Chance, denn derartige Vernehmungen führten immer die Chefs, hier das Ruder übernehmen zu dürfen, war eine wirkliche Ehre. Und die musste man nutzen, denn nur allzu schnell dürfte die Pressekonferenz vorbei sein und dann würden die Chefs wieder übernehmen.

Mansfeld und Koch gingen indessen zum großen Saal. Der große Saal war eigentlich nur ein etwas größerer Besprechungsraum, der jedoch hinreichend genug Platz für bis zu 35 Pressevertreter und ein paar Fernsehkameras bot. Die Abteilung für Öffentlichkeitsarbeit hatte den Namen ›großer Saal‹ geprägt, denn das war, so argumentierte man dort, ein griffiger Name, der eine gewisse Autorität vermittelte. Mansfeld konnte das zwar weniger nachvollziehen, aber ihm war ziemlich schnuppe, wie ein solcher Raum genannt wurde. Solange er nur möglichst selten dort hinein musste, denn Pressekonferenzen waren ihm zuwider. Er war sich durchaus der Wichtigkeit bewusst und durch gezielte Information der Öffentlichkeit konnte man auch gut verhindern, dass zu viele Gerüchte gestreut wurden, aber diese Information konnten gern auch andere übernehmen. Leider war es bei solchen umfassenden Ermittlungen üblich, dass der Referatsleiter und der Chefermittler auf dem Podium Platz nahmen und über den Stand der Ermittlungen berichteten. Zumindest so weit man das tun konnte, ohne die eigene Arbeit zu gefährden.

Als die beiden den großen Saal erreichten, spähte Mansfeld kurz durch die angelehnte Tür zum Podium, durch die man einen guten Überblick auf den gesamten Raum hatte. Und der Raum war bis zum letzten Platz besetzt, man hatte sogar noch ein paar zusätzliche Stühle hinein geräumt. Das Interesse der Presse war also erwartungsgemäß riesig.

In diesem Augenblick tauchte auch die Polizeipräsidentin auf und begrüßte die beiden. »Herr Koch, Herr Mansfeld. Vielen Dank, dass sie sich so kurzfristig die Zeit nehmen konnten. Bedauerlicherweise hätte die PK zu keinem anderen Zeitpunkt in meinen Terminplan gepasst, denn ich bin auch in der Sache mit dem Prenzlbergmörder noch reichlich gebunden.« Das war es also. Termindruck. Aber schob sie das nicht immer vor? Mansfeld grinste in sich hinein, als er sich vorstellte, wie sie nach der PK ganz eilig davonfuhr. Zum nächsten ganz wichtigen Termin, der vermutlich irgendwo im Kempinski stattfinden und sich darum drehen würde, wie man Hummer am besten verspeist, ohne sich dabei allzu sehr zu bekleckern.

Na ja, sollte sie, das war ja irgendwie auch ihr Job. Ein wenig repräsentieren hier, ein wenig darstellen dort, immer lächeln und immer zu denen lieb Kind machen, die über die Finanzierung der Polizei zu entscheiden hatten. Da schmeckte der Hummer dann vermutlich nur noch halb so gut.

»Hatten sie noch hinreichend Zeit, um sich ein wenig vorzubereiten?«, fragte sie nun.

»Das nicht wirklich, aber die Zugriffe liefen quasi wie nach Lehrbuch ab, ebenso die Festnahme von Kreuzmann. Damit sollte alles recht schnell erläutert und die Presse zufrieden sein.«

Koch wirkte recht zuversichtlich, dass die PK ein Kinderspiel würde. ›Sein Wort in Gottes Ohr‹, dachte sich Mansfeld und wurde sich dabei der Analogie zum aktuellen Fall klar, die dieser Spruch mit sich brachte.

Jetzt tauchte auch der Leiter der Stabsabteilung Öffentlichkeitsarbeit auf und schob das aus Koch, Mansfeld und der Polizeipräsidentin bestehende Trio in den großen Saal. »Los geht es, die Presse wartet schon angespannt und sie haben alle noch Arbeit. Bringen wir das schnell hinter uns.« Er schaute dann Mansfeld direkt ins Gesicht. »Sie haben doch schon etliche PK‹s hinter sich gebracht, ich muss sie also nicht extra informieren, auf was sie achten müssen. Oder?«

»Keine Sorge, ich bin Profi im viel Reden und nichts dabei sagen.«, Mansfeld zwinkerte kurz und ging dann zu seinem Platz auf dem Podium.

Als alle vier Platz genommen hatten, verstummten die Gespräche im Raum. Lediglich das obligatorische Klicken der Fotoapparate war zu hören und der Pressesprecher begann mit der Eröffnung der Pressekonferenz. Erst stellte er kurz die auf dem Podium vertretenen Personen vor und übergab dann der Polizeipräsidentin das Wort.

»Meine Damen und Herren, werte Pressevertreter. Ich bin mir bewusst, dass diese Pressekonferenz doch sehr, sehr kurzfristig einberufen wurde, dafür bitte ich zunächst um Entschuldigung. Anders ließ es sich angesichts der umfangreichen Ereignisse der letzten Tage nicht realisieren. Aber zum Thema. Wie sie sicher mitbekommen haben, wurden heute durch zwei Teams der Berliner Polizei zwei Durchsuchungen durchgeführt, die in direktem Zusammenhang mit dem Fall des von ihnen sogenannten Menschenfischers stehen. Dabei kam es zu einer Festnahme. Die Identität des Festgenommenen werden wir hier weder nennen noch auf Nachfrage verneinen oder bestätigen. Soviel sollte gleich vorab klar sein. Und nun übergebe ich das Wort direkt an den Leiter der Sonderkommission Zitadelle, Herrn Hauptkommissar Peter Mansfeld, der ihnen mehr zu den Zugriffen sagen kann.«

Das ist ja mal fett, dachte sich Mansfeld. Eine kurze Ansage, dann direkt Koch als zuständigen Referatsleiter überspringen und das kleinste Licht am Tisch darf den ganzen Salm erläutern. Und vermutlich dann auch die verbale Kloppe einstecken, wenn die Antworten den Herrschaften von der Presse nicht ausreichten. Was sie nie taten.

Aber nun saß er in der Tinte und musste durch diese Geschichte durch.

Und so stellte er sich noch einmal kurz vor, erläuterte dann die Ereignisse der letzten Tage, beginnend mit dem Leichenfund an der Spandauer Zitadelle bis hin zu den Durchsuchungen vor wenigen Stunden. Er schloss mit den

Worten: »Und wie schon durch die Polizeipräsidentin erwähnt, kann ich ihnen zur Identität der festgenommenen Person nichts sagen. Wir stecken aktuell in den Vernehmungen und erst wenn wir fassbare Beweise haben, die die Schuld dieser Person untermauern, können wir einen Namen nennen. Ich bitte auch darum, die nun folgenden Fragen auf ein mögliches Minimum zu reduzieren, damit Kriminalrat Koch«, er deutete auf den zu seiner Seite sitzenden Chef, »und ich mit der Vernehmung fortfahren können. Wir haben in diesem Fall keine Zeit zu verlieren, denn es wird, über die eigentliche Mordserie hinaus, noch einer unserer Kollegen vermisst. Und wir vermuten einen direkten Zusammenhang mit dem aktuellen Fall.«

Jetzt war es raus. Mansfeld biss sich beinahe auf die Zunge, denn genau dieses Detail wollte er, schon allein zum Schutz von Jensen, nicht preisgeben. Warum musste er sich auch immer für seine Zeitnot vor der Presse rechtfertigen?

Im Saal wurde es zuerst absolut still und dann brachen unkoordiniert Fragen aus den Journalisten heraus. Der Pressesprecher stand auf und versuchte mit beschwichtigenden Gesten die Meute zu beruhigen. »Meine Herrschaften, ich bitte um Ruhe. Noch ist die PK nicht für Fragen freigegeben, bitte halten sie sich daran. Sie werden schon noch die Gelegenheit bekommen, ihre Fragen zu stellen.«

Jetzt stand auch Koch auf und sagte mit sehr lauter Stimme: »Lassen sie mich kurz erläutern, was es mit dem vermissten Kollegen auf sich hat.« Das wirkte, denn die Journalisten beruhigten sich umgehend und richteten ihre ganze Aufmerksamkeit auf Koch.

»Einer der Mitarbeiter der Sonderkommission Zitadelle wurde seit den Abendstunden des gestrigen Tages nicht mehr gesehen und es gibt Grund zu der Annahme, dass er gegen seinen Willen irgendwo festgehalten wird. Aufgrund seiner Nähe zum Fall des Menschenfischers vermuten wir, dass eben dieser ihn in seiner Gewalt hat. Dies begründet auch die Eile, mit der die anstehende Vernehmung geführt werden muss. Und bevor Fragen kommen, es handelt sich um einen der ermittelnden Kriminaloberkommissare, einen Namen werden wir auch hier zum Schutz der Person und seiner Familie selbst auf Nachfrage nicht nennen. Vielen Dank.«

Es übernahm wieder der Pressesprecher. »Jetzt haben wir noch etwa fünf Minuten für ihre Fragen, mehr Zeit ist leider nicht drin, sie haben es ja eben selbst gehört.«

Erstaunlicherweise hielten sich die Vertreter der seriöseren Zeitungen und Sender tatsächlich zurück, nur die Reporter der Regenbogenpresse stellten reihenweise Fragen. Natürlich auch immer wieder nach den Namen, ganz so, als hätte es die entsprechenden Ankündigungen, hier nichts zu sagen, nie gegeben. Die Geier auf der Jagd nach Sensationen waren Mansfeld ein riesiger Dorn im Auge, aber so ging es wohl allen Polizisten und vermutlich auch einigen ihrer Kollegen. Der Pressesprecher und Koch beantworteten abwechselnd die Fragen und ganz wie angekündigt wurde nach fünf Minuten die Pressekonferenz für beendet erklärt. Mansfeld und Koch verließen fluchtartig den großen Saal. Auf dem Flur angekommen lehnte sich Mansfeld an die

Wand, atmete kurz tief durch und schlug sich dann mit der flachen Hand gegen die Wange. »Was bin ich nur für ein Vollidiot!«, schimpfte er mit sich selbst.

»Herr Mansfeld, das war schon voll in Ordnung so. Die Presse hätte ohnehin irgendwann Wind von der Sache bekommen und dann säßen wir erst recht in der Tinte. Denn man hätte uns dann Verschleierung vorgeworfen. Also war alles schon ganz gut so. Außerdem ist das ja nun wirklich ein mehr als verständlicher Grund, die PK auch bei einem derart großen Fall so kurz zu halten.« Die Polizeipräsidentin hatte da vollkommen recht. »Machen sie sich jetzt also keine Vorwürfe.«

Sie wandte sich dann an Koch: »Herr Koch, ich muss los. Sobald sie etwas vom Kollegen Jensen erfahren haben, möchte ich umgehend darüber informiert werden. Ich bin trotz diverser Meetings den ganzen Abend für sie erreichbar.«

Koch nickte pflichtschuldig und die Polizeipräsidentin rauschte mitsamt der für sie üblichen Entourage ab. Es wurde still auf dem Gang im Kommissariat und Koch lehnte sich neben Mansfeld an die Wand. Einige Augenblicke lang schwiegen alle beide, bis Koch dann sagte: »Los Peter, wir nehmen uns jetzt diesen Kreuzmann vor. Dann holen wir Ralf und der Rest läuft von ganz allein.«

Er stieß sich wieder von der Wand ab und marschierte in Richtung Vernehmungsraum los. Mansfeld folgte ihm.

Als die beiden am Besprechungsraum vorbeikamen, hörten sie lautes Stimmengewirr. Mansfeld blickte in den Raum und sah neben Stölzner und Meinert auch Schwarz, Welfert und sogar Blaschke im Besprechungsraum.

»Was ist denn hier los?«, wollte er nun wissen.

Das Stimmengewirr erstarb und Schwarz war es, die als erste antwortete. »Kreuzmann sagt kein Ton und ist inzwischen auch dahintergekommen, dass es ziemlich dumm ist, auf Gott allein als rechtlichen Beistand zu setzen. Er hat einen Anwalt verlangt und der lässt jetzt auf sich warten. Denn es ist ja nicht so, dass der feine Herr nicht sogar einen eigenen hätte. Ganz im Gegenteil. Aber der Anwalt lässt sich feiern, denn der ist gerade irgendwo bei Zehdenick auf einem Wochenendgrundstück und braucht mindestens zwei oder drei Stunden bis hierher.«

»Bessere Neuigkeiten habt ihr nicht zu bieten? Was ist mit Ralf? Habt ihr da wenigstens noch etwas aus ihm herausbekommen?« Mansfeld stand mit weit aufgerissenen Augen im Raum und hoffte, dass wenigstens hier ein Erfolg verbucht werden konnte.

Diese Hoffnung erfüllte sich jedoch nicht. »Nein, kein Wort haben wir aus ihm herausbekommen. Er hat zuerst nur die Zehn Gebote heruntergeleiert, dann auf das sechste davon verwiesen und uns erklärt, dass er ja schon allein deswegen als Täter so überhaupt nicht infrage kommen kann.«

»Diesen Blödsinn hat er uns auch schon erzählt.«, sagte Mansfeld daraufhin.

Es wurde kurz still im Raum, bis es Blaschke war, der die Stille unterbrach.

»Ich glaube, ich weiß, wer der Täter ist!«

Er war sich der Ironie durchaus bewusst, die dieser Satz mit sich brachte. Und auch Mansfeld dachte umgehend daran, dass er selbst Blaschke noch am Morgen dieses Tages erklärt hatte, dass wohl kein Poirot mit diesen Worten im Raum stehen würde. Sondern Fälle für gewöhnlich durch langwierige Auswertung tausender, oft nichtssagender Spuren gelöst werden. Und nun das.

Alle blickten gespannt und ohne ein Wort zu sagen hinüber zu Blaschke, der mit offenem Mund vor den Tafeln mit den Ermittlungsergebnissen stand und immer noch einen Stift in die Höhe hielt.

Dienstag, 19.00 Uhr, unbekannter Ort

Jensen war vor etwa einer Stunde – Oder war es ein Tag, eine Woche, ein Monat, ein Jahr? Sein Zeitgefühl hatte ihn vollständig verlassen. – wieder aufgewacht. Nicht langsam, Stück für Stück, sondern schlagartig. Er hatte die Augen aufgerissen und tief, ganz tief Luft geholt. Beinahe so, wie man es sich in einem Film vorstellen würde. Der Protagonist des Filmes lag dabei lange unter Wasser, bis er endlich gefunden und gerettet werden konnte. Leblos lag er am Strand und der oder die Retter begannen mit dem, was man im Film gern als Herzdruckmassage bezeichnet, was tatsächlich aber nur lustiges Herumdrücken ohne die geringste Chance auf echte Wirkung war. Und irgendwann wurde damit aufgehört, der oder die Retter schauten von ganz nah ins Gesicht des zu Rettenden und plötzlich riss der die Augen auf. Ein obligatorischer Schluck Wasser wurde ausgespuckt und dann folgte der tiefe Atemzug, dem sich direkt der Jubel aller Anwesenden anschloss.

Der Jubel blieb jedoch aus und damit wurde Jensen klar, dass er keinesfalls gerettet war, schon gar nicht im Film. Er lag noch immer in diesem Keller. Um nicht wieder sofort das Bewusstsein zu verlieren, blieb er diesmal eine Weile liegen und versuchte, sich in dieser Position zu orientieren und im Raum umzusehen. Das machte sich aber nicht wirklich gut, weshalb er als Nächstes damit begonnen hatte, sich langsam aufzurichten. Und so saß er nun, mit beißenden Schmerzen in den gefesselten Handgelenken seit, ja nun, vermutlich seit ziemlich langer Zeit hier im Keller. Inzwischen wusste er, dass er allein war, denn die andere Person war nicht zu sehen. Nichts deutete mehr darauf hin, dass sie mit im Raum gelegen hatte. Er kam jedoch nicht dazu, sich weiter Gedanken darüber zu machen, denn nun erschien Licht auf der Treppe und schwere Schritte polterten die alten Stufen hinab.

Wieder sah er wegen des Gegenlichtes zunächst nur einen großen Schatten vor sich stehen. Der Schatten begrüßte ihn: »Guten allerletzten Tag, Herr Oberkriminalermittler.«

Jensen brauchte jetzt kein Gesicht mehr zum Schatten, denn die Stimme kannte er.

»Sie?«

»Was dachtest du denn, du Wurst? Der liebe Gott höchstpersönlich? Oder Jesus auf Bekehrungstour, wie die Vollidioten von der Presse mutmaßen? Diese Lappen, die zu dumm sind, die Zeichen richtig zu deuten, die Dinge richtig zu verstehen und alle Teile korrekt zusammenzusetzen? Und ihr Bullen fallt auf den Blödsinn der Presse auch noch rein.«

Der Schatten kam noch einige Schritte näher und jetzt sah Jensen auch das Gesicht.

»Zeichen? Teile? Ich verstehe nicht.« Jensen war verwirrt, denn er hatte keine Ahnung, was sein Gegenüber sagen wollte.

»Zeichen? Teile?«, äffte der ihn nach. »Ihr Bullen habt nichts, aber auch gar nichts verstanden. Habt euch von der Presse in die Irre führen lassen und seid auf diesen Scheiß mit irgendwelchen biblischen Boten hereingefallen. Früher, als die deutsche Polizei noch eine Polizei mit Zucht und Ordnung war und nicht so ein verweichlichter Haufen wie heute, da wäre das sicher nicht geschehen.«

Offenbar hörte sich sein Gegenüber gern reden, weshalb Jensen beschloss, aufs Ganze zu gehen und die Konfrontation zu suchen.

»Ach, verweichlicht ist die Polizei also? Kann es sein, dass ihre Wahrnehmung ein wenig justiert werden muss? Denn schon allein die Tatsache, dass sie mich hier gefangen halten, zeigt ja deutlich, wie dicht wir ihnen auf den Fersen sind. Jetzt kommt langsam die Angst durch, richtig?«

Sein Gegenüber ließ sich jedoch nicht auf die Provokation ein, sondern lachte nur.

»Nein, du kleine Wurst bist nur mein Gast, damit ihr endlich mal versteht, um was es hier eigentlich geht. Dieser Unfug mit irgendwelchem religiösen Zeug ist ein Holzweg. Die Botschaft ist eine vollkommen andere. Aber ihr seid zu dumm, das ohne Hilfe zu erkennen. Und du wirst deinen Leuten verraten, wie die Botschaft lautet.«

»Und wie soll das passieren? Wenn ich hier rausgehe, um irgendwelche Botschaften zu überbringen, dann klicken kurze Zeit später Handschellen. Soviel sollte doch klar sein.«

Wieder lachte sein Gegenüber, diesmal jedoch noch lauter und länger. Und sagte dann: »Wenn du hier rauskommst, wirst du zwar eine Botschaft überbringen, aber zu reden wirst du als toter Mann dann ganz sicher nicht mehr in der Lage sein.«

Dienstag, 19.30 Uhr, Kommissariat

»Los Benni, lass uns an deinen Erkenntnissen teilhaben.«, forderte Mansfeld ihn auf, endlich weiterzureden.

»Dieser Fisch. Dieser Fisch ist kein Fisch. Der ganze Quatsch mit dem Menschenfischer ist genau das, Quatsch.«

Wieder machte er eine Pause und diesmal war es Welfert, der drängelte: »Benjamin, wenn du nicht sofort redest, holen wir die guten alten Daumenschrauben raus und die sind schneller angelegt, als du Erdbeermuffin sagen kannst.«

»Okay, okay. Ist ja gut, aber ich fange weiter vorn an. An sich war es ja korrekt, der Menschenfischerthese zu folgen, zu offensichtlich waren die Dinge. Es wäre ja auch blöd zu glauben, dass etwas Rotes blau wäre, nur weil man das vielleicht besser findet. Aber dieser Kreuzmann war mir zuerst viel zu entspannt und dann viel zu ängstlich. Ganz so, als wäre er eben tatsächlich unschuldig. Was er im Übrigen auch ist, denn der Täter ist ein anderer.«

Blaschke sah in die Runde und bemerkte, wie alle immer ungeduldiger wurden, Welfert drohte sogar offen mit einer Faust.

»Und des Rätsels Lösung lautet: Dieser Fisch ist kein Fisch.«

Blaschke sah in acht fragende Augenpaare, nur dass diesmal keine Drohgebärden von Welfert kamen.

Mansfeld fragte: »Wenn der Fisch kein Fisch ist, was ist er dann?«

»Denkt mal daran, dass der Fisch manchmal auf der Schwanzflosse stand. Der Pathologe hatte da vollkommen recht, als er mutmaßte, dass die Position, ob horizontal oder vertikal, einfach nur der Position des Schneidenden zum Opfer geschuldet war. Deshalb stand er manchmal auf der Schnwaznflosse und manchmal war er genau so, wie man ihn sich vorstellt, nur eben etwas eckig. Und das Eckige hat dabei nichts damit zu tun, dass gerade Schnitte leichter gemacht sind, als geschwungene. Es hat damit zu tun, dass hier die Ecken völlig richtig und der vermeintliche Fisch nur auf der Schwanzflosse stehend korrekt gezeichnet ist. Weil es eben kein Fisch ist.«

»Mensch Benni, jetzt mach hier nicht so einen Eiertanz. Fisch hier, Fisch da, kein Fisch, doch ein Fisch, dann wieder keiner. Komm endlich mal zur Sache!«, blaffte Meinert dazwischen, was ihm einen tadelnden Blick von Mansfeld einbrachte.

»Ja ja, nur die Ruhe. Es handelt sich bei diesem Fisch um eine Othakla, die Odalrune.«

Blaschke schaute nacheinander alle anderen an, die schienen jedoch nicht zu verstehen.

»Und was ist das für ein Ding? Bedeutet Rune, dass es um irgendwelche germanischen Götterkulte geht? Dann wäre doch aber der religiöse Hintergrund korrekt.«, stellte Schwarz fest.

»Völlig richtig, aber hier hat es keinen religiösen Hintergrund. Wir hatten auf der Polizeischule einige dieser Symbole bei einer Vorlesung zum Thema drittes Reich. Und die Odalrune steht dabei für den Begriff Heimat, weshalb die Nazis diese Rune gern als Symbol einsetzten. Einige SS-Divisionen hatten sie auf ihrer Flagge und das Rasse- und Siedlungshauptamt ebenso. Nach dem Krieg war die Odalrune Symbol der rechtsextremen Wikingjugend. Als die seinerzeit verboten wurde, wurde selbst die Rune, zumindest als Gruppen- oder Vereinssymbol in Deutschland verboten. Kurzum, es ist ein Nazisymbol oder wird hier in Deutschland viel mehr immer mal wieder als solches verwendet. In Skandinavien wird sie ebenso noch verwendet, aber dann nicht mit diesem negativ konnotierten Hintergrund.«

»Nun komm schon, wie schlagen wir jetzt den Bogen von einem Nazisymbol zu unserem Täter? Den kennst du ja angeblich auch schon.« Nun war es Stölzner, die zu drängeln begann.

»Ganz einfach, ich habe mir mal die Dossiers zu den Mitgliedern im Bauausschuss angeschaut. Wer war an welchen Projekten beteiligt, wer hat wann wie gestimmt, und so weiter. Da hattet ihr ja schon ganz tolle Vorarbeit geleistet. Und eines hatten alle Opfer gemeinsam, sogar der letzte, der Jabs. Sie alle haben gegen ein kirchliches Jugendzentrum zugunsten einer Einrichtung der Flüchtlingshilfe gestimmt. Das wiederum hat seinerzeit eine Person im Rathaus ganz besonders verärgert, und zwar den Baustadtrat Friedrich Meister höchstselbst. Und der ist als Mitglied der FaD schonmal per se ganz weit rechts. Der hat wohl auch enorm gute Kontakte nach Brandenburg, wo einer der führenden Köpfe gerade gerollt ist, weil er Beziehungen nach noch weiter Rechtsaußen hatte. Der war nämlich vor seinem Eintritt in die FaD Mitglied in der HDJ, der Heimattreuen Deutschen Jugend, einer rechtsextremen Jugendvereinigung. Und die HDJ hatte enge Drähte, ja sogar diverse personelle Überschneidungen mit der Wikingjugend. Deren Symbol eben besagte Odalrune war.«

Blaschke ließ seine Worte jetzt wirken. Diesmal drängelte niemand, alle sahen Blaschke ungläubig an, bis es mal wieder Mansfeld war, der sich als Erster fing.

»Benni, was du da sagst, klingt heftig. Bist du sicher, dass du nichts übersehen hast?«

»Ich bin so sicher, wie man eben sicher sein kann.«

»Benni«, Mansfeld machte ein ganz besonders ernstes Gesicht und schaute Blaschke ganz tief in die Augen, »quantifiziere das mal bitte in Prozenten.«

»So achtzig bis hundert, würde ich sagen. Tendenz zur hundert.«

»Also wirklich sehr sicher?«

»Eigentlich bin ich mir sogar absolut sicher. Und jetzt kommt der absolute Clou. Meister hat in Seeburg ein Grundstück mit einem Stall und einer Scheune drauf.«

Blaschke hatte seinen Satz noch nicht zu Ende gesprochen, da hatte Mansfeld schon sein Telefon in der Hand und rief Koch an.

»Siegfried, wir brauchen sofort einen Beschluss für alle umfriedeten Grundstücke und sonstigen Besitztümer von

Baustadtrat Friedrich Meister. Und diesmal will ich beide SEK-Teams in Seeburg haben, dort ist nämlich mindestens eins dieser Grundstücke. Ich will die komplette Kavallerie. Meister ist unser Mann. Wie und warum erkläre ich dir und dem Paragrafenreiter später, ihr müsst mir jetzt beide einfach mal blind vertrauen.«

Es entstand eine kurze Pause, in der Koch nachdachte.

»Du hast diesen Meister schon erlebt, nachdem sich Ralf nur ein wenig daneben benommen hat. Wenn du jetzt falsch liegst und wir nichts finden, dann sind wir beide unseren Job los. Oder zumindest alle Aussichten, die da eventuell noch auf uns warten. Ist dir das klar?«

»Ja, das ist mir vollkommen klar.«

»Okay, ich besorge alles. Aber bevor es losgeht, will ich noch einmal alles ganz genau erklärt bekommen.«

»In Ordnung, ich bin in zwei Minuten bei dir und erkläre es kurz. Beschaff mir aber zuerst den Beschluss. Wir müssen jetzt Ralf da herausholen.«

Mansfeld legte auf.

»So Leute, macht euch fertig. Wir gehen so schnell wie möglich bei Meister rein. Zieht eure Westen an, prüft die Waffen und wartet dann unten auf dem Sammelplatz. Ich gehe fix zu Koch und erkläre die Sache noch einmal. Benjamin, du kommst mit mir.«

Er drehte sich um und stürmte aus dem Raum, wo die noch immer verblüfften Ermittler standen und sich ratlos, aber auch erstaunt ansahen.

Schwarz fiel auf, dass auch Blaschke stehengeblieben war und sagte: »Los Junge, der Chef hat gesprochen. Hinterher mit dir. Aber zackig.«

Blaschke stürmte hinter Mansfeld her und daraufhin löste sich auch die Spannung im Besprechungsraum. Aufgeregt redeten nun alle Ermittler durcheinander und versuchten zu ergründen, weshalb ihnen das nicht früher aufgefallen war.

Welfert wollte das immer noch nicht glauben. »Meint ihr ernsthaft, dass es der Meister war? Immerhin ist der ein Stadtrat und hat ja richtig was zu verlieren.«

»Ach, und jemand anderes hat nichts zu verlieren? Auf dem Spiel steht doch zumindest in jedem Fall die Freiheit.«, antwortete Stölzner und Schwarz ergänzte: »Außerdem ist er Mitglied in dieser ziemlich fragwürdigen Partei, die sich ja auch vornehmlich aus Neonazis und dergleichen rekrutiert. Denen ist alles zuzutrauen.«

»Und dann ist da noch etwas«, warf Schwarz ein, »denkt mal nur an die kleine Episode mit ihm und Ralf. Der hatte ihn also ohnehin schon auf dem Kieker und falls er ihm zufällig begegnet ist, hat er das möglicherweise als Geschenk gesehen und ihn sich geschnappt.«

»Hoffentlich kriegt der Alte den Beschluss sofort und wir können direkt los. Ich glaube, langsam spielt auch die Zeit ganz mächtig gegen Ralf.«, sagte Meinert noch, bevor er dann als erster den Raum verließ, um sich fertigzumachen.

Die anderen folgten ihm schweigend. Jeder hing seinen Gedanken nach und versuchte einzuordnen, was Blaschke da für eine Theorie aufgestellt hatte. Und sie gaben Mansfeld recht, das passte jetzt einfach zu gut, Blaschke hatte seinen Verdacht schlüssig begründet und so musste schnell gehandelt werden. Sollte es sich als Fehlschlag herausstellen, konnte man sich immer noch entschuldigen. Was bei Meister vermutlich nicht ganz so einfach wäre, der ließ so etwas mit Sicherheit nicht auf sich sitzen. Das hatte man ja schon beim Vorfall mit Jensen gesehen, der kaum aus seinem Büro hinaus war, als Meister einen Bogen eingespannt und die Beschwerde fertig hatte.

Mansfeld und Blaschke hatten derweil Kochs Büro erreicht und waren dort so heftig hineingestürmt, dass die Tür an die Wand knallte und die Klinke einen unschönen Abdruck hinterließ. Koch war gerade dabei, sich einen Tee einzugießen, der zu großen Teil auf dem Fußboden landete, als er sich erschrocken in Richtung Tür drehte.

Aber er kannte Mansfeld und er wusste, wenn der auf diese Weise Druck zu machen begann, dann war er sich seiner Sache verdammt sicher. Er forderte Mansfeld auf, kurz den Verdacht gegen den Stadtrat zu erläutern. Der wiederum packte Blaschke bei den Schultern, schob ihn vor sich und forderte ihn auf: »Los Benni, alles noch einmal erzählen. Diesmal aber bitte die Kurzfassung ohne dramaturgische Pausen. Und das ganz belanglose Drumherum nebst jeder Menge Fische kannst du auch weglassen. Einfach nur die harten Fakten auf den Tisch legen.«

Und Blaschke legte auf den Tisch. Wie von Mansfeld gewünscht, hielt er sich kurz an die Fakten und erläuterte mit schnellen Worten, welche Bedeutung der vermeintliche Fisch hat und wie damit die Verbindung zu Meister zustande kam. Und auch, dass keine andere Person aus dem Kreis rund um Bauausschuss und Rathaus eine solche Verbindung aufweisen konnte.

Als er fertig war, nahm sich Koch einige Sekunden Zeit zum Überlegen und sagte dann: »Also mich habt ihr überzeugt. Ich lege dann meine Karriere auch in die Hände unseres Frischlings. Kehlheim wird das sicherlich ebenso überzeugen. Ich habe eben schon mit ihm telefoniert und blanko den Beschluss angefordert, der sollte auch schon fast auf dem Weg sein. Peter, du leitest die ganze Aktion, ich bleibe hier und erkläre den Herren von der Paragrafenreiterei die genauen Hintergründe dieser plötzlichen Aktion. Der Richter wird da sicher genauso mitgehen, wie Kehlheim. Rehberg und Maranz sind mit ihren Leuten ebenso noch in Bereitschaft gewesen und stehen in ein paar Minuten für euch auf dem Sammelplatz bereit.«

Koch hatte also schon einiges vorbereitet. Damit hatte Mansfeld jedoch gerechnet, denn Koch vertraute ihm und seinem Urteil und er hatte die Erklärung eben auch nur der Form halber eingefordert. Schließlich hatte er recht, wenn sie wirklich falsch liegen, dann kann Meister alle Register ziehen und ihnen das Leben zumindest enorm schwer machen. Darauf hatten beide keine Lust.

»Was ist mit Kollegen Blaschke, nimmst du den mit?«, fragte Koch dann.

»Das hat er sich wohl verdient. Also ja.«

»Ich frage nur, weil er die Sache deutlich besser erklären kann, als ich. Aber ich stimme dir zu, er sollte schon dabei sein, immerhin ist er darauf gekommen. Also, haltet hier nicht länger Maulaffen feil, macht euch auf den Weg und holt mir Ralf da raus. Und Blaschke, das war wirklich erstklassige Arbeit. Vielen Dank!«

Koch deutete auf die Tür, durch die Mansfeld und der heftig errötende Blaschke ohne weitere Worte das Büro verließen, um sich für den Zugriff auf Meisters Grundstück fertigzumachen.

Auf dem Sammelplatz angekommen, wurde Mansfeld schon von Rehberg in Empfang genommen.

»Peter, so oft wie heute haben wir uns ja schon lange nicht mehr gesehen.«

»Ja, aber der Anlass ist eher mies. Wir sollten uns besser treffen, ohne dass ein Kollege befreit werden muss.«

»Seid ihr denn sicher, dass sich Ralf dort in Seeburg befindet? Heute Mittag war es ja auch ein Reinfall.«

»So sicher, wie man sich eben sein kann, sagt unser Frischling. Aber die aktuelle These klingt äußerst schlüssig und mal ehrlich, selbst wenn Ralf nicht dort ist und die Sache einen riesigen Haufen Ärger bringt, so habe ich es wenigstens versucht. In diesem Fall sollten wir absolut nichts unversucht lassen.«

»Auch richtig.« Rehberg verzog ein wenig den Mund und nickte dann.

»Wie wollt ihr vorgehen? So wie heute Mittag?«, fragte Mansfeld nun.

»Ja. Wobei Maranz die Sache zentral leiten wird, da er die Örtlichkeit besser kennt. Alles andere läuft wie gehabt, mach dir also keine Sorgen. Wir haben das gut im Griff.«

Mansfeld seufzte laut hörbar.

»Okay, dann mal los.«

Das war das Kommando, denn alle sprangen in die Einsatzfahrzeuge und zügig setzte sich die Kolonne in Richtung Seeburg in Bewegung.

Dienstag, 19.30 Uhr, unbekannter Ort

Meister packte Jensen an den Armen und wuchtete ihn auf seinen Edelstahltisch. Jensen versuchte, sich besonders schwer zu machen, aber scheinbar mühelos schaffte es Meister, ihn hochzuheben. Auf dem Tisch fixierte er zunächst den Kopf und die Füße von Jensen, bevor er die Handschellen löste, die bisher die Arme auf dem Rücken gefesselt hielten. Er band Jensens Hände nun mit dünnen Stricken am Tisch fest und Jensen lag fast unbeweglich auf dem Rücken. Meister nahm sich dann ein großes Messer, prüfte dessen Schärfe und hielt Jensen die Klinge immer wieder unter die Nase oder strich sie über seine Brust. Dabei sagte er kein einziges Wort und Jensen rechnete sekündlich damit, das Messer in den Leib gerammt zu bekommen. Er zwang sich dazu, Ruhe zu bewahren und nach einem Ausweg zu suchen. ›Ralf, noch bist du nicht tot. Noch kann alles gut werden.‹, sprach er immer wieder in Gedanken zu sich selbst und irgendwann wirkte dieses Mantra. Seine Atmung beruhigte sich und seine Arme, die eben noch wie Espenlaub gezittert hatten, lagen still und unbeweglich an seiner Seite.

»Welche Botschaft soll es eigentlich sein?«, fragte Jensen, der auf diese Weise Zeit schinden wollte. Seine Idee war, Meister möglichst lange in ein Gespräch zu verwickeln, damit seine Kollegen Zeit genug hatten, ihn herauszuholen. Wenngleich sich seine Hoffnung, dass sie überhaupt auf die richtige Idee kamen, gegen null ging. Aber die Hoffnung war das, was zuletzt starb und deshalb klammerte er sich jetzt an jede Minute, die er herausschinden konnte. Dabei war er über sich selbst erstaunt, denn seine Stimme klang, zumindest in seinen Ohren, sehr fest und bestimmt. Was wichtig war, denn alles andere würde die Angst zeigen, die ihn noch immer mit eisernem Griff umfasste.

»Seid ihr wirklich nicht in der Lage, eins und eins zusammenzuzählen? Ist euch das volksfeindliche Verhalten dieser sogenannten ›Volksvertreter‹ nicht aufgefallen?«

Das Wort Volksvertreter sprach er dabei mit größtmöglicher Verachtung aus und spuckte dabei auf den Boden.

»Volksfeindlich? Weshalb denn das?« Jensen war verwirrt.

»Ganz einfach, in der letzten Zeit war fast jede Entscheidung des Ausschusses gegen das deutsche Volk gerichtet. Die Krone wurde dem Ganzen dann bei der Vergabe des Grundstückes in Hakenfelde aufgesetzt. Anstatt sich der abendländisch-christlichen Kultur unseres Volkes zu bekennen und das Grundstück an unsere Kirche zu vergeben, damit man sich dort künftig um deutsche Söhne und Töchter kümmern kann, stimmten diese antideutschen Handlanger der Umvolkung für die Vergabe an die sogenannte Flüchtlingshilfe. Flüchtlinge, dass ich nicht lache. Das sind alles Wirtschaftsmigranten, die hier reich werden wollen. Und die kommen mit ihren Messern hierher, vergewaltigen reihenweise deutsche Frauen und Mädchen und wen sie nicht vergewaltigen, den stechen sie einfach ab.«

Meister hatte sich in Rage geredet.

»Das alles konnte nur geschehen, weil die regierungstreuen Systemmedien immer wieder behaupten, das wären alles arme und harmlose Kriegsflüchtlinge, angeblich alles Familien mit kleinen Kindern. Aber wenn man die wirklich freie Presse anschaut, dann sieht man es. Fast nur junge Männer, bis an die Zähne bewaffnet. Wenn in deren Heimat wirklich Krieg ist, dann sollen die eben dort bleiben und sich wehren, ihre Familien und ihr Land verteidigen. Und nicht feige abhauen und dann Gewalt und Verbrechen nach Deutschland bringen.«

Meister wurde zunehmend lauter und Jensen sah, wie ein Speichelfaden aus Meisters Mundwinkel lief. Meister jedoch bemerkte das nicht und referierte weiter.

»Und jetzt kommen hier diese linksgrün versifften Gutmenschen und klatschen am Bahnhof. Dabei merken die gar nicht, dass es bei dieser Sache gar nicht um Hilfe für wirklich gefährdete Menschen geht, sondern um eine groß angelegte Umvolkung. Das komplette deutsche Volk soll durch systemhörige Marionetten ersetzt werden und die millionenfache Aufnahme von Messermännern ist erst der Anfang.«

Meister japste nach Luft, so sehr hatte er sich in seine Ausführungen hineingesteigert. Jensen hingegen fiel nichts dazu ein, zu verschroben waren Meisters Thesen. Es fehlte eigentlich nur noch die eine oder andere Verschwörungstheorie von Echsenmenschen oder einer Hohlerde. Aber er merkte auch, dass er Meister jetzt nicht zu sehr provozieren sollte. Also versuchte er stattdessen, ihn mit sachlichen Fragen zu seinen Taten zu beschäftigen.

»Und weshalb mussten diejenigen, die gegen das Jugendzentrum gestimmt haben, sterben? Ich verstehe das noch immer nicht.«

»Bist du wirklich so schwer von Begriff? Jeder Mensch in Deutschland, sollte und musste sehen, wohin es führt, wenn man sich so widerlich gegen das eigene Volk und gegen die eigene Heimat stellt. Ganz besonders diese Bahnhofsklatscher.«

Während Meister seine Theorien von einer angeblichen Umvolkung referierte, schlichen vermummte Gestalten durch den das Grundstück umgebenden Wald. Langsam näherten sie sich der Scheune, unter der sich der Kellerraum befand, in dem Meister Jensen gefangen hielt.

Eine der vermummten Gestalten näherte sich vorsichtig der Scheune. An einem der Zugänge angekommen nahm sie ein Gerät mit einem langen Draht und schob diesen Draht unter der Tür hindurch. Es war eine Optik, mit der das Innere der Scheune angeschaut werden konnte. Quälend lange Sekunden vergingen, bis sich der Beamte bei Maranz meldete.

»Der Raum ist sauber. Keine Person zu sehen, keine Fallen erkennbar. Auf elf Uhr an der hinteren Wand ist der fragliche Kellerzugang.« Es rauschte und knisterte, aber die Worte des Beamten waren dennoch gut zu verstehen.

»Verstanden. Alle bleiben auf ihren Posten, Scout eins«, das war der Beamte mit der Optik, »das andere Gebäude prüfen.«

Wieder kehrte absolute Stille ein, nur der Kundschafter schlich vorsichtig zum Stallgebäude neben der Scheune.

»Und unsere feinen Herren Volksvertreter, die einst geschworen haben, dem deutschen Volk treu zu dienen, tun alles, um das deutsche Volk zu vernichten.« Wütend stampfte Meister auf. Immer mehr Speichel lief ihm aus dem Mund.

»Okay, soweit ist das alles nachvollziehbar.«, versuchte Jensen Meister ein wenig zu beruhigen und so zu tun, als hätte er für dessen Ausführungen zumindest Verständnis. »Aber wie sollten nun die Auffindeorte die Botschaft übermitteln.«

»Verstehst du immer noch nicht? Die Verräter am Volk mussten für ihr Tun sterben und das habe ich an einigen echten Symbolen deutscher Wehrhaftigkeit dargestellt. Damit jeder sieht, dass sich das deutsche Volk auch heute noch gegen seine Feinde zur Wehr setzen kann. Egal ob es Feinde von außen oder aus dem Inneren sind.«

»Unter einer Brücke?«, fragte Jensen ungläubig.

»Ja. Um zu zeigen, dass es auch diejenigen treffen kann, die sich im Dunkeln, im Verborgenen gegen das deutsche Volk stellen.« Meister strahlte nun und schien sich innerlich selbst für diese Idee zu feiern.

»Und da versteckt man die Leiche dann unter einer schmuddeligen Brücke?«

»Unter der Brücke laufen ständig irgendwelche Typen auf sogenannter Schatzsuche durch, da bleibt also nichts lange versteckt. Und die Brücke führt über den Mühlengraben, ein Symbol der Wehrhaftigkeit Spandaus. Der Wehrhaftigkeit der Deutschen. Ganz einfach. Und hätte die Lügenpresse nicht diesen Quatsch mit dem religiösen Spinner in Umlauf gebracht, wärt ihr sicher auch von selbst drauf gekommen. Alles andere war übrigens, bevor du weitere dumme Fragen stellst, einfach nur so gewählt, dass es maximale Öffentlichkeit bringt. Schwer zu erreichen und dennoch gut zu sehen. Was ihr ja mit euren ganzen Absperrungen wieder zunichtegemacht habt.« Meisters Stolz schien sich wieder in Wut zu wandeln.

Jensen überlegte fieberhaft, wie er Meister einerseits weiter beschäftigen, andererseits aber auch ein wenig von dessen Wut herunterholen könnte. Da Meister auf die Inszenierungen selbst so emotional reagierte, versuchte es Jensen jetzt mit den Opfern selbst.

»Was wir auch nicht verstanden haben, war die Sache mit Sommergans. Weshalb wurde er ohne seine Beine unter der Brücke aufgehängt?«

Meister kicherte kurz, schien sich also tatsächlich ein wenig zu beruhigen.

»Das war einfach nur ein Gag, der nicht einmal für euch bestimmt war. Dieser Vogel hat immer davon geschwafelt, wie lang und schwer doch so eine angebliche

Flucht ist. Zu Fuß aus Afrika bis nach Deutschland. Alles Blödsinn, die Kaffer werden mit Bussen und Bahnen nach Europa gekarrt. Ich habe diesen Typen dann mal damit aufgezogen, dass man nach einer so langen Wanderung wohl kaum noch Beine hat, weil die doch so abgenutzt sind. Fand der aber nicht lustig. Und jetzt hatte er selbst ganz kurze Beine.«

Meister lachte wieder sein hysterisches Lachen.

»Verstanden. Und der Teer bei der ersten Inszenierung?« Jensen versuchte Worte wie Opfer oder Tatort zu vermeiden, um Meister nicht unnötig zu reizen.

Meister antwortete nicht, sondern lachte nur weiter. Nach einigen Sekunden sagte er dann: »Das ist eine gute Frage. Eine sehr gute sogar. Habt ihr da lange gerätselt?«

Wieder lachte er laut auf.

»Ja, aber wir konnten uns keinen Reim darauf machen.«

»Dir kann ich es ja sagen, auch wenn es echt peinlich ist. Ich wollte dieses volksfeindliche Stück Dreck teeren und federn. Und dabei habe ich mich dann selbst mit flüssigem Teer übergossen. Das tat ziemlich weh, weshalb ich dann davon abgelassen habe. Aber wehe, du erzählst das jemandem. Ach, das geht ja nicht, wenn du tot bist.« Und wieder lachte Meister ein Lachen, das immer mehr in ein hysterisches Kreischen überging.

›Jetzt dreht er völlig durch‹, dachte sich Jensen und betete innerlich, dass seine Kollegen doch noch auf die richtige Idee kommen und ihn hier herausholten, bevor Meister ihn in seinem Wahn auch noch ermordete. Dieser Wunsch sollte ihm erfüllt werden.

Meister hob sein Messer, setzte es in Jensens Leistenbeuge an und wollte gerade zustechen, als es einen lauten Knall gab. Darauf folgte ein Zischen und jede Menge Blitze, die Meister, aber auch Jensen blendeten. Das Zischen stellte sich als Tränengas heraus, das aus kleinen Granaten entwich, die von den SEK-Beamten die Treppe hinab geworfen wurden. Gleiches galt für die Blitze, das SEK hatte also das volle Programm eingesetzt.

Jensen konnte nichts mehr sehen und seine Atemwege brannten wie Feuer. Neben sich hörte er nur lautes Klirren und Poltern, wilde Flüche und schließlich das erlösende: »Einsatzstelle gesichert, Zielperson fixiert.«

Sein Herz machte vor Freude einen Sprung, als er direkt danach die Stimme von Mansfeld durch den allgemeinen Lärm der nun in den Kellerraum stürmenden Beamten hörte.

»Ist unser Kollege dort unten?«, rief er, während er die Kellertreppe hinab stürmte. Und noch bevor er die letzte Stufe erreicht hatte, sah er Jensen auf dem Tisch liegen.

»Ralf, alles in Ordnung mit dir?«, fragte er gehetzt, mit etwas Angst in der Stimme.

Jensen musste, bevor er antworten konnte, mehrfach schlucken, denn auch wenn sich das Tränengas schon fast komplett verzogen hatte, steckte in seinem Hals ein dicker, sehr sauer schmeckender Kloß, der ihm das Atmen erschwerte.

»Ich glaube schon. Ich weiß nicht genau. Ich … ich … ja, alles gut.«

Jensen merkte, dass die enorme Anspannung der letzten Minuten und Stunden schlagartig von ihm abfiel. Dabei wurde ihm bewusst, dass es das Adrenalin war, das ihm die Kraft gegeben hatte, bis hierhin durchzuhalten. Er bemerkte Mansfelds Hand an seiner Schulter, die Wärme, die von dieser Hand ausging und er ließ zu, dass eine watteweiche Ruhe von ihm Besitz ergriff und er langsam, aber unaufhörlich, in erneute Bewusstlosigkeit entglitt.

5

Er hat verloren. Viel gesetzt und trotzdem verloren. Soviel musste er zugeben, aber sein persönliches Scheitern bedeutete noch lange nicht das Scheitern der Sache insgesamt. Andere werden ihm folgen und die steten Frevel am deutschen Volk rächen. Dessen war er sicher. Und bis es so weit ist, werden ihn seine Gesinnungsgenossen als Märtyrer feiern. Auch dessen war er sich sicher. Sie werden ihn feiern und verehren, auch wenn – oder vielleicht gerade deshalb – sich nun die Gefängnistüren für sehr, sehr lange Zeit hinter ihm schließen werden.

Lebenslänglich mit anschließender Sicherungsverwahrung, so hatte sein Anwalt ihm erklärt, wird die Staatsanwaltschaft fordern. So war sie eben, die Siegerjustiz.

Aber seine Mitstreiter werden schon bald den Endsieg erringen und ihn als politischen Gefangenen sofort befreien. Auch dessen war er sich sicher.

Montag, 09.00 Uhr, Kommissariat

Acht Wochen nach den aufregenden Ereignissen in Seeburg hatte wieder der Alltag im Kommissariat Einzug gehalten. Jede Menge Vernehmungen, umfassende Beweissicherung und letztlich die Vorbereitung der Anklage gegen Meister waren abgeschlossen. Selbst eine leichte Verstimmung bei den Brandenburger Kollegen konnte freundschaftlich geklärt werden, denn Koch hatte in der Aufregung und Eile vergessen, den zweiten Zugriff in Seeburg dort bekannt zu geben.

Die aufregenden Ereignisse rund um die Morde des Menschenfischers und die Entführung ihres Kollegen lagen damit jetzt komplett hinter den Ermittlern und der letzte Schritt in Richtung Normalität stand an. Blaschkes Abordnung zur Sonderkommission wurde in eine dauerhafte Umsetzung zu Mansfelds Team geändert und er hatte sich inzwischen gut eingelebt. Die Kollegen rechneten ihm hoch an, dass er es war, der rechtzeitig auf den richtigen Täter gekommen war und Jensen gerade noch rechtzeitig gerettet werden konnte.

Heute sollte Jensen seinen ersten Tag nach der Entführung wieder im Dienst sein. Meinert hatte aus diesem Anlass ein riesiges Frühstücksbuffet angerichtet. Eine Fähigkeit, die ihm kaum einer aus dem Kollegium zugetraut hätte. Aber eines seiner liebsten Hobbys war das Kochen und so ging das Buffet deutlich über die gewohnten Frühstückslagen in deutschen Behörden hinaus. Soweit sogar, dass beim Anblick der Speisen bei manch einem der eigentliche Grund für die kleine Feier eher zur Nebensache wurde. Aber Meinert verteidigte es nach Kräften, sodass niemand über ein kurzes Naschen hinauskam.

Als Mansfeld im Kommissariat auftauchte, waren die anderen schon vollzählig anwesend. Nicht nur die Ermittlerkollegen, selbst der Alte war bereits im Besprechungsraum, in dem die kleine Willkommensfeier stattfinden sollte, vertreten. Ebenso Staatsanwalt Kehlheim, der Gerichtsmediziner Doktor Martin und der Chef der Spurensicherung, Klaus Wohlfahrt standen zu Jensens Begrüßung bereit. Vom SEK war Peter Maranz, der den Zugriff, der zu Jensens Befreiung und zur Festnahme vom Meister führte, dabei. Mansfeld begrüßte kurz jeden Einzelnen, als auch schon sein Telefon klingelte. Es war der Kollege vom Einlasskontrolldienst, der ihm die Ankunft von Jensen mitteilte.

»Leute, Ralf ist im Haus.«, rief er in den Raum und schlagartig kehrte absolute Stille ein.

Jensen schlenderte gemütlich den Gang zu seinem Büro entlang. Tief atmete er den muffigen Geruch der Räumlichkeiten ein und spürte dabei in sich ein Gefühl absoluter Zufriedenheit. Hier gehörte er hin, hier passte er hin und hier wollte er sein. Gerade die letzten zwei Monate, in denen er sich von den Strapazen der Entführung erholen und in vielen Gesprächen mit einem Psychologen alles aufarbeiten konnte, hatten ihm gezeigt, dass seine Berufswahl ganz genau eines tat. Sie machte ihn glücklich.

Auch wenn die Kollegen manchmal arg zu wünschen übrig ließen, denn es war absoluter Totentanz auf den Gängen, niemand kam ihm jubelnd entgegen, um ihn zu begrüßen und zu seinen Erlebnissen auszufragen. Er hatte sich seine Wiederkehr in den Dienst deutlich aufregender vorgestellt. Es musste ja nicht unbedingt eine Konfettikanone sein, aber ein wenig mehr Enthusiasmus hatte er schon erwartet.

Kurz vor seinem Büro kam er am Besprechungsraum vorbei, der während der Ermittlungen im Fall des Menschenfischers quasi die Zentrale der Sonderkommission Zitadelle war. Er blieb kurz vor dem Raum stehen und dachte an die Ermittlungen zurück. Ohne bestimmten Grund drückte er nun die Klinke der Tür zum Besprechungsraum hinunter, um dann kurz einen Blick hineinzuwerfen.

Sehr viel weiter kam er jedoch nicht, denn die Klinke wurde ihm förmlich aus der Hand gerissen und eine Woge des Jubels brandete ihm entgegen.

»Willkommen zurück!«, riefen die Kollegen wie aus einem Munde und es brach Applaus los, der nicht enden wollte.

»Ja«, dachte sich Jensen, »hier bin ich zu Hause.«

ENDE

Von Maik Bischoff sind folgende weiteren Titel erhältlich:

Die Seeburg-Verschwörung (2018)

Der ehemalige LKA-Ermittler Werner Böhme befindet sich auf einem Spaziergang, als er plötzlich in einen Leichenfund gerät. Der Todesfall wird durch die Polizei als Selbstmord eingestuft und die Ermittlungen werden eingestellt. Aber Freunde und Familie des Opfers sehen das anders und so wird Werner gebeten, gemeinsam mit seinem Freund Fabian Dost nach dem Mörder zu suchen.

Dabei geraten die beiden in eine Geschichte, die ihre Wurzeln in den späten 80er Jahren hat, als die Berliner Mauer auch im Bezirk Spandau präsent war und nicht alle Gebiete klar einem der beiden deutschen Staaten zugeordnet werden konnten. Und was als recht entspanntes Durchfragen beginnt, wird am Ende lebensgefährlich.

ISBN: 978-3-748568-36-0

Nachts am Teufelsberg (2019)

In ihrem zweiten gemeinsamen Fall müssen Werner Böhme und Fabian Dost eine Entführung aufklären, die mit einer Leiche endet. Dabei decken sie zunächst eine sehr widersprüchliche Vergangenheit des Opfers auf und müssen Dinge zusammenbringen, die eigentlich so ganz und gar nicht zusammenpassen wollen. Ihre Ermittlungen werfen mehr Fragen auf, als sie Antworten für die beiden bereithalten.

Dabei verlassen sie diesmal die Spandauer Wilhelmstadt in eine andere Richtung. Nämlich in den Grunewald, wo sich oben auf dem Teufelsberg eine gruselige Liegenschaft befindet…

ISBN: 978-3-750239-38-8

Mord Hahneberg (2020)

Wieder einmal muss Werner Böhme ermitteln. Wieder einmal sehr unfreiwillig, aber die Leiche, deren Mörder er finden soll, fiel ihm im wahrsten Sinne des Wortes vor die Füße.

Schauplatz ist dieses Mal das beschauliche Fort Hahneberg am westlichen Stadtrand, natürlich wieder die Haveldüne in der Spandauer Wilhelmstadt als zentraler Dreh- und Angelpunkt der Ermittlungen, aber auch der Amalienhof zwischen Wilhelmstadt und Staaken.

Mitten im Geschehen immer wieder ein zentraler Konfliktpunkt, der Naturschutz im Fort Hahneberg, der bei jedem Verdächtigen eine Rolle spielt, mal mehr und mal weniger, mal positiv, mal negativ. Und jeder scheint ein Motiv, aber auch ein Alibi zu haben, was die Sache nur noch verzwickter macht.

Werden Werner Böhme und Fabian Dost auch dieses Mal erfolgreich sein?

ISBN: 978-3-752997-52-1

ISBN 978-3-7565-3441-8
9 783756 534418 00002
www.epubli.de